Jagadguru Sri Mahavatar Babaji

ジャガッドグル・シュリー・マハヴァター・ババジ

Satguru Sri Paramahamsa Vishwananda

サットグル・シュリー・パラマハンサ・ヴィシュワナンダ

Sri Guru Gita
シュリー・グル・ギーター

Commentary on the great mysteries of the Guru Disciple Relationship
師弟関係の大きな神秘についての解説

Sri Swami Vishwananda
シュリー・スワミ・ヴィシュワナンダ 著
スワミニ・ダヤマティ 訳

ナチュラルスピリット

SRI GURU GITA
by Sri Swami Vishwananda

oṁ premāvatārāya vidmahe
sadgurudevāya dhīmahi
tanno vishwananda prachodayāt

オーム・プレーマーヴァターラーヤ・ヴィドゥマヘー
サットグルデーヴァーヤ・ディーマヒ
タンノー・ヴィシュワナンダ・プラチョーダヤーテー

私達は**プレーム**アヴァターについて瞑想します。
私達は**サットグル**に心を向けます。
パラマハンサ・ヴィシュワナンダがインスピレーションを与えてくださいますように。

パラマハンサ・シュリー・スワミ・ヴィシュワナンダによるシュリー・グル・ギーターの前書き

シュリー・グル・ギーターは、**ヴェーダ・ヴィヤーサ**の著述した**スカンダ・プラーナ**の一部です。

スカンダ・プラーナは、18冊からなる**プラーナ**（聖典）の1冊です。それは恩恵を得るために、どのように心を開くかを示す賛歌を含んでいます。**シュリー・グル・ギーター**は400節ありますが、ここでは中でも大切な182節だけを取りあげています。

シュリー・グル・ギーターは**シャンカール神**（**シヴァ神**）と**女神パールヴァティー**の対話からなる聖典です。この中で**女神パールヴァティー**は**シヴァ神**に「あなたにとってこの世で最高の神は誰ですか」と質問します。それに答えて**シヴァ神**は、**ダクシナームールティ**（師としての**シヴァ**）の姿を取り、**マハー・デーヴィー**（**パールヴァティー**）に向かって、「地上で最高の姿は**マスター**（**グル**）の姿である」と説明します。

クリシュナ神ご自身も**バガヴァッド・ギーター**の中で「私は**グル**の化身である。**グル**が地上に現れるのは、私の恩恵による。また私の恩恵によって、弟子はいるべき所に導かれる」と述べています。キリストも「私は私の羊のために来た。私は私の羊の群れのために来た」と述べています。

弟子がどこにいようと、マスターは弟子を探し出して、自分のもとに呼び寄せます。

シュリー・グル・ギーターは最も美しい歌の1つです。私達が今、聖母様を喜ばせるために（9日間にわたる**ナヴァラートゥリ**の祝祭で）行っていることは、すべて**グル**の恩寵によって起こってきます。

――― 凡例 ―――

この書の解説部分はすべてパラマハンサ・ヴィシュワナンダの言葉です。グルや神を示すのに「**グル**」、「マスター」、「主（Load）」、「神（God）」といくつかの呼称がありますが、原文をそのまま訳しています。
またインドでは、学校の先生に対しても、妻が夫を呼ぶときも「**グル**」という語を使いますが「**グル**」と「**サットグル**」は、はっきり区別されます。

本文中の語句のうち、**サンスクリット語**を語源とするカタカナで、巻末の用語解説に掲載があるものは**太字**になっています。

atha śrī guru gītā prārambhaḥ

アタ・シュリー・グル・ギーター・プラーラムバハ

それでは**シュリー・グル・ギーター**を始めましょう。

oṁ asya śrī gurugītā
stotra mantrasya
bhagavān sadāśiva ṛṣiḥ

オーム・アスィヤ・シュリー・グルギーター
ストット（ゥ）ラ・マント（ゥ）ラッスィヤ
バガヴァーン・サダーシヴァ・ルシヒ

オーム。**シュリー・グル・ギーター**として知られるこの賛歌において、**シヴァ神**は**リシ**（賢者）であり、聖者であり、**マントラ**の預言者です。

nānāvidhāni chandāṁsi
śrī guruparamātmā devatā

ナーナーヴィダーニ・チャンダームスィ
シュリー・グルパラマート（ゥ）マー・デーヴァター

この賛歌の音色は多様な響きを表しています。その神は**グル**（師）であり、最高の自己です。

haṁ bījam saḥ śaktiḥ kroṁ kīlakam
śrī guru-kṛpā siddhyarthe
jape viniyogaḥ

ハム・ビージャム・サ・シャクティヒ・クローム・キーラカム
シュリー・グル - クルパー・シッディヤルテー・
ジャペー・ヴィニヨーガハ

「ハム」は**ビッジ・マントラ**（短い**マントラ**）、「サ」は**シャクティ**、「クローム」は神秘、魔法を表します。**グル**の恩恵を授かるために、この賛歌を常に繰り返して唱えてください。

atha dhyānam

アタ・ディヤーナム

それでは瞑想をしましょう。

haṁsābhyāṁ parivṛtta patra kamalair
divyair jagat kāraṇair
viśvotkīrṇam aneka dehanilayaiḥ
svacchandam ātmecchayā

taddyotaṁ padaśāmbhavaṁ tu caraṇaṁ
dīpāṅkura grāhiṇaṁ
pratyakṣākṣara vigrahaṁ gurupadaṁ

dhyāyed vibhuṁ śāśvatam

ハムサービヤーム・パリヴルッタ・パット（ゥ）ラ・カマレイール
ディヴィエイール・ジャガット・カーラネイール
ヴィシュヴォート（ゥ）キールナ・マネーカ・デーハニライェイヒ
スワッチャンダ・マートゥメーッチャヤー

タッディヨータム・パダシャームバヴァム・トゥ・チャラナム
ディーパーンクラ・グラーヒナム
プラティヤクシャークシャラ・ヴィグラハム・グルパダム
ディヤーイェッド（ゥ）・ヴィブム・シャーシュヴァタム

グルの蓮の眼差しは、「ハム」と「サ」によって表されます。彼は宇宙の神なる根源です。神は自らの意思により、この世を高めるために、数多くの姿に顕現します。彼は永遠に自由です。彼の姿は朽ちることなく、永遠で、すべてを貫いています。彼の「蓮のおみ足」について瞑想してください。

mama catur vidha puruṣārtha
siddhyarthe jape viniyogaḥ.

ママ・チャトゥール・ヴィダ・プルシャールタ
シッディヤルテー・ジャペー・ヴィニヨーガハ

私は人生の４つの目的を果たすために、この**グル・ギーター**を唱えます。４つの目的とは、**ダルマ**（正義）、**アルタ**（裕福）、**カーマ**（願望）、それに**モークシャ**（救済）です。

sūta uvāca

スータ・ウヴァーチャ

第１節

kailāsa śikhare ramye
bhakti sandhāna nāyakam
praṇamya pārvatī bhaktyā
śaṅkaraṁ paryapṛcchata

カイラーサ・シカレー・ラミェー
バクティ・サンダーナ・ナーヤカム
プラナミャ・パールヴァティー・バクティヤー
シャンカラム・パリャプルッチャタ

スータが言う。
「ある日、献身の秘密を知る**シヴァ**が、かくも美しき**カイラシュの山**に座っていると、**パールヴァティー**が尊敬の意を表して彼の前で頭を下げ、このように訊く」

「献身の秘密を知る**シヴァ**」この箇所で、私達は「献身の秘密」が**サーダナ**（霊的な実践）によって明らかになることを、心にとどめておかなければなりません。**シヴァ神**は絶えず瞑想状態にあるので、誰よりも偉大なサダック（霊的な実践者）の１人と見なされています。彼は常に、すべての源である**ナーラーヤナ神**について瞑想しています。自分の**サーダナ**に自らを捧げ、没頭していることから、**シヴァ神**はこの節で「献身の秘密を知る者」と言われています。

献身というのは、表面的なものではなく、もっと深い所にあるものです。

例えば、表面的には明らかに献身的であるのに、この献身があまり感じられないこともあります。またあるときは、祈りながら「私の祈りは機械的だ」と思うこともありますが、実際にそんなことはないのです。外側にあるもの、神の名を唱えることは、表面的なものではなく、行為それ自体に意味があり、深みがあります。そしてこの深さが何生もかけてため込んだ汚れを取り去るのです。

ここで**バガヴァーン・シャンカール（シヴァ神）**は、自分こそ、この深み、かの献身の秘密を知っていると言います。なぜなら彼はすっかり**バクティ**（献身）に没頭しているからです。彼は完全にこの献身にはまり込んでいます。それは彼が**バクティ**を満喫しているということです！　同じように、人間も完全に献身にはまり込んでいなければ、それに退屈するでしょう。そして、また自分の行為の背後にある秘密を知っている人は、愛をもってそれを行うでしょう！　人が愛をもって行えば、その行為は違う結果をもたらします。人が行うすべての行為の背後には、何らかの秘密があります！　そしてこの秘密を知っている人は、何をするにしても、喜びをもってするでしょう。

バガヴァーン・シャンカールは、**ナーラーヤナ神**に対する自らの献身を楽しんでいます。彼は献身という行為の背後にある秘密を知っています。だからこそ私達は彼が**サーダナ**の化身であると言うことができるのです。

スータはこの場面の描写を続けます。「**シヴァ神**はかくも美しき**カイラシュの山**に座り、**パールヴァティー**が尊敬の意を表して彼の前で頭を下げ、質問する」ここで**カイラシュの山**が最高に霊的な水準を表していることを理解しなければなりません。これはただの場所、ただの山のことを言っているのではありません。**カイラシュ**は非常に高い霊性を表しています。

バガヴァーン・シャンカールは、**パールヴァティー**と一緒にそこに座っています。そこには**シヴァ**と**シャクティ**、つまり「形のあるもの」と

「形のないもの」という２つの本質があります。**シヴァ**は形のないもの、**シャクティ**は顕現されたものとして、２人は手をつなぎ合っています。これはまた**プルシャ**（男性性）と**シャクティ**（女性性）でもあります。**シャクティ**の化身である**パールヴァティー**は、大いなる尊敬の念と謙虚さをもって、**シヴァ神**が常に瞑想している**ナーラーヤナ神**の中にある深みを説明してくれるように頼んでいるのです。

śrī devī uvāca

シュリー・デーヴィー・ウヴァーチャ

第２節

oṁ namo devadeveśa
parātpara jagadguro
sadāśiva mahādeva
gurudīkṣāṁ pradehi me

オーム・ナモー・デーヴァデーヴェーシャ
パラート（ゥ）パラ・ジャガッド・グルー
サダーシヴァ・マハーデーヴァ
グルディークシャーム・プラデーヒ・メー

女神は言う。
「おお、神々の主よ！　すべてを治める宇宙の師よ！
おお、慈悲深く、好意的な**マハー・デーヴ**よ、また卓
越した神よ、**グル**の秘密を告示し、明かしたまえ」

女神は言います。「おお、神々の主よ、すべてを治める宇宙の師よ！　おお、慈悲深く、好意的な**マハー・デーヴ**よ、また卓越した神よ！　**グル**の秘密を告示し、明かしてください」ここで**シャクティ**（神格化された女性

性）である**パールヴァティー**が、**プルシャ**（神格化された男性性）であり神々の主である**シヴァ神**に訊きます。**ナーラーヤナ**は永遠の至高神、すべてを治める神です。彼は**ブランマー**、**ヴィシュヌ**、**シヴァ**の三位一体として顕現します。**ブランマー**は創造者であり、**マハー・ヴィシュヌ**は維持者、**シヴァ**は破壊者です。この３人の中では、**マハー・ヴィシュヌ**が**ナーラーヤナ**の直接の顕現体とされています。**ブランマー**も同じく顕現体であり、**シヴァ**もそうですが、この２人は**ヴィシュヌ**の協力者の役割を果たしています。

ブランマーに関しては、多くの出来事はありません。彼は創造するだけです。何かを創造することは簡単です。ところがそれを維持し、すべてがうまくいくように気遣うのは、ずっと難しいことです。一番大きな仕事は創造されたものを維持することです！　これが**マハー・ヴィシュヌ**の役目です。**シヴァ**の役目は破壊することです。彼は新しい現実が生まれるように、すべてを取り除きます。破壊とはただ壊して、それで終わりというものではありません！　破壊とはものごとを新しくすることでもあります。だからこそ、女神は**シヴァ**をすべてを治める宇宙の師と呼ぶのです。それは彼が破壊することによって、新しいものを創造することが可能になるからです。

女神はさらに「卓越した神よ、**グル**の秘密を告示し、明かしてください」と言います。ここで女神は**シヴァ**に「あなたは主です！　誰よりも偉大なあなた —— 神々の中の神、半神の中の半神が讃えるあなた！　**ナーラーヤナ**にとって最も大切な人であり、**マハー・ヴィシュヌ**にとって最も大切な人であるあなた！　そんなあなたが**グル**を讃えています。どうか**グル**が内面に抱く神秘さがどこから来ているのか教えてください。どうして**グル**は他のすべての存在とは違うのですか？」と訊いているのです。このように女神自身でさえ、これを知ること、理解することを必要としています。

第3節

kena mārgeṇa bho svāmin
dehī brahmamayo bhavet
tvaṁ kṛpāṁ kuru me svāmin
namāmi caraṇau tava

ケーナ・マールゲーナ・ボー・スワーミン
デーヒー・ブランママヨー・バヴェット（ゥ）
トゥワム・クルパーム・クル・メー・スワーミン
ナマーミ・チャラノー・タヴァ

女神は言う。
「おお、主よ！　あなたの蓮のおみ足に崇拝の念を捧げる。どのようにして、人間は神と一体になれるのか？　おお、慈悲深い、偉大な神よ！」

女神は言います。「おお、主よ！　あなたの蓮のおみ足に崇拝の念を捧げます。どのようにして、人間は神と一体になり、すべてを治めている**ナーラーヤナ**に達することができるのか教えてください。おお、恩恵に満ちたお方よ！　おお、神よ、半神達の主よ！　私にマスターの秘密を明かしてください。そして人間が救われる道を教えてください」

女神には人間のマインドが絶えず**カルマ**（業）を創り出すことがわかっています。人間の一息ひと息が**カルマ**を創り出します。すべての行い、すべての思考が**カルマ**を生み出すので、母神（**パールヴァティー**）は心配しています。彼女はすべての人間を案じています！　それで彼女は主に、どのようにして主の「蓮のおみ足」に達することができるのか、どのようにして、主の恩恵を授かることができるのかと訊いているのです。

主は彼女のこの献身ぶりを見て、また母として子供を気遣う様子を見て、答えます。

īśvara uvāca

イーシュワラ・ウヴァーチャ

第４節

mama rūpāsi devi tvaṁ
tvat prītyarthaṁ vadāmyaham
lokopakārakaḥ praśno
na kenāpi kṛtaḥ purā

ママ・ルーパースィ・デーヴィー・トワム
トワット（ゥ）・プリーッティヤルタム・ヴァダーミャハム
ローコーパカーラカ・プラシュノー
ナ・ケーナーピ・クルタ・プラー

イーシュワラは言う。
「おお、女神よ、あなたは私自身の姿であり、私自身の自己である！　あなたへの愛のために私は答え、説明する。今まで誰もこの世の幸せのために、私にそれを尋ねた者はいない」

イーシュワラ（バガヴァーン・シャンカール）は言います。「おお、女神よ、あなたは私自身の姿であり、私自身の自己である」ここで**シャンカール神（シヴァ）**は**パールヴァティー**に、彼と彼女の間には何の違いもないことを説明しています。たとえ２つの姿に分かれていても、彼らはやはり一体です。彼女は彼の姿をしています。姿だけではありません。自己においても、**シヴァ**と**パールヴァティー**は一体です。私達が**バガヴァッド・ギーター**における**ラーダー**と**クリシュナ**が一体であると言うのも、これと同じです。

シヴァ神はここで、この秘密を明かそうと言います。彼は献身の秘密、**グル**の秘密、その背後に隠されているものについて述べようとしています。それは彼女が彼に頼んだからではなく、彼女の彼に対する愛のためです。彼は**パールヴァティー**に対する愛のために、献身の秘密を解き明かそうとしています。

そして彼はこう締めくくります。「今まで誰も私にこれを尋ねた者はいない」したがって彼女はこれを彼に尋ねた最初の人です。それでもし彼がこの質問に答えたなら、それはすべての宇宙、すべての**ローカ**（領域）の幸福となるでしょう。これに該当する**サンスクリット語**は、ローコーパカーラカハと言い、この言葉には「**シヴァ**が**パールヴァティー**に説明することは、彼女のためだけのものではない。それは彼女の理解にとどまらず、彼女が理解することによって祝福となり、この祝福がすべての**ローカ**、すべての宇宙にポジティブに作用する」という意味が含まれています。

第5節

durlabhaṁ triṣu lokeṣu
tacchṛṇuṣva vadāmyaham
guruṁ vinā brahma nānyat
satyaṁ satyaṁ varānane

ドゥルラバム・ト（ゥ）リシュ・ローケーシュ
タッチュルヌシュヴァ・ヴァダーミャハム
グルム・ヴィナー・ブランマー・ナーニャット（ゥ）

サッティヤム・サッティヤム・ヴァラーナネー

「私はあなたに三界の計り知れない秘密を表す。おお、麗しき者よ！　聴け！　神は**グル**と同じである。これは真実である。これは真実である」

シヴァ神は**パールヴァティー**に言います。「私はあなたに三界すべての計り知れない神秘を示す」最大かつ最も深遠な三界すべての秘密。「おお、麗しき者よ！　聴け！」ここで**バガヴァーン・シャンカール**は、**パールヴァティー**を麗しき者と呼んでいます。彼は彼女が、創造物として、母として、最も麗しき者であると言います。それは外面の美しさだけでなく、内面の美しさをも意味しています。ここで言う美しさは、最も配慮の行き届いた、最も注意深い、最も喜びに満ちあふれたものを意味しています。

バガヴァーン・シャンカールは続けます。「グルム・ヴィナー・ブランマー・ナーニャット（ゥ）」これは「**グル**が神と変わらない」という意味です。そして**シヴァ神**が最初に**パールヴァティー**に言うことは、**グル**と神の間には何の違いもないということです。**クリシュナ神**は**バガヴァッド・ギーター**でこう言っています。「私は**グル**の姿でここにいる」もし人々が**グル**と神に違いを見るなら、それはまったく間違っています。ところがもし彼らが**グル**を最高の状態で見るなら、彼らがマスター（**グル**）のハートに君臨する神を知覚するなら、—— 彼らがマスターと神の間に何の違いも見なければ、彼らは**バガヴァーン**に達するでしょう。

そこで**バガヴァーン・シャンカール**は言います。「神は**グル**と少しも変わらない。これは真実だ」そう、これは事実です！　「サッティヤム・サッティヤム・ヴァラーナネー！」もし人が**グル**と神の間に違いを見るなら、その人は幻想に生きていて、もし**グル**を神と見るなら、その人は真実に生きています。

第６節

veda śāstra purāṇāni
iti hāsādikāni ca
mantra yantrādi vidyāś ca
smṛtir uccāṭanādikam

ヴェーダ・シャースト（ゥ）ラ・プラーナーニ
イティ・ハーサーディカーニ・チャ
マントラ・ヤントラーディ・ヴィディヤーシュ・チャ
スムルティ・ルッチャータナーディカム

「これが真実である。これは**ヴェーダ**にも、他の様々な聖典にも、叙事詩にも、**マントラ**や**ヤントラ**の世界にも、魔法の公式にも、スムリティにも、その他の源泉にも表されていない」

バガヴァーン・シャンカールは続けて、この真実は**ヴェーダ**にも、他の聖典にも、叙事詩にも、その他の学問にも表されていないと説明しています。それは**マントラ**や**ヤントラ**によっても解明されておらず、またタントラ、そして他のいかなる源泉によっても啓示されていません。**バガヴァーン・シャンカール**は、**ヴェーダ**の聖典でさえ、神は**グル**と少しも変わらないという、この真実について述べていないと言っています。聖典はそれを部分的に扱っていますが、**グル**と神の間に何の違いもないというこの啓示は、人がマスターのおみ足に自らを委ねることによってのみ起こります。これは啓示を授かるための唯一の方法です。なぜならマスターの「蓮のおみ足」に自らを委ねなければ、そこには人が読んだり、話したりする無意味な言葉があるだけだからです。

第７節

śaiva śāktāgamādīni
anyāni vividhāni ca
apabhraṁśa karāṇīha
jīvānāṁ bhrānta cetasām

シェイヴァ・シャークターガマーディーニ
アニャーニ・ヴィヴィダーニ・チャ
アパブラムシャ・カラーニーハ
ジーヴァーナーム・ブラーンタ・チェータサーム

「**シヴァ**派や**シャクティ**派、また様々な信仰共同体やドグマは、すでに目のくらんだ人間をさらに混乱させる」

ここで**シヴァ**はたくさんの異なる道があると言っています。ヒンドゥー教の宗派であるシヴァイテン、**シャークタス**、**ヴァイシュナヴァス**、**ガナパティヤス**、カウマラス、ブランマナス、そして他にもいろいろな道があります。そこには様々なグループ、学校、道、考え方、信仰共同体が主張する、異なったドグマ（教義）があります。しかし人が深い内面で、自らを捧げ、マスターの「蓮のおみ足」に達すると、その人はドグマの幻想、そして外側の幻想を克服します。すると神は内面の自己を現します。

バガヴァーン・シャンカールは、様々な道、そして様々な考え方があることを説いています。しかしながら、この道のすべては、**グル**を根源としているのです。

第８節

yajno vrataṁ tapo dānaṁ
japastīrthaṁ tathaiva ca
guru tattvam avijñāya
mūḍhāste carate janāḥ

ヤグニョー・ヴラタム・タポー・ダーナム
ジャパスティールタム・タテイヴァ・チャ
グル・タット（ゥ）ヴァム・アヴィグニャーヤ
ムーダーステー・チャラテー・ジャナーハ

「祭祀を行い、誓いを立て、悔い改め、供物を捧げ、**ジャパ**を行い、巡礼の旅に赴いても、**グル**の真実を知らなければ、その者は無知である」

バガヴァーン・シャンカールは説きます。「祭祀を行い、誓いを立て、悔い改め、供物を捧げ、**ジャパ**を行い、巡礼の旅に赴く」彼はこれがすべて皆、とても大切だと言います！　供物を捧げることは大切です。人生において、ある種の誓いを立てること、悔い改め、お布施や贈り物を与えること、また自分の**サーダナ**（霊的な実践）を行うこと、これは皆とても重要なことです。**ムーダーステー・チャラテー・ジャナー**ハとは「この行為は根本的に大変よいことであるが、人が**グル**の真実を知らずに行っても、それは何の役にも立たない」という意味です。もし人が**グル**の真実を知ることなく、これらすべての行為を通り抜けていくならば、人は無知状態にあると**シヴァ神**は言っています。

第９節

gurur buddhyātmano nānyat
satyaṁ satyaṁ na saṁśayaḥ
tallābhārthaṁ prayatnastu
kartavyo hi manīṣibhiḥ

グルー・ブッディヤートゥマノー・ナーニャット（ゥ）
サッティヤム・サッティヤム・ナ・サムシャヤハ
タラーバールタム・プラヤット（ゥ）ナストゥ
カルタヴョー・ヒ・マニーシビヒ

「**グル**は自己以外の、また、意識以外の何者でもない。これは疑いのない真実、絶対的な真実である。したがって賢い人間は**グル**を探し、**グル**を見出すことを自分の義務としなければならない」

バガヴァーン・シャンカールは、真実についての解釈を続けます。彼は人が巡礼の旅に出たり、自分の**サーダナ**を行ったりする前に、**グル**についてより深い真実を知るべきであると言っています。人は**グル**があなたの真の自己、真の意識と何も変わらないことを知らなければなりません。**グル**と真の自己 —— そこには何の違いもありません。**グル**は**バクタ**（帰依者）における完全な自己です。

「サッティヤム・サッティヤム・ナ・サムシャヤハ」これは「疑いのない真実、絶対的な真実」を指しています。**シヴァ神**は、**グル**を外面だけに知覚するのではなく、すべての人間の内面の自己であることを認識すべきだと言っています。

「タラーバールタム・プラヤット（ゥ）ナストゥ、カルタヴョー・ヒ・マ

ニーシビヒ」ここで彼は、賢い人は、**グル**を求め、**グル**を見つけることが、魂の義務であることを知るべきだと言っています。

第１０節

gūḍha vidyā jaganmāyā
dehe cājñāna sambhavā
udayo yatprakāśena
guruśabdena kathyate

グーダ・ヴィッディヤー・ジャガンマーヤー
デーヘー・チャーグニャーナ・サムバヴァー
ウダヨー・ヤット（ゥ）プラカーシェーナ
グルシャッブデーナ・カティヤテー

「肉体を授かった人間は、無知がゆえに、宇宙の母が内密の知識として、自分のうちに住んでいると思っている。ところが彼女は、恩恵と**グル**の言葉により、自らの光の中に現れる」

ここで**バガヴァーン・シャンカール**は、知識のない無知な者 —— 肉体を授かった人間 —— は「宇宙の母が内密の知識として、自分の肉体に宿っていると思っている」ことを告げます。つまり**バガヴァーン・シャンカール**は「マスターに自らを捧げることなく、ただ自分の内面を見て、すべては自分のうちにあり、誰も必要でないと考えている人は、完全な無知にある！　その人は完全な幻想に駆られている！　まったくの虚偽にある！」と言っているのです。

「**ウダヨー・ヤット（ゥ）プラカーシェーナ、グルシャッブデーナ・カ**

ティヤテー」人は現実を求め、認識することを求め、「彼女は自らの光のうちに現れる」ところが彼女はこの光を「恩恵と**グル**の言葉によって」現します。これは人が探し求める準備ができているので、巡礼の旅に出、**ジャパ**をし、**サーダナ**を実践し —— そしてそのために彼女は人を自動的にマスターの足もとに導くのです*[1]。

———— 第１１節 ————

sarva pāpa viśuddhātmā
śrī guroḥ pādasevanāt
dehī brahma bhavedyasmāt
tvatkṛpārthaṁ vadāmi te

サルヴァ・パーパ・ヴィシュッダーット（ゥ）マー
シュリー・グルー・パーダセーヴァナート（ゥ）
デーヒー・ブランマー・バヴェーディヤスマート（ゥ）
ト（ゥ）ヴァット（ゥ）クルパールタム・ヴァダーミ・テー

「**グル**のおみ足への奉仕によって、肉体を得た魂は浄化され、すべての罪は洗い流される。それは至高の神と１つになる。私は恩恵によりあなたにこれを示す」

「**グル**のおみ足に仕えることによって、肉体を得た魂は浄化され、すべての罪は洗い流される」ここで**バガヴァーン・シャンカール**は、罪を晴らし、浄化する一番簡単な方法は、マスターのおみ足に自らを捧げることだと言っています。実際に、これは一番簡単な方法です。これは数多くの聖者の生涯においても見られることです。

＊１：マスターを探し求める準備ができている人は、巡礼の旅に出、神の名を唱え、サーダナを実践します。女神はそれを見て、恩恵を授けるために、その人をマスターの足もとに導くのです。

バガヴァッド・ギーターのコースで、私達はドゥキ・クリシュナについて話しました。彼は**マントラ**も何も持っていませんでした！　彼は**グル**に何も求めることなく、完全に自らを捧げていました。14歳のとき、彼は**グル**のおみ足に自らを捧げ、マスターが要求することに注意深く耳を傾けていたのです。マスターは特に高度な**サーダナ**は与えませんでした。そしてただ植物に水をあげるようにとだけ言ったのです。ドゥキ・クリシュナは単にマスターの言葉に従い、植物に水をあげることによって、最後に**シュリーマティ**・ラーダーラーニ*2の恩恵を授かります。

バガヴァーン・シャンカールは「**シュリー・グルー・パーダセーヴァナート（ゥ）**」と言います。これは人が**グル**のおみ足に仕えることによってのみ、罪から清められ、浄化されるという意味です。人は**シヴァ**のようになり、至高神に達します。つまり人は**シヴォーハム**の状態に達し、主自ら姿を現すほど偉大な**バクタ**（帰依者）になるのです。

ここで**バガヴァーン・シャンカール**はそれがマスターのおみ足に仕えることによってのみ起きると言っています。これは偶然に起きるのではありません。また神が「よろしい、私は今日あなたに霊的な道を授けてあげよう」と言うことによって起きるのでもありません。それはあなたに自分を捧げる準備ができているからこそ起きるのです。マスターのおみ足への奉仕は、怖れや強制によって行われるのではありません。違います。それは愛によって起きなければなりません。弟子とマスターの関係は愛の関係だからです。マスターに仕える準備ができると、恩恵が授けられ、浄化が起きるのです。

「ト（ゥ）ヴァット（ゥ）クルパールタム・ヴァダーミ・テー」ここで**バガヴァーン・シャンカール**は、**パールヴァティー**に、彼は恩恵によって、**クリパー**（**グル**の恩恵）によって、この真実を彼女に告げるのだと言いま

＊2：シュリーマティ・ラーダーラーニはクリシュナの最愛なる伴侶、永遠なる恋人です。そして若いクリシュナがリーラー（神の遊戯）を楽しんだヴリンダーヴァンのゴーピー達（牧女達）の女王です。彼女は通常ラデー、またはラーダーと呼ばれています。

す。彼はここで**シャクティ**としての彼女に話しかけているのではなく、創造物としての彼女に話しかけています。つまり**シヴァ**は普通の個人としての彼女に話しかけています。それで彼は「恩恵」という言葉を使っているのです。そしてこの言葉には「私は恩恵からこれをあなたに打ち明ける」という意味も含まれています。恩恵は何よりも大切です。**バガヴァーン・シャンカール**は私達の行為のすべてが、恩恵なくして、どこへも導かれないことを強調しています。この恩恵によって、**女神パールヴァティー**はあなたを支えてくれるでしょう。恩恵は子供を抱く母親のようなものです。

第１２節

guru pādāmbujaṁ smṛtvā
jalaṁ śirasi dhārayet
sarva tīrthāvagāhasya
samprāpnoti phalaṁ naraḥ

グル・パーダームブジャム・スムルット（ゥ）ヴァー
ジャラム・シラシ・ダーライェート（ゥ）
サルヴァ・ティールターヴァガーハッスィヤ
サムプラーップノーティ・パラム・ナラハ

「**グル**のおみ足を洗った水を頭に振りかけ、同時に**グル**の蓮のおみ足について瞑想すると、人は**プンニャ**、すべての聖なる河川で行う沐浴に等しい功徳を授かる」

ここで**バガヴァーン・シャンカール**は「**チャランアムリタ**（**グル**のおみ足を洗った水）を頭に振りかけ、同時に**グル**の蓮のおみ足について瞑想すると、人は**プンニャ**、すべての聖なる河川で行う沐浴に等しい功徳を授かる」と言っています。**チャランアムリタ**を手にすくい、身体に振りかけると、それは**ガンジス河**で沐浴するのと同じ効果があります。

ヒンドゥー教の伝統では、私達が**ガンジス河**で沐浴すると、数多くの人生の罪が洗い清められると信じています。私達は洗い清められることによって、人生の傷と**カルマ**から洗い落とされます。あなたも知っているように、**ガンジス河**の起源は**ナーラーヤナ神**の蓮のおみ足にあると言われています。**ガンジス河**は**ナーラーヤナ神**の蓮のおみ足から**ブランマー**のカマンダル（水がめ）に入ります*。賢者バギラートが悔い改めたとき、**ガンジス河**の水は地上に送られてきます。賢者バギラートはなぜ悔い改めたのでしょう？　それは彼自身ではなく、彼の先祖を解放するためでした。ここで**バガヴァーン・シャンカール**は、マスターのおみ足が洗われた水を振りかけることは、**ガンジス河**の沐浴と同じ価値があると言っています。それは、この行いが自分を浄化するだけでなく、前の世代の人達も同じように浄化するということです。そして効果は同じです。

第１３節

śoṣaṇaṁ pāpa paṅkasya
dīpanaṁ jñāna tejasām
guru pādodakaṁ samyak
saṁsārārṇava tārakam

ショーシャナム・パーパ・パンカッスィヤ
ディーパナム・グニャーナ・テージャサーム
グル・パードーダカム・サムヤック
サムサーラールナヴァ・ターラカム

「**グル**のおみ足が洗われた聖なる水は、罪の沼地を干上

＊：ガンジス河は人格化され、ガンガ女神として地上に送られてきているという背景があります。

がらせる。認識の光を灯し、この世の大海を横断する助けにせよ」

グルのおみ足を洗った**チャランアムリタ**は、罪のエネルギーを取り除きます。それは罪の支配力から**バクタ**を解放し、認識の光を灯します。これが**チャランアムリタ**の力です。それは神の認識、真なる自己意識、救済を授けます。それは幻影の大海を横断し、人生の意義、私達が肉体を授かった目的を達成する能力を与えてくれます。

第１４節

ajñāna mūla haraṇaṁ
janma karma nivāraṇam
jñāna vairāgya siddhyarthaṁ
guru pādodakaṁ pibet

アグニャーナ・ムーラ・ハラナム
ジャンマ・カルマ・ニヴァーラナム
グニャーナ・ヴェイラーッギャ・シッディヤルタム
グル・パードーダカム・ピベート（ゥ）

「それは無知、**アヴィッディヤー**（知識のないこと）の結果を根こそぎ取り除き、**カルマ**が原因で繰り返される再生を終わらせる。人は**グル**のおみ足の聖なる水を飲んで、解脱、放棄、内面の解放、ヴェイラーッギャ（世俗的な欲求からの解放）に達するべきである」

チャランアムリタは**バクタ**の無知を根こそぎ取り除きます。無知は**アヴィッディヤー**の原因、根源、結果です。この無知を取り除くと、救済への道が開かれます。しかし人がこの無知に固執すると、いつまでもこの輪廻転生のサイクルから抜け出すことができません。人はこのサイクルにとどまり、何度でも生まれてくることになるのです。しかし、この知識を手に入れると、**カルマ**と再生の繰り返しを終えることができます。

ここで**バガヴァーン・シャンカール**は、解脱、放棄、内面の解放、つまりヴェイラーッギャに達するために、**グル**のおみ足の聖なる水を飲むようにと言っています。ここで水を飲むとは、言葉どおりの意味ではありません。それよりも**アーデーシュ**、つまりマスターの指示に従うことを言っているのです。マスターが与える指示は受け入れ、飲み干さなければなりません！　それについて瞑想しなければなりません。そしてマスターの言うことを吸収しなければならないのです。

第１５節

guroḥ pādodakaṁ pītvā
gurorucchiṣṭa bhojanam
guru mūrteḥ sadā dhyānaṁ
guru mantraṁ sadā japet

グルー・パードーダカム・ピーット（ゥ）ヴァー
グルールッチシュタ・ボージャナム
グルー・ムールテ・サダー・ディヤーナム
グルー・マント（ゥ）ラム・サダー・ジャペート（ゥ）

「**グル**のおみ足の聖なる水を飲み、まず**グル**に捧げられた食べ物の残りを食べよ。いつも彼について瞑想し、**グル**から授かった**マントラ**を絶え間なく繰り返せ」

ここで彼は「**グル**のおみ足の聖なる水を飲み、**グル**に捧げられた食べ物の残りを食べよ」と言っています。これに該当する**サンスクリット語**は「**グルールッチシュタ・ボージャナム**」です。

グルの**プラサード**＊[1]を食べてください。彼が食べた**プラサード**は祝福されているからです。

続いて彼は「いつも彼について瞑想し、**グル**に授かった**マントラ**を絶え間なく繰り返せ」と説いています。これに該当する**サンスクリット語**は「**グルー・ムールテ・サダー・ディヤーナム**」で、彼はあなたのディヤーン（瞑想）は、絶えずマスターの姿に向けられているべきであると言っています。

「**グルー・マント（ゥ）ラム・サダー・ジャペート（ゥ）**」次いであなたは**グル**に与えられた**ジャパ**を行うべきです。何百もの**マントラ**を唱えることが大切なのではありません。もしあなたが**グル**から**マントラ**を授かったら、その**マントラ**だけを唱えてください。それがあなたの浄化と、あなたの救済の基礎になります。

――――第１６節――――

kāsī kṣetraṁ tannivāso
jāhnavī caraṇodakam
gurur viśveśvaraḥ sākṣāt
tārakaṁ brahma niścitam

カーシー・クシェーット（ゥ）ラム・タンニヴァーソー

＊1：ここでのプラサードは、グルに捧げられた食べ物のことで、マハー・プラサードと言います。

ジャーナヴィー・チャラノーダカム
グルー・ヴィシュヴェーシュヴァラ・サークシャート（ゥ）
ターラカム・ブランマー・ニシュナタム

「**グル**の住む地はカーシー。彼のおみ足の聖なる水は**ガンジス**。**グル**は宇宙の主、**シヴァ**ご自身であり、真の救済者、**ブランマー**である」

「カーシー・クシェーット（ゥ）ラム・タンニヴァーソー」とは、**グル**の住んでいる場所はカーシーという意味です。**グル**の滞在する地は**ヴリンダーヴァン**で、**グル**のいる所には聖なる**ティールタ**、沐浴場があります。インドにおけるすべての聖なる巡礼地にはマスターが住んでいます。

「ジャーナヴィー・チャラノーダカム」ここで**バガヴァーン・シャンカール**は、**グル**のおみ足の聖なる水は、**ガンジス河**そのものであると言っています。

「グルー・ヴィシュヴェーシュヴァラ・サークシャート（ゥ）、ターラカム・ブランマー・ニシュチタム」**グル**は宇宙の主です。**トゥリムールティ**[*2]はマスター自身の姿に体現されています。**グル**は真の救済者**ブランマー**です。**グル**は**ブランマー、ヴィシュヌ、シヴァ**の化身です。**グル**は人類を救うために顕現したのです。**グル**はすべての人間を最高の状態に導き、主の蓮のおみ足に導くために顕現したのです[*3]。

＊2：トゥリムールティは、ヒンドゥー教の三神一体を表します。ブランマー（創造神）、ヴィシュヌ（維持神）、シヴァ（破壊神）の三神です。
＊3：グルはすべての人間を主の蓮のおみ足に導くために顕現します。ここで主は神のことであり、グルもまた神に等しい存在です。

第１７節

guroḥ pādodakaṁ yattu
gayā'sau so'kṣayo vaṭaḥ
tīrtha rājaḥ prayāgaṣca
gurumūrtyai namo namaḥ

グルー・パードーダカム・ヤットゥ
ガヤー'ソウ・ソー'クシャヨー・ヴァタハ
ティールタ・ラージャ・プラヤーガシュチャ
グルムールティエ・ナモー・ナマハ

「**グル**のおみ足の聖なる水はガヤー、アクシャヤ（不死の）バニャンの木、そして最も聖なる地、プラヤーグ。その**グル**を何度でも讃えようではないか！」

「グルー・パードーダカム・ヤットゥ、ガヤー'ソウ・ソー'クシャヨー・ヴァタハ」ここで彼は、マスターのおみ足の聖なる水はガヤーであると言っています。それは同じく不死とされるバニャンの木も指しています。

「ティールタ・ラージャ・プラヤーガシュチャ、グルームールティエ・ナモー・ナマハ」インドでは**ガンジス**、**ヤムナ**、**サラスワティー**、この３つの河が一緒に流れ込む、最も聖なる地はプラヤーグと呼ばれています。**シヴァ**は「**グル**に向けて、数限りない崇拝の念を送ろうではないか」と言っています。**バガヴァーン・シャンカール**自ら、マスターのおみ足はプラヤーグそのものであると**グル**を褒め讃えています。マスターのおみ足に自らを捧げている人は、プラヤーグを訪れる必要はありません。

マスターのおみ足に自らを捧げている人にとって、マスターの存在は願いをかなえる木、**カルパタル**になります。ガヤーは**ナーラーヤナ**のおみ足、パダムが存在する土地の呼び名です。ヒンドゥー教の伝統では、人々が死んだ人の礼典を行うためにガヤーを訪れます。あなたがそこで死のための最後の儀式を行うと、救済が得られると言われているからです。**バガヴァーン・シャンカール**は、**グル**のおみ足は、ガヤーそのものであると言っています。もしあなたが**グル**のおみ足に自分を捧げているなら、ガヤーはそこにあります。ですから救済はマスターのおみ足にあるということです。

第１８節

guru mūrtim smarennityaṁ
gurunāma sadā japet
gurorājñāṁ prakurvīta
guroranyanna bhāvayet

グル・ムールティム・スマレーンニッティヤム
グルナーマ・サダー・ジャペート（ゥ）
グルーラーグニャーム・プラクルヴィータ
グルーアニャンナ・バーヴァイェート（ゥ）

「絶えず**グル**の姿について瞑想せよ。常に彼の名を繰り返し、その指示に従え。そして**グル**のこと以外何も考えるな」

「グル・ムールティム・スマレーンニッティヤム、グルナーマ・サダー・ジャペート（ゥ）」ここで**バガヴァーン**は再び、常に繰り返し、休むことなく、深い献身と愛をもってマスターの姿について瞑想するようにと強調しています。それもただ瞑想するだけではなく、絶え間なくマスターの名を繰り返し、**ジャパ**をするようにと言っています。

「グルーラーグニャーム・プラクルヴィータ、グルーアニャンナ・バーヴァイェート（ゥ）」の意味は、**グル**の指示に従い、探りを入れず、**グル**に言われたことを行い、**グル**の願いを愛と謙虚さをもって聴くという意味です。ただマスターのことだけを考えなさい。

第１９節

guru vaktra sthitaṁ brahma
prāpyate tat prasādataḥ
guror dhyānaṁ sadā kuryāt
kulastrī svapateryathā

グル・ヴァックト（ゥ）ラ・スティタム・ブランマー
プラーピヤテー・タット（ゥ）・プラサーダタハ
グルー・ディヤーナム・サダー・クリヤート（ゥ）
クラスト（ゥ）リー・スワパテーリャター

「常に**グル**の持つ最高の知識は、彼の恩恵によってのみ、実現される。忠実に従う妻が夫のことを考えるように、常に**グル**について瞑想せよ」

「グル・ヴァックト（ゥ）ラ・スティタム・ブランマー」は**ブランマー**自身が**グル**の口元にいるという意味です。**グル**が恩恵を与えると、人は自己実現を授かります。

「グルー・ディヤーナム・サダー・クリヤート（ゥ）、クラスト（ゥ）リー・スワパテーリャター」は「常に**グル**の持つ最高の知識は、彼の恩恵によってのみ、実現される」という意味です。ここで**バガヴァーン・シャンカール**は、マスターの言葉は、洞察力にあふれ、深い意味があると言っています。**サンスクリット語**は24種類の異なった方法で解釈できることが知られています。どうすれば、どの方法で解釈したらよいかを知ることができるのでしょう？　これは大変難しいことです！　彼は、マスターの言うことは、マスター自身の恩恵によってのみ理解できると言っています。ということは、恩恵を授かること自体、大変重要なことです。しかし、この恩恵を授かるためには、自分を捧げなければなりません。

バガヴァーン・シャンカールは続けます。「忠実に従う妻が夫のことを考えるように、常に**グル**について瞑想せよ」さて、どれだけの奥様方が絶えずご主人について考えているでしょう？　かつてインドの主婦達はサティを行っていました。知っていますか？　彼女達は常に夫の足もとにかしずいていたのです。今日の主婦は考えます。「私の夫はどこにいるのかしら？　今何をしているのかしら？　誰と一緒にいるのかしら？」この状態は瞑想とは言えません。これは疑いです！　**シヴァ**はここであなたに思い出させているのです。もしあなたが誰かを愛していたら、何を考えますか？　あなたは絶えずその人のことを考えるでしょう。違いますか？　あなたがどこへ行こうと、何をしようと、その人はあなたにとって、深い意味があり、とても大切です！　その人はあなたの心を占めています。ここではそのことを言っているのです。かつての時代、人間はとても従順でした。今日でも、恋に落ちたては新鮮です。私が新鮮と言うのは、最初はそうですが、時が経つと状態は変わり、最後には…忘れたほうがいいです！　はじめ恋が新鮮なうちは、絶えず愛している人のことを、一緒にいる人のことを考えています。携帯を見たり、相手のメッセージを待っていない瞬間はありません。そしてその人が来ると、あなたは幸せです。それはあなたにとって大切だからです！　ここで**バガヴァーン・シャンカール**は、絶え間なく**グル**の姿について瞑想するように言っています。自分の心を向けるべきものは、マスター以外に何もありません。

第２０節

svāśramaṁ ca svajātiṁ ca
svakīrti puṣṭi vardhanam
etat sarvaṁ parityajya
guror anyanna bhāvayet

スヴァーシュラマム・チャ・スヴァジャーティム・チャ
スヴァキールティ・プシュティ・ヴァルダナム
エータット（ゥ）・サルヴァム・パリッティヤジャ
グルー・アニャンナ・バーヴァイェート（ゥ）

「あなたの地位と人生の境遇、あなたのカースト、あなたの名声、富、この世の成功に対する努力を脇に置いて、**グル**のこと以外何も考えるな」

バガヴァーン・シャンカールは、あなたがマスターのおみ足、マスターの姿について瞑想するときは、他のすべてのものは脇によけておきなさいと言っています。あなたが人生のどの時期にあろうと、どのカーストに属していようと、人生において名声、富、外見、この世での成功など何を望んでいようと、あなたの心がマスターに向かっているとき、あなたがマスターについて瞑想しているときは、精神が散漫であってはなりません。想念があちこちにさまよっていては駄目です。「**グルー・アニャンナ・バーヴァイェート（ゥ）**」は、あなたの思考は唯一**グル**に向かっているべきであるという意味です。**グル**以外のものに対する、いかなる想念も存在すべきではありません。あなたが**グル**の姿について瞑想するなら、外側にあるものはすべて外側にとどまるべきであり、あなたはマスターをハートの内側に見るべきです。

第２１節

ananyāś cintayanto mām
sulabhaṁ paramaṁ padam
tasmāt sarva prayatnena
guror ārādhanaṁ kuru

アナンヤーシュ・チンタヤントー・マーム
スラバム・パラマム・パダム
タスマート（ゥ）・サルヴァ・プラヤット（ゥ）ネーナ
グルー・ラーラーダナム・クル

「惑わされることのない献身の念をもって、**グル**に瞑想を捧げる者は、容易に至高の状態に達する。何があっても**グル**を崇拝し、慈悲深く相対してくれるように、最大の努力をせよ」

何にも惑わされることのない献身の念、強固な集中力、あちこちにさまようことのないマインドで**グル**に瞑想を捧げる人は、容易に至高の状態に達します。完全にマスターのおみ足に向けられたマインドと献身の念によって、すべては容易になります。「**タスマート（ゥ）・サルヴァ・プラヤット（ゥ）ネーナ、グルー・ラーラーダナム・クル**」そうなるようにあなたは**グル**を崇拝し、慈悲深く相対してくれるように、ベストを尽くさなければなりません。ここでわかることは「おお、私はこの人を自分の**グル**として受け入れれば、それでいいんだ！」というほど簡単なことではありません。**主シャンカール**はここで、人は何があっても、全力を込めて、マインドを —— たとえそれがあちこちさまよい歩いても —— 常にマスターの姿に向けるべきだと言っています。そしてあなたがそうすれば、すべては容易になるでしょう。でもそれは一度にそうなるのではありません。それにはあなた自身の努力が必要です。あなた自身の努力がなければ、何にもなりません。もしあなたが何かできないとわかっていたら、誰があなたにそれを与えてくれるでしょう？　誰も与えてくれません！　でもあなたが何かできるとわかっていたら、それを与えてくれるでしょう。例えばあなたが取引のため銀行へ行って、融資を申請するとします。ところがマネージャーはあなたを見て「この男は決してお金を返さないだろう」と考えます。あなたは彼が融資を受けられると思いますか？　それは無理でしょう。しかし、あなたが確かな性質、きちんとした性格をしていれば、マネージャーはあなたを見ただけで「この人は信用がおける！」と思って融資してくれるでしょう。**グル**に関しても同じです。まだ準備ができていないうちは、何としてでもこの恩恵を授かるために、準備を整えなければなりません。

――――第２２節――――

trailokye sphuṭavaktāro
devādyasura pannagāḥ
guruvaktra sthitā vidyā
guru bhaktyā tu labhyate

ト（ゥ）レローキェー・スプタヴァクターロー
デーヴァーディヤスラ・パンナガー
グルヴァックトゥラ・スティター・ヴィッディヤー
グル・バックティヤー・トゥ・ラッビャテー

「三界の神々、悪魔、コブラは非常にはっきりと、**グル**の中にある知識は、彼に対する完全な献身によってのみ手に入れることができると言っている」

三界の神々、悪魔、その他のより低級な生き物さえ、偉大なマスターの真の知識をもつ者は皆、マスターのおみ足に対する完全な献身の素晴らしさをはっきりと表しています。彼らは皆完全な献身と従順によってのみ、マスターの蓮のおみ足に達することができるのを知っています。偶然に起きるものは何もないゆえに、ただ成り行きで達せられることはありません。**バガヴァーン・クリシュナ**は**ギーター**で「すべては神のご意思によって起きる」と言っています。主はすべての人をいるべき場所に配置します。主はすべての魂に彼らの**カルマ**と献身にふさわしい場所を割り当てます。主はすべての人間を行くべき母親の身体に託し、救済への道を見定めます。

「ト（ゥ）レローキェー・スプタヴァクターロー、デーヴァーディヤスラ・パンナガー」で主は、すべての生き物、半神、**アスラ**、悪魔、そしてより低級な存在にも、マスターに対する献身なしに救済を得るのが不可能であることがわかっていると言っています。これがヒンドゥー教の伝統で、なぜ**アスラ**まで彼らを導く**グル**を持っているかの理由です。彼らは高慢であるにもかかわらず、階層制度のあることを知っています。悪魔のシュクラチャリヤは、デイチャス（悪魔達）の**グル**で、彼らによい忠告を与えています。**シヴァ神**の「高慢」がジャランダールの姿で顕現したとき、シュクラチャリヤは悪魔達に言います。「彼を相手に戦うな。彼は**シヴァ神**ご自身だ！」でも彼らは何をしたでしょう？　そしてシュクラチャリヤはジャランダールの近しい仲間だったので、彼に言います。「ジャランダール、あなたは**シヴァ神**の一部だ。なぜ彼（**シヴァ**）を相手に戦うのだ？　あなたにはできないことだ！　あなたは**シヴァ神**のより低い本質の顕現体だから、絶対に勝つことはできない」シュクラチャリヤは彼に警告します。「あなたは殺される。馬鹿な真似はやめなさい！」これであなたにも、シュクラチャリヤでさえいい忠告を与えたことがわかるでしょう。これはかなわないとわかっている相手と戦うなということです。悪魔ですらマスターの偉大さを知っています。人はこの知識をもって初めて、真の知識を得ることができるのです。

第２３節

gukāras tvandhakāraś ca
rukāras teja ucyate
ajñāna grāsakaṁ brahma
gurureva na saṁśayaḥ

グカーラス・ト（ゥ）ヴァンダカーラシュ・チャ
ルカーラス・テージャ・ウッチャテー
アグニャーナ・グラーサカム・ブランマー
グルレーヴァ・ナ・サムシャヤハ

「最初の音節『グ』は暗闇を、２番目の音節『ル』は光を意味する。**グル**は疑いもなく、すべての暗闇を追い払う**ブランマー**である」

サンスクリット語「**グル**」の最初の音節「グ」は暗闇を、２番目の音節「ル」は光を意味しています。マスターのハートに住む最高の存在、**パラブランマー**は、暗闇を追い払う人です。ここで**グル**という言葉が暗闇と光という２つの意味を持っていることがわかります。**グル**はこの２つの本質に関して完璧な技巧を備えています。マスターは暗闇を征服したのです。彼は光を**バクタ**の所へ持っていくために、暗闇を超越したのです。マスターがそれを超越しなかったとしたら、どうやって暗闇を支配下に置くことができるでしょう？　ということは、**グル**は両方をマスターしたのです。彼は暗闇のマスターであり、光のマスターでもあります。そして同時に「**アグニャーナ・グラーサカム・ブランマー、グルレーヴァ・ナ・サムシャヤハ**」これは彼がその上に立っているという意味です。彼は暗闇をマスターし、光をマスターして、さらには光と暗闇を超越しているということです。このようにして**グル**は彼に自らを捧げる者の無知の暗闇を追い払います。もし**グル**が人を神意識の状態に導くことができなかったら、それは**グル**ではありません。教師であっても、マスターではありません！

ヒンドゥー語の「**グル**」は教師の意味です。でも教師にはいろいろなレベルがあります。たとえばある特定のテーマを教えるシシャ・**グル**がいます。もし英語を習いたければ、あなたは英語の教師の所へ行きます。もしフランス語を勉強したければ、あなたはフランス語の教師の所へ行きます。でもシシャ・**グル**はあなたにエゴとプライドを手放す方法を教えることができません。ということは、「**グル**」の正確な訳が教師であるとしても、シシャ・**グル**と**サットグル**の間には大きな違いがあります。

第２４節

gukāraḥ prathamo varṇo
māyādi guṇa bhāsakaḥ
rukāraḥ dvitīyo brahma
māyā bhrānti vināśanam

グカーラ・プラタモー・ヴァルノー
マーヤーディ・グナ・バーサカハ
ルカーラ・ド（ゥ）ウィティーヨー・ブランマー
マーヤー・ブラーンティ・ヴィナーシャナム

「最初の音節『グ』は、**マーヤー**の本質を表している。2つ目の音節『ル』は、**マーヤー**の幻影から離れた至高神、絶対者を表している」（「グ」はより低い、顕現された世界、一方「ル」は至高の絶対者、顕現されていない存在を表している）

「**グル**」の最初の音節「グ」は**マーヤー**の本質を表しています。また

「グ」は無知も表しています。この節で**バガヴァーン・シャンカール**は、最初の音節「グ」は**マーヤー・プラクリティ**を表していると言っています。**デーヴィー、シャクティ**は人間をこの現実に結びつけ、押さえつけています。2つ目の音節「ル」は人間を幻影から解放する**プルシャ**、至高の絶対者を表しています。つまりこの1つの言葉の中には両方の意味が含まれています。**グル**という言葉には、**マーヤー**と**マーヤー**から解放する者の両方が存在しています。この言葉に両局面があることは、**グル**が**マーヤー**のマスターであること、この現実のマスターであることを示しています。彼はどのようにして人をこの現実から救い出し、またどのようにして人をこの現実に導くか、その両方を知っています。これをマスターするには、両方の道を知らなければなりません。あなたは片方の道だけを制御しても、それをマスターすることはできません。ということは、あなたはそれをマスターしなかったということです！

人生において、すべてがうまくいくと、あなたは非常に空想的な世界、あるいは夢の世界に生きていて、真の幸福が何であるか知りません。あなたはもう一方の面をマスターすることによって、より低い本質をマスターすることによって、より高い本質について真に知ることができます。

ここで**バガヴァーン・シャンカール**は、「**グル**」という言葉には、両局面があると説明しています。**グル**は**マーヤー**のマスターであると同時に、**マーヤー**そのものでもあります。ですから、彼にはいつ誰に影を投げかけたらよいか、またいつその影を取り除いたらよいかわかっています。

第25節

evaṁ guru padaṁ śreṣṭhaṁ

devānāmapi durlabham

hāhā hūhū gaṇaiś caiva

gandharvaiś ca prapūjyate

エーヴァム・グル・パダム・シュレーシュタム
デーヴァーナーマピ・ドゥルラバム
ハーハー・フーフー・ガネイシュ・チェイヴァ
ガンダルヴェイシュ・チャ・プラプージャテー

「**グル**の蓮のおみ足は追求すべき最高の目的である。それは神々にとってさえ、見つけ、手に入れるのが難しい。ハーハー・フーフーと呼ばれるグループ、また**ガンダルヴァス**は、それを満ちあふれる献身によって崇拝している」

グルの蓮のおみ足は、人が努力すべき最高の目的を表しています。**バガヴァーン・シャンカール**は「救済に向かって励むな」と言います。彼は完璧に向かって努力することを要求していません。彼は「あなたがまず手に入れなければならないのは献身である」と言っています。あなたは第一に、マスターのおみ足に献身を捧げるよう努めなければなりません。そして彼は、この最高の対象に達すること —— これを最高の対象にすることは、神々や**アスラ**にとってさえ、大変難しいと言っています。彼らは最高の現実に完全に自らを捧げているにもかかわらず、マスターのおみ足に自分を捧げることは難しいと感じています。

そして主は言います。「**ハーハー・フーフー・ガネイシュ・チェイヴァ**」それはこの簡素な一族がその純真さと心の謙虚さによって、大変簡単に献身の念をもって崇拝していることを意味しています。

一方神々や**アスラ**にとっては、彼らが多分にマインドにあり自分のことにかかわりあっているために、難しいのです。そのため彼らにとって、この献身を得ることは、簡単ではありません。それでも恩恵によって、それが起きることがあります。

しかしながら、マスターのおみ足に自らを捧げている人達にとっては、彼らの心の謙虚さと従順さゆえに、大変簡単なのです。

―――― 第２６節 ――――

dhruvaṁ teṣāṁ ca sarveṣāṁ
nāsti tattvaṁ guroḥ param
āsanaṁ śayanaṁ vastraṁ
bhūṣaṇaṁ vāhanādikam

ド（ゥ）ルヴァム・テーシャーム・チャ・サルヴェーシャーム
ナースティ・タット（ゥ）ヴァム・グル・パラム
アーサナム・シャヤナム・ヴァスト（ゥ）ラム
ブーシャナム・ヴァーハナーディカム

「彼らは皆**グル**よりも偉大な人はいないと信じている。
グルを熱望する人は椅子、ベッド、衣類、装飾品、馬、馬車などを**グル**の満足がいくように、提供すべきである」

「ド（ゥ）ルヴァム・テーシャーム・チャ・サルヴェーシャーム、ナースティ・タット（ゥ）ヴァム・グル・パラム」心から謙虚な、簡素な人々は皆**グル**よりも偉大な人間はいないと信じています。簡素な人間は神を知らなくても、マスターを知っています！　彼らにとって神は遠い存在です。神は別の、より高い次元にいます。彼らは神について何も知りません。彼らにとって、神はマスターであり、マスターが彼らに神を示してくれます！　そしてマスターは彼らに、最も簡単な方法で神を近づけてくれます。マスターは人間を神に引き合わせてくれます。

「**アーサナム・シャヤナム・ヴァスト（ゥ）ラム、ブーシャナム・ヴァーハナーディカム**」かの信奉者達はマスターの恩恵を切望するあまり、そして彼を喜ばせるために、椅子、ベッド、衣類、装飾品、馬、土地、馬車など、すべてを捧げます。彼らは究極の存在に達する以外のことは、何も望んでいません。彼らには、いくら神に達したいと思っても、マスターの恩恵なしに何も起きないことがよくわかっています。でも彼らはマスターの恩恵があれば、すべてが叶えられることも知っています！　だからこそ**バガヴァーン**はこの節で、彼らが持っているものすべてを、また彼らが心に感じるものすべてをマスターに捧げると言っているのです。

第２７節

sādhakena pradātavyaṁ
guru santoṣa kārakam
guror ārādhanaṁ kāryaṁ
svajīvitvaṁ nivedayet

サーダケーナ・プラダータヴャム
グル・サントーシャ・カーラカム
グルー・ラーラーダナム・カーリヤム
スワジーヴィット（ゥ）ヴァム・ニヴェーダイェート（ゥ）

「**グル**は満足させ、幸せにすべきである。人は一生を**グル**への奉仕に捧げるべきである」

「**サーダケーナ・プラダータヴャム・グル・サントーシャ・カーラカム**」は「**グル**は満足させ、幸せにすべきである」という意味です。ここで彼は、帰依者の目的は、また弟子の目的は、**グル**を幸せにし、満足させることだと言っています。

「**グルー・ラーラーダナム・カーリヤム、スワジーヴィット（ゥ）ヴァム・ニヴェーダイェート（ゥ）**」これは、もし自分の**グル**に出会ったなら、一生を**グル**への奉仕に捧げるべきであるという意味です。私が前に話したドゥキ・クリシュナの物語のように。（第11節のコメント参照）　彼は**グル**に**グル・マントラ**を乞うようなことはしませんでした。唯一彼が**グル**に願ったのは、**グル・アーデーシュ**、**グル**の指示です。彼は14歳でした。彼は言います。「**グルデーヴ**、私に指示を与えてください！」すると**グル**は答えます。「あなたの役目は、ただ植物に水をやることだ。他には何もない」そして12年間、彼はマスターに何かお願いすることもなく、この指示に従います！　**グル**が次に何か言ったときには、はやくも12年が経っていました。この12年間、ただの一度もマスターと話すこともなく、ドゥキ・クリシュナは献身の念にあふれた態度で、彼の役目を果たしました。12年後にマスター、シュリー・フリダヤ・チェイタニヤ・ダスは彼を自分のもとに呼んで、観察します。ドゥキ・クリシュナは頭に怪我をして、傷口に蛆がわいていました。マスターは彼に言います。「私はあなたの献身ぶりにとても満足している！」この状態での献身がどんなに大きなものか想像してみてください。人間はいつもただ「私、私、私、私、私」と考えています。ドゥキ・クリシュナはすべてを忘れていました。自分さえもすっかり忘れていました。彼には**グル**だけが存在していたのです。他には何もありませんでした。彼はマスターへの奉仕に、自分のすべてを捧げていました。

第２８節

karmaṇā manasā vācā
nityam ārādhayed gurum
dīrgha daṇḍaṁ namaskṛtya
nirlajjo guru sannidhau

カルマナー・マナサー・ヴァーチャー
ニッティヤ・マーラーダイエッド（ゥ）・グルム
ディールガ・ダンダム・ナマスクルッティヤ
ニルラッジョー・グル・サンニドー

「常にマインド、言葉、行為によって**グル**に仕えよ。少しもためらわずに、彼の前で恥じることなく、ステッキのように平伏せ」

「常にマインド、言葉、行為によって**グル**に仕えよ」ここで**バガヴァーン・シャンカール**は、**バクタ**の義務、帰依者の義務が、常に仕えることにあるのを思い出させています。それは外側だけでなく、マインドも常に奉仕の状態になければなりません。また彼は話すべき言葉も、常にマスターに関するものでなければならないと言っています。そして行為もまた、常にマスターに対する奉仕においてなさなければなりません。

「ディールガ・ダンダム・ナマスクルッティヤ、ニルラッジョー・グル・サンニドー」はあなたが何の恥じらいもなく平伏すこと、彼の前で乾いたステッキのように、少しもためらうことなく「隣の人がどう思うだろうか？」などという気持ちをいっさい持たないで、横たわることを意味しています。彼は「マインドを完全にマスターに捧げて、心から平伏せ」と言っています。

――――― 第２９節 ―――――

śarīram indriyaṁ prāṇāṁ
sadgurubhyo nivedayet
ātmadārādikaṁ sarvaṁ
sadgurubhyo nivedayet

シャリーラ・ミンド（ゥ）リヤム・プラーナーム
サット（ゥ）グルビヨー・ニヴェーダイェート（ゥ）
アート（ゥ）マダーラーディカム・サルヴァム
サット（ゥ）グルビヨー・ニヴェーダイェート（ゥ）

「真の**グル**にすべてを捧げよ、身体、五感、**プラーナ**。あなたにとって貴重なものをすべて捧げよ。『私』、ママカーラに関するすべての感情を振り捨て、**グル**に加護を求めよ」

ここで彼は、「身体、五感、**プラーナ**、そしてマインド、知性など、すべてを**グル**に捧げよ」と言っています。あなたにとって貴重なものをすべて捧げてください。何も取っておくことはありません！　あなたが自分にとって一番貴重だと思っているもの、最も大切だと感じているものをマスターのおみ足に捧げなさい。このようにして、あなたはプライド、また「私」「私の」に対する感情を手放すことができます。

「アート（ゥ）マダーラーディカム・サルヴァム、サット（ゥ）グルビヨー・ニヴェーダイェート（ゥ）」

彼は、私達がこの「私」「私の」、このプライド、この「アハムカーラ」をマスターに捧げるようにと言っています。この大きな「私」をマスターに捧げ、そのおみ足に加護を求めてください。

第３０節

kṛmi kīṭa bhasma viṣṭhā
durgandhi mala mūtrakam
śleṣma raktaṁ tvacā māṁsaṁ

vañcayenna varānane

クルミ・キータ・バスマ・ヴィシュター
ドゥルガンディ・マラ・ムーット（ゥ）ラカム
シュレーシュマ・ラクタム・ト（ゥ）ワチャー・マームサム
ヴァンチャイェーンナ・ヴァラーナネー

「おお、麗しき者よ、**グル**に病原菌、蛆虫、ゴミ、腐った臭いのする尿と糞、痰、血と肉にあふれた身体を、何１つ残さずに捧げるのをためらうな！」

ここで**バガヴァーン・シャンカール**は、**パールヴァティー**に向かって言います。「おお、麗しき者よ、**グル**に身体全体を捧げることをためらうな」

マスターにすべてを捧げなさい。いったい身体が何だというのです？身体は病原菌、蛆虫、ゴミ、腐った臭いのする尿と糞、痰、血と肉でいっぱいです。何１つ残さずに捧げなさい。

身体はこのようなものからできています。そしてあなたが死ぬと、肉体は朽ちてしまいます。あなたはこの肉体ですか、それとも**アートマ**（魂）ですか？　ここで**バガヴァーン・シャンカール**は、私達が「私達の、私達の、私達の」と呼んでいるこの肉体を捧げるように、それがどんな状態にあろうと、マスターのおみ足に捧げるように言っています。この肉体をそっくりマスターのおみ足に捧げることによってのみ、人は自由になります！

——— 第３１節 ———

saṁsāra vṛkṣamārūḍhāḥ
patanto narakārṇave
yena caivoddhṛtāḥ sarve
tasmai śrī gurave namaḥ

サムサーラ・ヴルクシャマールーダー
パタントー・ナラカールナヴェー
イェーナ・チェイヴォーッド（ゥ）ルター・サルヴェー
タッスメイ・シュリー・グラヴェー・ナマハ

「この世の樹木に引っかかっている魂を地獄の大海から
救い出す、何よりも尊敬される**グル**を崇拝せよ」

幻影の海で溺れかかっている人々を救う**グル**に崇拝の念を送ってください。なぜなら人が幻影の海で溺れ死ぬと、幻影は地獄に等しいので、その人は間違いなく地獄に落ちる ―― つまり、あなたは高められることなく、地獄に落とし込まれることになるのです。**グル**はあなたを高めてくれるのに、プライドはあなたを引き下ろし、地獄に連れていきます。

「イェーナ・チェイヴォーッド（ゥ）ルター・サルヴェー、タッスメイ・シュリー・グラヴェー・ナマハ」は、**グル**は唯一、幻影の大海で溺れかかっているあなたを救ってくれる人ですという意味です。

——— 第３２節 ———

gururbrahmā gururviṣṇur
gururdevo maheśvaraḥ

gurureva parabrahma
tasmai śrī gurave namaḥ

グルブランマー・グルヴィシュヌ
グルデーヴォー・マヘーシュワラハ
グルレーヴァ・パラブランマー
タッスメイ・シュリー・グラヴェー・ナマハ

「**グル**は**ブランマー**であり、**ヴィシュヌ**であり、**シヴァ**である。**グル**は真の**パラブランマー**である。至高の絶対者である**グル**に崇拝の念を捧げよ」

グルは**ブランマー**、創造者です。**グル**は**ヴィシュヌ**、維持者であり、**グル**は**シヴァ**、破壊者です。**グル**は真の**パラブランマー**です。「**クリシュナ・**タットゥヴァ、アハム・グルビヨー・ナマハ」このように、**バガヴァーン・クリシュナ**は**グル**に当てはめて言っています。「私は至高の**ブランマン**であり、至高の**グル**その人である。**グル**の姿の私に自らを捧げる人にとって、私は絶対者である」

グルに崇拝の念を捧げてください。「タッスメイ・シュリー・グラヴェー・ナマハ」は、**グル**のおみ足を讃えなさいという意味です。

第３３節

hetave jagatāmeva
saṁsārārṇava setave
prabhave sarva vidyānāṁ
śambhave gurave namaḥ

ヘータヴェー・ジャガターメーヴァ
サムサーラールナヴァ・セータヴェー
プラバヴェー・サルヴァ・ヴィッディヤーナーム
シャムバヴェー・グラヴェー・ナマハ

「永遠の幸福を約束し、富を呼び、宇宙の根源、この世の大海を越える橋、そして知識の源、**シヴァ**ご自身である**グル**に崇拝の念を捧げる」

「永遠の幸福を約束し、富を呼び、**シヴァ**ご自身である**グル**に崇拝の念を捧げる」絶えずこの世の幸せを気遣い、また帰依者の幸せを思う**グル**に崇拝の念を捧げます。

「プラバヴェー・サルヴァ・ヴィッディヤーナーム、シャムバヴェー・グラヴェー・ナマハ」にある「宇宙の根源、この世の大海を越える橋、そして知識の源」ここで彼は**グル**がこの現実、物質界と霊的な世界を結ぶ橋であると言っています。**グル**がいなければ、私達は大きな深淵の前に立っています。**グル**はこの２つの世界、物質界と霊界を結んでいます。この２つの世界を結んでいる**グル**に崇拝の念を捧げます。

第３４節

ajñāna timirāndhasya
jñānāñjana śalākayā
cakṣur unmīlitaṁ yena
tasmai śrī gurave namaḥ

アグニャーナ・ティミラーンダスィヤ
グニャーナーンジャナ・シャラーカヤー

チャクシュルンミーリタム・イェーナ
タッスメイ・シュリー・グラヴェー・ナマハ

「知識のための癒しの水によって、無知の暗闇で盲目になった者の目を清める**グル**に、崇拝の念を捧げる」

暗闇の中の人間は、無知に捉えられています。彼らはあちこちさまよい歩いて、自分の道を探す盲人と同じです。でも**グル**のいる人にとって、**グル**は目の見えない人のためのステッキのようなものです。**グル**は暗闇の中で光となり、松明となり、救済への道、神意識への道を照らします。

――――第３５節――――

tvaṁ pitā tvaṁ ca me mātā
tvaṁ bandhustvaṁ ca devatā
saṁsāra pratibodhārthaṁ
tasmai śrī gurave namaḥ

ト（ゥ）ワム・ピター・ト（ゥ）ワム・チャ・メー・マーター
ト（ゥ）ワム・バンドゥスト（ゥ）ワム・チャ・デーヴァター
サムサーラ・プラティボーダールタム
タッスメイ・シュリー・グラヴェー・ナマハ

「あなたは私の父であり、母であり、すべてのものへの関係（つながり）であり、神である。おお、**グル**よ、『ギャーナ』の仲裁者、この世の真の知識、私はあなたに崇拝の念を捧げる」

「あなたは私の父であり、母であり、すべてのものへの関係（つながり）

であり、神である」**グル**はこのすべてです。あなたが一度**グル**を見つけると、**グル**はあなたの母、あなたの父、あなたのすべてのものへの関係（つながり）、そしてあなたの神になります。

あなたがインドへ行くと、特にあなたが霊的な道にいると、人はあなたの父親の名前を訊くかもしれません。もちろんあなたは「私の父はローベルト、あるいはジョン」と答えます。でも実際には、彼らがあなたに「あなたのお父さんは誰ですか、あなたのお母さんは誰ですか」と訊いて、あなたが生みの親の名前を言ったら、彼らは自動的に、あなたは正しい道にいないと思うでしょう。なぜなら、もしあなたが**アシュラム**へ行って、彼らに「あなたの母親と父親は誰ですか」と訊かれたら、あなたはそこで**グル**の名を言うべきだからです。

あなたが霊的な道にいて、あなたの**グル**に従っていたら、あなたには**グル**の名前がわかっています。そこであなたが**アシュラム**の**グル**にあなたの父親と母親は誰か、あるいはあなたの父親と母親は何というのかと訊かれたら、あなたは決して生みの親の名を言うべきではなく、常にあなたの**グル**の名を言うべきです。でもこれはあなたが完全に自分を捧げると、起きてくることです。そうなって初めて、彼らはこのような質問をするでしょう。そしてあなたにこの質問をすることで、彼らはすぐに、あなたがどれだけ霊的な道に自分を捧げているか、どれだけ**グル**に自分を委ねているかがわかるでしょう！　でもあなたが生みの親の名前を言うと、彼らはまた別のレベルであなたと話を進めることでしょう。けれどもあなたが「あなたの母親と父親は誰ですか？」と訊かれて「私の母と父は**グル**誰々です」と答えると、彼らは自動的に「よろしい、あなたはこの系統に属しています」と言うでしょう。あなたはある決まったアイデンティティ、自分がどこに属するか、という確かな気持ちを持つことができます。すると彼らにはあなたが確かな道にいることがわかります。

この節で主はこう言っています。「ト（ゥ）ワム・ピター・ト（ゥ）ワム・チャ・メー・マーター」これはあなたが**グル**を見つけたら、もう血のつながった父親も、あなたを生んだ母親もいないという意味です。そればかりか**グル**が父親になり、母親になり、また**グル**自身が神になります。

キリスト教の伝統でも、同じことが見られます。もしあなたが修道院に入ると、それまでの人生をそっくりそのまま後に残して進まなければなりません！　それは、もしあなたが**グル**のおみ足に加護を見出したら、そこで今までの人生を手放さなければならないということです。でもそれはあなたがすべてを終わらせなければならないということではありません。違います。あなたの中で ―― それは外側ではなく、内側で ―― あなたの人生が変わります。あなたの人生はその瞬間に変わります。それが新しい出生です。

バガヴァーン・クリシュナは**ギーター**でも、この「二度の出生」について話しています。「二度の出生」は**ブラーミン**階級だけのことではなく、あなたがマスターのおみ足に加護を求めたときのことも言います。

キリストも「天国へ行くには、もう一度生まれてこなければならない」と言っています。これは自らを捧げることによってのみ、キリストの使徒であり、弟子である人達が自分を捧げたように ―― キリストはそのために彼らを呼んだのです ―― あなたがマスターのおみ足に自らを捧げると、その瞬間に新しい人生が始まるという意味です。キリストは彼らにとって母になり、父になり、その他すべてのものになります。キリストの弟子達を見ると、彼らのマインドは常にマスターだけに向けられています。彼らの話していたことも、唯一マスターのことだけで、他には何もありませんでした！　これは聖パウロ自身が言っていたことです。「私は毎日キリストと共に生まれる。毎日キリストと過ごし、キリストと共に死ぬ。そして毎日キリストと共に復活する」このようなことが起きたのは、彼らが弟子だったからです。彼らはただの帰依者ではなく、完全に、余すところなく自分を捧げていました。

ここで**シヴァ**はこうも言っています。「サムサーラ・プラティボーダールタム・タッスメイ・シュリー・グラヴェー・ナマハ」これは、このすべての本質は「真の知識の仲裁者」によって、手に入れることができるという意味です。**グル**は弟子に、どのようにして真の知識を得ることができるかを教えます。この真の知識を通して人は幻影から解放されるのです。

――― 第３６節 ―――

yatsatyena jagat satyaṁ
yatprakāśena bhāti tat
yad ānandena nandanti
tasmai śrī gurave namaḥ

ヤット（ゥ）サット（ゥ）イェーナ・ジャガット（ゥ）・サッティヤム
ヤット（ゥ）プラカーシェーナ・バーティ・タット（ゥ）
ヤダーナンデーナ・ナンダンティ
タッスメイ・シュリー・グラヴェー・ナマハ

「世の根源の存在であり、すべての創造の光（知識）を知覚できるようにし、その至福が個々の至福を可能にする存在である**グル**に崇拝の念を捧げる」

ここで**バガヴァーン・シャンカール**は、**グル**に崇拝の念を捧げています。それはこの世がまだこうして存在しているのは、**グル**のおかげだからです！　それはマスター達が太古の昔から、何世紀も続けて、サナタナ・**ダルマ**を守り、**ダルマ**、この真の知識を、今日に至るまで守り続けてきたからです。もしマスター達が現れなかったとしたら、この世はもうずっと前に滅亡していたことでしょう。マスター達がこの世にやってきたのは、インドだけでなく、世界のいろいろな地域で人々に人生の真の天命を思い出させるためです。太古の昔から、人類存在の初めから、彼らは知識の光、**バクティ**の光、従順さの光が命を保つように、守り続けてきたのです。そしてこの光のおかげで、創造物は存在し続けることができたのです。もしこの「光」がなかったら、世界はもうずっと前に存在するのをやめていたことでしょう。この世がいまだによりよい場所として存在しているのは、マスターの恩恵以外の何ものでもありません。マスターの恩恵があるからこそ、人間1人ひとりが至福を感じることができるのです。

――――第37節――――

yasya sthityā satyamidaṁ
yadbhāti bhānurūpataḥ
priyaṁ putrādi yat prītyā
tasmai śrī gurave namaḥ

ヤッスィヤ・スティッティヤー・サッティヤミダム
ヤッド（ゥ）バーティ・バーヌルーパタハ
プリヤム・プット（ゥ）ラーディ・ヤット（ゥ）・プリーッティヤー
タッスメイ・シュリー・グラヴェー・ナマハ

「すべての創造物の根源であり、その姿が太陽と光によって知覚でき、その愛において、すべての関係が（父親と息子の間のごとく）親密で、貴重な存在となる**グル**に崇拝の念を捧げる」

ここで主は、人はマスターの恩恵により、**グル**の恩恵により、愛の光、真の愛を体験すると言っています。ありきたりな、表面的な愛ではなく、深い愛です。マスターの光によって、すべての関係が親密に、貴重になります。それは血縁関係のような、単なる外側の関係ではありません。ここで主は、**グル**の家族は皆が親密で貴重だと言っています。これはあなた達がどこから来ようと、**グル**はあなた達皆を一緒にするということです。これはあなた達皆が何生も一緒に生まれてきていることを意味しています。

あなた達は多分ロシア、フランス、イタリア、スペイン、アメリカ、ラテンアメリカ、ブラジル、…北極、南極から来ています。人々がお互いに出会うのは、ただマスターの恩恵によるものです。彼は皆を１つの家族にまとめます。**グル**は皆を引き寄せ、固く結び合わせ、大きな家族を作る磁石のようになります。これはただ**グル**の愛によって起こります。もし**グル**の愛がなかったら、あなた達はどこにいるでしょう？　多分別の所にいるでしょう、そうではありませんか？

バガヴァーン・シャンカールは「プリヤム・プット（ゥ）ラーディ・ヤット（ゥ）・プリーッティヤー、タッスメイ・シュリー・グラヴェー・ナマハ」と言っています。「プリヤム・プット（ゥ）ラーディ・ヤット（ゥ）・プリーッティヤー」は、父と息子の愛のようなものです。両親は常に家族を１つにまとめようと、常に家族を一緒に保とうとします、違いますか？　今は昔のようではありませんが、真の家族はこれと変わりません。**バガヴァーン・シャンカール**は、**グル**は両親と同じで、家族を１つにまとめ、皆を１つの屋根の下に集めると言っています。

――――― 第３８節 ―――――

yena cetayate hīdaṁ
cittaṁ cetayate na yam
jāgrat svapna suṣuptyādi
tasmai śrī gurave namaḥ

イェーナ・チェータヤテー・ヒーダム

チッタム・チェータヤテー・ナ・ヤム
ジャーグラット（ゥ）・スワプナ・スシュップティヤーディ
タッスメイ・シュリー・グラヴェー・ナマハ

「マインドにこの世を知覚させてくれる、そしてマインドで知覚できない人に、目覚めている状態、眠っている状態、夢見ている状態の３つを照らし出してくれる**グル**に崇拝の念を捧げる」

「イェーナ・チェータヤテー・ヒーダム、チッタム・チェータヤテー・ナ・ヤム」ここで主は、**グル**がマインドに、すべての人間に、世の中を見ることを、世の中を楽しむことを、この明らかな現実にあることを可能にしてくれると言っています。それでもマインドはまだ主を知覚することができません。ということは、限界があると、**グル**を認識することができないということになります。いくらマインドが**グル**を理解しようと思っても、それは無理です。ハートでさえ**グル**を認識するのは難しいと見られています。「ジャーグラット（ゥ）・スワプナ・スシュップティヤーディ」**グル**は目覚めた状態にある者、活動の状態にある者に光を与えます。あなたが夢を見ていると、**グル**が来て守ってくれます。あなたが深い**サマーディ**（瞑想の深い意識状態）にあると、あなたがどこかで失われてしまわないように、**グル**があなたの様子を見守ってくれます。**グル**は目に見える世界だけにいるのではありません。彼はあなたに**サーダナ**を与えてくれ、瞑想のときに、あなたの目の前に座っています。そして深い**サーダナ**では、あなたを導く永遠のガイドです。

第３９節

yasya jñānādidaṁ viśvaṁ
na dṛśyaṁ bhinna bhedataḥ

sadeka rūpa rūpāya
tasmai śrī gurave namaḥ

ヤッスィヤ・グニャーナーディダム・ヴィシュヴァム
ナ・ド（ゥ）ルシャム・ビンナ・ベーダタハ
サデーカ・ルーパ・ルーパーヤ
タッスメイ・シュリー・グラヴェー・ナマハ

「その知識によって、この創造がもはや、真実の姿である至高の存在と違わないことを知覚させてくれる**グル**に崇拝の念を捧げる」

このように**グル**は真実の姿で、この創造がただの空所ではないこと、空っぽではないことを示しています。ここで**バガヴァーン・シャンカール**ご自身は、創造物が空っぽではないこと、すべては**ナーラーヤナ神**で満たされているので、空のものは何もないと言っています！　そしてただ**グル**の恩恵によって、人はいつまでも空間ではなく、豊富さを知覚するのです。これは至高の存在が至る所に、常にあることを意味しています。ですから空のものは何もありません。空所は究極、至高の真実に向かうただの1歩にすぎません。

この節で偉大なアド（ゥ）ヴェイタである**バガヴァーン・シャンカール**は、**パールヴァティー**に、**グル**の知識によって、人は創造全体が至高の存在と変わりないことを知ると言っています。

すべては究極の存在である主ご自身です。あなたの周りにあるすべてのものは、至高神そのものに満たされています。神はすべての原子に存在します。したがってそこに空所はなく、至高の存在だけがあります。そして**バガヴァーン・シャンカール**はここで、**グル**の与える恩恵と知識を通してのみ、人は真実の姿である現実を知覚すると言っています。

第４０節

yasyāmataṁ tasya mataṁ
mataṁ yasya na veda saḥ
ananya bhāva bhāvāya
tasmai śrī gurave namaḥ

ヤッスィヤーマタム・タッスィヤ・マタム
マタム・ヤッスィヤ・ナ・ヴェーダ・サハ
アナンニャ・バーヴァ・バーヴァーヤ
タッスメイ・シュリー・グラヴェー・ナマハ

「主を知っていると主張する**グル**ではなく、主を知らないと言う**グル**に崇拝の念を捧げる。**グル**と至高神の間に違いはない」

これはとても面白いことです。「ヤッスィヤーマタム・タッスィヤ・マタム、マタム・ヤッスィヤ・ナ・ヴェーダ・サハ」ここで主は、**グル**が自分を限界づけると言っています。彼は自分の真の姿を隠すために**マーヤー**を使い、時々彼自身それを忘れてしまうほど、うまく隠します！　彼は人間としての役割を常に演じているからです。彼は人間よりも人間らしくなります。――もちろん、彼は決して忘れてなどいません！

「マタム・ヤッスィヤ・ナ・ヴェーダ・サハ」は「主を知っていると主張する**グル**ではなく」と言う意味です。ここで主は、**グル**を知っていると思っている人達は、実際には知らないと言っています。彼らは**グル**が彼らに知ってもらいたいことを知っているだけです。しかし謙虚であり、心の中で深く自分を捧げている人は、そこに何の違いも見ていません。彼らはマインドではなく、心の奥底で、最高の現実と**グル**の間には何の違いもないことを知っています。そしてこの最高の現実を知る人は、それについて話す必要もありません。彼らはただ自分を捧げればよいのです！

第４１節

yasya kāraṇa rūpasya
kārya rūpeṇa bhāti yat
kārya kāraṇa rūpāya
tasmai śrī gurave namaḥ

ヤッスィヤ・カーラナ・ルーパッスィヤ
カーリャ・ルーペーナ・バーティ・ヤット（ゥ）
カーリャ・カーラナ・ルーパーヤ
タッスメイ・シュリー・グラヴェー・ナマハ

「最初の原因であるにもかかわらず、それが結果であるように見える**グル**に、また原因と結果の両方である**グル**に崇拝の念を捧げる」

ここで**主シヴァ**は**パールヴァティー**に、すべては**グル**の恩恵によるものであると説明しています。人々は今生に起こったことだけを思い出し、すべては過去に起きたことの長い継続であることを認識していません。あなたが今日、右足で起き上がって、自分の**グル**を見つけたのは、偶然ではありません。神があなたを霊的な道に連れていくことを決めたのは、また、あなたを特定の系統に属するように、決まった**グル**の加護のもとに置いたのは、偶然ではありません。それは天地創造の始めから続く、神との長い関係からきています。マインドによって人はこの関係を限界あるやり方でしか知覚することができません。一方「意識」の中で、あなたはすべてが主ご自身である同じ根源の原子からきて、回転していることがわかるでしょう。以来そこからすべてのものが個々の部分にわかれていったのです。

しかし根源そのものは始まりにあり、それが彼がなぜ「**カーリャ・ルーペーナ・バーティ・ヤット（ゥ）**」すべての「始まりの原因」と言ったかの理由です。

第４２節

nānā rūpamidaṁ sarvaṁ
na kenāpyasti bhinnatā
kārya kāraṇatā caiva
tasmai śrī gurave namaḥ

ナーナー・ルーパミダム・サルヴァム
ナ・ケーナーピヤスティ・ビンナター
カーリャ・カーラナター・チェイヴァ
タッスメイ・シュリー・グラヴェー・ナマハ

「多様なこの世に根本的な違いはなく、単に原因と結果のゲームである、という真実を明かす**グル**に崇拝の念を捧げる」

私達はどこへ行こうと、何をしようと、常に「何かのために」行為しています。あなたには何らかの期待があって、人を愛します。あなたには決まった目的があって、働きます。あなたには望みがあります。この原因と結果という二元性は同時に存在します。マインドはこのように作用するからです。人は何をしようと、その結果のために行います。あなたは収入を得るために働きます。そして何かを得るためにそのお金を使います。でも欲しかったものを手に入れると、あなたは不幸せになります。それが終わると、悲しくなります。このように、常にあらゆるものに原因と結果が存在します。しかしながら主はここで、**グル**のおみ足に自分を捧げている人は、それを超越していることを示しています。あなたは俗世界のゲームに関わりません。あなたはマインドのゲームに関わりません。あなたはその現実を超越しています。あなたは真の自己にあります！　そしてあなたの真の自己において、あなたの真の局面において、原因と結果の法則をコントロールしています。

するとあなたはもう「ああ、わかりますか？　こうなってしまったんです！」などと言いません。あなたは最初からあなたの行為が何であり、またその結果が何であるかわかっています。そしてあなたはその後でそれが幸せをもたらすか、不幸をもたらすかを感じたら、それを変えることができます。あなたはその中に入り込んで「ああ、何ということだ！」と言うこともありません。あなたにはそれが起きる前に、不幸がもたらされるか、幸福がもたらされるかわかっているからです。

——— 第４３節 ———

yadaṅghri kamala dvandvaṁ
dvandva tāpa nivārakam
tārakaṁ sarvadā ’padbyaḥ
śrīguruṁ praṇamāmyaham

ヤダングリ・カマラ・ド（ゥ）ヴァンド（ゥ）ヴァム
ド（ゥ）ヴァンド（ゥ）ヴァ・ターパ・ニヴァーラカム
ターラカム・サルヴァダー’パッド（ゥ）ビヤハ
シュリー・グルム・プラナマーミャハム

「その蓮のおみ足がすべての二元性の苦悩を取り除き、
不幸や災難を乗り切るように助ける**グル**に崇拝の念を捧げる」

ここであなたは、私がすでに述べたように、マスターに自らを捧げると、人はマスターご自身によって、一体性の状態に目覚め、二元性を超えた至高の真実を体験します。

「**ターラカム・サルヴァダー'パッド（ゥ）ビヤハ、シュリー・グルム・プラナマーミャハム**」は**グル**がすべての不幸と災難を乗り切るように助けてくれると説いています。

不幸と災難はマインドの状態に原因があります。人は自分を不幸せにもするし、幸せにもします。私達はいつもこれは正しい、あれは間違っていると言います。これは人がどのようにものを知覚するか、どのようにものを見るかということです。

たとえば、私はこの美しい花を愛しています。いいですか？　これは私にとってとても綺麗です！　でもチャトゥールは「こんなつまらない花、これを**グル**は美しいと言うのか！」と思います。あなたはどのように「美しいもの」を見るのですか？　それは外面の美しさですか、それとも内面の美しさですか？　不幸や災難もこれと同じです。人はどのようにこれを見たり、それを知覚したりするのですか？　それはどこからくるのですか？　これは**グル**の役目です。それをあなたに認識させるのです。始めから、あなたが外側に知覚するものはすべて、あなたではありません。一度あなたが外側の現実を剥ぎ取り、そこに究極の現実を知覚すると、もうそこには不幸も災難もないことがわかります。

それではこの苦しみを取り除き、この苦痛を取り去る**グル**に崇拝の念を捧げましょう。彼はあなたが自分で自分にこの苦痛を負わせているのを見せてくれます。あなたはそれを自分に与えることによって、自分を不幸にしています。——それはあなたが二元性にあり、その観点から、休みなく批判しているからです。

第４４節

śive kruddhe gurustrātā
gurau kruddhe śivo na hi
tasmāt sarva prayatnena
śrī guruṁ śaraṇaṁ vrajet

シヴェー・クルッデー・グルッスト（ゥ）ラーター
グロー・クルッデー・シヴォー・ナ・ヒ
タスマート（ゥ）・サルヴァ・プラヤット（ゥ）ネーナ
シュリー・グルム・シャラナム・ヴラジェート（ゥ）

「**シヴァ神**が怒っても、**グル**が来て助けてくれる。でも**グル**が怒ったら、**シヴァ**はあなたを助けてくれない。だからあらゆる努力をして、**グル**に加護を求めよ」

これは**グル・ギーター**の最も素晴らしい節です。ここで**バガヴァーン・シャンカール**自身が、もし彼が怒ったら、**グル**がその人を守ってくれるけれど、**グル**が怒ったら、**シヴァ**でさえあなたを助けることができないと言っています。ですからあらゆる努力をして、**グル**に守ってもらいなさい。これは事実です。これは**スカンダ・プラーナ**だけではなく、**バーガヴァタム**にも書いてあります。**主ナーラーヤナ**ご自身が、もし矢が射られても、**グル**にはその矢の向きが変えられると言っています。彼はその方向を変えてしまいます。それで彼は、もし主が怒っても、**グル**は慈悲深いので、あなたを守ってくれると言っています。でも、もし**グル**が怒ったら、主でさえあなたを救うことができません。なぜなら**グル**がいるからこそ、あなたは神を知覚するのです。**グル**を傷つけたあなたを、なぜ神が守らなければいけないのでしょう？　そういうときにあなたを守れるのは**グル**だけです。これは**ドゥルヴァーサ**と**アムバリーシャ王**の物語にもはっきりと示されています。

アムバリーシャ王は主の偉大な帰依者でした。彼はいつも主に仕えていましたが、**エーカーダシー**の日、彼は断食をしていて、１口の水も飲むことができませんでした。そして断食は決められた時間に終えることになっていました。そのとき、**聖者ドゥルヴァーサ**がやってきます。**ドゥルヴァーサ**は怒りっぽいことで有名でした。彼の怒りは常に顔に現れていました。**ドゥルヴァーサ**は王様を試すつもりでやってきて言います。「私はあなたと食事をするためにやってきた。食事の用意をしてくれ。私はちょっと水浴びに行って、また戻ってくる」ところが王様は、決められた時間に断食を終えなければなりませんでした。聖者が水浴びに行っている間、王様は待っていますが、時間は過ぎていきます。**プンニャ**、功徳を得るために断食を終える時が近づいてきます。すると宮廷の人々が「王様、**エーカーダシー**による**プンニャ**を授かるために、断食を終えなければいけません」と言います。

でも王様は「どうしてそんなことができようか？　**聖者ドゥルヴァーサ**が食べる前に、私が何か食べるわけにはいかない！」と答えます。それにもかかわらず、ちょうど断食を終える時間となり、彼らは皆そのことを考え、最後に長老達が言います。「それでは少なくとも水を１口飲みなされ！」すると王様は「そうだ、１口の水ならいいだろう。そうすれば断食を終えたことになるし、彼には何もわからないだろう」と言います。**アムバリーシャ王**は少しだけ水を取って飲みます。ちょうどそのとき、**聖者ドゥルヴァーサ**が戻ってきます。彼は何が起こったかを見て、大変腹を立てます！　そしてトマトのように真っ赤になって怒ります！　この燃えるような怒りのために、火の玉が頭から飛び出して、**アムバリーシャ王**のほうへ向かいます。王様は自分の運命を神の手に委ねて言います。「あなたのご意思のままに、おお、主よ！」彼は身を投げて、呼びます。「**オーム・ナモー・ナーラーヤナーヤ**」火の玉はどんどん近づいてきて、王様は言います。「これは神のご意思です。私は神の御手にすべてを委ねます」火の玉が**アムバリーシャ王**を燃やし尽くそうとした瞬間、主は自分の**スダルシャナ・チャクラ**を投げます。**スダルシャナ・チャクラ**は火を止め、**ドゥル**

ヴァーサの頭を切ろうと飛んでいきます。**ドゥルヴァーサ**は逃げ出し、**スダルシャナ・チャクラ**がすぐ後を追いかけます。彼は**ブランマー・ローカ**に向かって走ります。**ブランマー**は「ああ、**ドゥルヴァーサ**、やってきたか」と言います。賢者は後ろを振り返って、答えます。「私はあなたを讃えたくても、止まることができません。**スダルシャナ・チャクラ**が追いかけてきて、私を殺そうとしているのです」しかし、**ブランマー**は言います。「私には助けられない、駄目だ！」**ドゥルヴァーサ**は**シヴァ・ローカ**へ走っていくと、**シヴァ**が訊きます。「**賢者ドゥルヴァーサ**よ、どんな具合だ？」「何も言わないでください！　もし私を助けられるなら、助けてください。もし駄目なら、どうしたらよいか教えてください！」**シヴァ**は**ドゥルヴァーサ**を追ってくる**スダルシャナ・チャクラ**を見て、言います。「これは主のリーラーだ、主の**マーヤー**だ、私には何もできない。主ご自身の所へ行くがいい。もしかしたら、主があなたを救ってくれるかもしれない！」

彼には主を怒らせたことがわかっていたので、**賢者ドゥルヴァーサ**は**デーヴィー**の所へ行って、頼みます。「**デーヴィー**、どうか私を助けてください！」でも**デーヴィー**は答えます。「私には助けられません！　**マハー・ヴィシュヌ**の所へ、**ナーラーヤナ**の所へ行きなさい！　あなたを助けられるのは彼だけです！　それは主の**スダルシャナ**ですから！」**ドゥルヴァーサ**は**マハー・ヴィシュヌ**の前に跪いて、頼みます。「主よ、どうかお助けください！　あなたの**スダルシャナ**が私の頭を斬ろうとしています。どうぞ私を許して**スダルシャナ・チャクラ**を呼び戻してください！」でも主は答えます。「どうして私に許せるのだ？　許すためにはハートが要る。でも私にはハートがない。私のハートは**アムバリーシャ王**の所にある。私のハートは私の帰依者の所にある。彼だけがあなたを許すことができる！」彼は**アムバリーシャ王**の所へ走って帰り、彼の足元に身を投げだして許しを乞います。「私はあなたを、主の偉大な崇拝者であるあなたを、主に完全に自分を捧げているあなたを傷つけた。どうか私を許してくれ！」**アムバリーシャ王**は**ドゥルヴァーサ**の前で頭を下げて言います。「どうやって私があなたを許すのだ？　あなたは賢者ではないか！　私達はあなたの祝福によって生きている！　私は何者でもない！　どうか私を祝福してくれ！」**アムバリーシャ王**のこの謙虚さを見て、**ドゥルヴァーサ**のエゴとプライドは破壊されます。そして**アムバリーシャ王**が**ドゥルヴァーサ**の心からの祝福を授かると、**スダルシャナ・チャクラ**は**マハー・ヴィシュヌ**のもとへ戻っていきます。

この物語にはより深い意味があります。なぜ**ドゥルヴァーサ**は、これほど偉大な**ヨーギー**であったにもかかわらず、**アムバリーシャ王**が誰であるかわからなかったのでしょう？　またこの物語には**グル**との関係が述べられていないにもかかわらず、より深い意味を持っています。それは**アムバリーシャ王**がかつての人生で**ドゥルヴァーサ**の**グル**だったからです。そして師弟関係に終わりはありません。**ドゥルヴァーサ**は過去世においてこのパラムパラ、系統を傷つけたのです。それで主はこのような演出をして、**ドゥルヴァーサ**を彼の**グル**の１人の足元に導いたのです。たとえ彼が数多くの人生を授かったとしても、弟子は常にマスターの祝福を乞わなければなりません。それで**シヴァ**は、もし彼が怒っても、**グル**がその人を助けてくれると言ったのです。それが**グル**の役目だからです。ところがもし**グル**が怒ったら、神でさえあなたを助けることはできません。

――――― 第４５節 ―――――

vande guru pada dvandvaṁ
vāṅmanaścitta gocaram
śveta rakta prabhābhinnaṁ
śiva śaktyātmakaṁ param

ヴァンデー・グル・パダ・ド（ゥ）ヴァンド（ゥ）ヴァム
ヴァーンマナシュチッタ・ゴーチャラム

シュヴェータ・ラクタ・プラバービンナム
シヴァ・シャクティヤーット（ゥ）マカム・パラム

「**グル**のおみ足に崇拝の念を捧げる。それは白と赤の光に包まれ、**シヴァ**と**シャクティ**を表している」

ここで主は**グル**が白と赤の、両方の本質を持っていると言っています。白は静けさ、赤は火、怒りを表しています。この節で、**シヴァ**は**グル**が内面に、**シヴァ**と**シャクティ**の両方の本質を持っていること、そしてさらに彼はその上に存在することを説明しています。彼は時々、人々に、弟子に教えるのに、この本質を使わなければならないにもかかわらず、その上に立っています。

第４６節

gukāraṁ ca guṇātītaṁ
rukāraṁ rūpavarjitam
guṇātīta svarūpaṁ ca
yo dadyātsa guruḥ smṛtaḥ

グカーラム・チャ・グナーティータム
ルカーラム・ルーパヴァルジタム
グナーティータ・スヴァルーパム・チャ
ヨー・ダッディヤーット（ゥ）サ・グルー・スムルタハ

「音節『グ』はすべての本質を超越するものを表し、『ル』は形を超越するものを表す。**グル**はこの本質と形をしていることを認識させる存在である」

この箇所で主はもう一度「**グル**」という語を解説して言います。「音節『グ』はすべての本質を超越するものを表す」「**グル**」という語の最初の音節「グ」は、**グル**がマインドが知覚できる、あるいは理解できる、すべての本質を超越していることを示しています。私達はこの本質を見るのではなく、知覚するのです。一方「ル」は目に見えるすべてのものを表しています。私達がこの両局面を結び合わせると、これは**グル**が私達を見たり、感じたりすることのできる形、及びすべての本質の上に立っていることを意味しています。

人々が見たり、感じたりするものは、多くの場合その思考のパターンによります。もしあなたが誰かを愛していると、あなたはその人をまったく別の観点から見ます。見ることと感じることは手に手を取って進みます。もしあなたが誰かが好きで、例えばあなたは今チャトゥールが好きだとします！　あなたは彼のジャングルのような、**サードゥ**（行者）のような格好が好きです。彼が野蛮でも、まだ彼が好きです。ところで1年が経って、彼はあなたがあまり聞きたがらないことを話すかもしれません。すぐに、1分もしないうちに、あなたが好きだった、あの素敵な、**サードゥ**のようなスタイルが粉々に砕けてしまうでしょう。するとどうなるでしょう？あなたは考えます。「あなたはなんておかしな格好をしているのでしょう！あなたは何と恐ろしい格好をしているのでしょう！」これはマインドがどんなに変わりやすいかを示しています。あなたの気分はどんなにすばやく変わり、違う見方をするのでしょう？　ご婦人方、あなた達にはよくわかっているでしょう、そうではありませんか？　あなた達は非常に頻繁に変わります。あるときは喜びに満ちあふれ、次の瞬間には大した理由もなくその反対に変わります。これは本当です！　実際にそうです。違いますか？

彼の足元に自分を捧げる帰依者達に、この両方の本質の、本質と形の向こう側にあるものを認識させてくれるのが**グル**なのです。あなたがこれを克服しなければ、あなたはそれに捉えられてしまいます。昨日**アルダ**

ナリーシュワリ司祭がそのことを話したでしょう？　（原註：**スワミジ**は2014年の**シュリー・ピータ・ニラヤ**における**ナヴァラートゥリ**の祝祭に関連づけて話しています）　人間は、非常に男性女性の両局面に捉われています。これはただの肉体に過ぎません！　あなたはこの男性でも、この女性でもないことを考えてください！　あなたはその上に立っています。あなたは**アートマ**です！　**シヴァ・プラーナ**の中で、**シヴァ**が言っています。「あなたは**シヴァ**と**シャクティ**をマスターしない限り、自己であることができない」これが**アルダナリーシュワリ**司祭の言ったことです。

後であなた達は36のタットヴァ（原理）があることを知ります。1つのタットヴァに関しては「両性具有になれ」と言われています。これはあなたが手術をして両性になれということではありません。それは物理的なレベルではなく、マインドのレベルで言っているのです。あなたは両方の本質と両方の形を超越しなければなりません。もし**グル**があなたにただ人間であることを、あるいは「ヒヒヒ、ハハハ！」と笑って、ただ幸せであることを教えるとしたら、それは正しい道ではありません。あなたはその上に立たなければなりません！　なぜなら**アートマ**・タットヴァ、これがあなただからです。そしてあなたを二元性から引き上げること、それが**グル**の役目です。もしあなたが1つの局面をマスターし、もう1つの局面を無視したら、あなたは何もマスターしなかったことになります！

第４７節

atrinetraḥ sarva sākṣī
acatur bāhuracyutaḥ
acatur vadano brahmā
śrī guruḥ kathitaḥ priye

アット（ゥ）リネーット（ゥ）ラ・サルヴァ・サークシー

アッチャトゥール・バーフラッチュタハ
アッチャトゥール・ヴァダノー・ブランマー
シュリー・グル　カティタ・プリエー

「おお、愛する者よ！　**グル**は**シヴァ**であり、3つの目を持たずに、すべての証人である。また4本の腕を持たずに**ヴィシュヌ**であり、4つの顔を持たずに**ブランマー**である。聖典はこのように告げている」

「おお、愛する者よ、**グル**は**シヴァ**であり、3つの目を持たずに、すべての証人である」ここで**バガヴァーン・シャンカール**は、**グル**が偉大な証人である**シヴァ**自身であると言っています。**シヴァ**は3つの目を持って示されていますが、**グル**は違います。その目は外側ではなく、内側にあります。**グル**は深く弟子の心の中を見ます。これがなぜ**グル**が、誰が自分の弟子なのか、誰が自分の帰依者なのか、また誰が自分を慕ってついてくる人なのかを識別できる理由です。

それはあなたがある**グル**の所に行って「こうしてあなたのそばにいると、今、私は幸せです。あなたは私の**グル**ですか？」と訊くように明確なことではありません。もちろん誰でも「その通り。あなたは私の弟子だ。来なさい、来なさい！」と言うでしょう。こういう**グル**達もいます。

ところが彼はここで「本物の羊飼いは、どれが自分の羊か知っている」と言います。キリストはそう言いませんでしたか？　**グル**はこのト（ゥ）リネト（ゥ）ラ（3つの目）を持っています。彼はこの知恵の目を、遠い昔からの系統にさかのぼる、深い関係を知覚する目を持っています。あなたがマスターの足元にたどり着くのは偶然ではありません。私が前にも言ったように、それはとても、とても、とても遠い昔に戻っていくのです。

「アッチャトゥール・バーフラッチュタハ」は、**グル**は「4本の腕を持たずに**ヴィシュヌ**である」に該当します。**グル**はただ同じ場所に座っているように見えますが、すべてを成し遂げます。彼は常に帰依者の幸せを気遣っています。あなたは1箇所にいて、世界を眺めることがどんなに素晴らしいことか知っていますか？　あなたはあちこち旅して回ることもありません。私に言わせれば、これは素晴らしいことです！

「**グル**は４つの顔を持たずに**ブランマー**である」**グル**は４つの頭を持ち、宇宙の４つの方角を見ている**ブランマー**の特徴を持っていません。それでも彼は**ブランマー**ご自身です。

「シュリー・グル・カティタ・プリエー」ここでは、聖典はどのように**グル**を愛し、自分を捧げなければならないかを説いています。「シュリー・グル・カティタ・プリエー」**グル**の愛する人になってください。

第４８節

ayaṁ mayāñjalirbaddho
dayā sāgara vṛddhaye
yad anugrahato jantuś
citra saṁsāra muktibhāk

アヤム・マヤーンジャリルバッドー
ダヤー・サーガラ・ヴルッダイェー
ヤッド（ゥ）・アヌッグラハトー・ジャントゥシュ
チット（ゥ）ラ・サムサーラ・ムックティバーク

「魂を二元性と多様性の世界から救い出す、**グル**の恩恵に手を合わせつつ、私は慈悲の大海である彼の前に跪く」

ここで主は再びマスターのおみ足に自らを捧げるようにと説きます。マスターはどんなに残酷でも、どんなに厳しくても、とても慈悲深いことを知ってください。その厳しさの中には大きな慈悲があります。ある人達に対しては、彼らの**サムスカーラ**のために、**グル**は厳しくしなければなりません。そうでなければ、彼らをいるべき所に導くことができないでしょう。でもこのような厳しさの中にも慈悲があります。なぜなら彼らはこの厳しさのうちにも守られているからです。もし**グル**が厳しくなかったら、彼らは自分を駄目にしてしまうでしょう。あなたはどちらがいいと思いますか？　厳しいほうがよくありませんか？

一方、**グル**はある人達には穏やかに、優しく接し、微笑みかけます。それはその人達がそれを必要としているからです。でも心の奥では、**グル**はこのどちらでもありません。彼はこの二元性と多様性を超越しています。これは主が**グル**を通して演出する、ただのゲームにすぎません。でも人が真に自分を捧げていれば、それがわかるでしょう。それを知覚するでしょう。一方、人は**グル**を外側からだけ見てこう言います。「おお、何ということだ！　この**スワミ・ヴィシュワナンダ**という人はこわい人だ」そして彼らにはマスターのしていることがわからないでしょう。私は大人より子供のほうがよく気がつくのを、度々、見かけます。

――――第４９節――――

śrīguroḥ paramaṁ rūpaṁ
vivekacakṣuṣo'mṛtam
manda bhāgyā na paśyanti
andhāḥ sūryodayaṁ yathā

シュリーグルー・パラマム・ルーパム
ヴィヴェーカチャクシュショー’ムルタム

マンダ・バーギャー・ナ・パッシャンティ
アンダー・スーリョーダヤム・ヤター

「**グル**の至高の姿は、識別力のある人の目にとって澄んだネクターである。目の見えない人が日の出を見ることができないように、不幸な人間は**グル**の栄光が知覚できない」

主は言います。「**グル**の至高の姿は、識別力のある人の目にとって澄んだネクターである」ヴィヴェーカ、真の知識を持つ人、また知恵ある人は、識別力のある目で**グル**を知覚します。識別力とは批判ではなく、真の知識を意味しています。深く内面に没頭している人は、マスターの真の姿を知覚します。外側にある物理的な姿ではなく、内側に存在する姿です。人は**グル**が常に存在していたこと、今も存在し、これからもずっと存在するであろうことを認識します。たとえ弟子がモクシャダム、**ヴァイクンタ**（**ナーラーヤナ**の住処）に達しても、**グル**は慈悲の心から何度でも戻ってくるでしょう。**グル**は最後の弟子が、最後の**バクタ**が**ヴァイクンタ**へ行くまで、常にここに戻ってくるほうを選びます。これが**グル**の恩恵です。それはこの人生で起こらなければ、次の人生で起こります。たとえ**グル**がこの世にいなくても。人々は度々「いや、今生では無理だけれど、次の人生ではやり遂げる。彼はきっとまた来るだろう」と考えます。でも**グル**は来なくてもいいのです。彼が生まれてこなくてはいけないことはないのです。あなたが100回生まれてきたら、**グル**もまたあなたのために100回生まれてくるのですか？　そんなことはありません。しかし一番高い所から、また別のより高い所から、**グル**はその人を、その人生において導いてくれるでしょう。

ここで言っておかなければならない大切なことは、識別力のある目によって、人はマスターをただの人間として見るだけではなく、マスターの真の姿を知覚するべきだということです。「目の見えない人が日の出を見ることができないように、不幸な人間は**グル**の栄光を認識できない」この節の後半では、主は物質界を好む人達のマインドが外界のものを懸命に追い回していたら、いったいどのようにしてマスターの真の姿を知覚することができるだろうかと言っています。この人達は決してより深い真実を知覚することがないでしょう。なぜなら彼らの目は閉じたままだからです。**グル**をただ普通の人間として見るなら、その人は真の姿を見ていません。でも目が開いていると、マスターを違うように知覚するでしょう。

―――― 第５０節 ――――

śrīnātha caraṇa dvandvaṁ
yasyāṁ diśi virājate
tasyai diśe namaskuryād
bhatyā pratidinaṁ priye

シュリーナータ・チャラナ・ド（ゥ）ヴァンド（ゥ）ヴァム
ヤッスィヤーム・ディスィ・ヴィラージャテー
タッスィエイ・ディシェー・ナマスクリャード（ゥ）
バッティヤー・プラティディナム・プリイェー

「おお、愛する者よ、毎日**グル**のおみ足に向かい、完全なる献身の念をもって、身を屈めよ」

ここで**バガヴァーン・シャンカール**は、マスターのおみ足に向かって身を屈めるようにと言っています。でもマスターのおみ足に向かって身を屈めるのは、ただ「皆が身を屈めているから、私も身を屈めます」ということではありません。尊敬の念と愛をもって身を屈めてください。

あなたが頭の中で、マスターのおみ足に身を屈める意図があると、世界のどの片隅からでも、マスターはあなたに結びつきます。あなたがどこにいようと同じです！　彼は時間にも場所にも拘束されていません。マスターは時間と場所を超越しているからです。彼はあなたのハートの奥深くに座っています。そしてあなたは**グル**があなたのハートの中に座っていることを知覚すると、どこにいても、**グル**がそばにいることがわかるでしょう。主はここで、あなたがそれを知覚するだけでなく、**グル**の足元に身を屈めるようにと教えています。恥ずかしがることはありません。マスターに尊敬の念を示すことによってのみ、また自分を捧げる意志があることを示すことによってのみ、マスターはあなたを祝福してくださるでしょう。

――― 第５１節 ―――

tasyai diśe satatam añjalireṣa ārye
prakṣipyate mukharito madhupair buddhaiś ca
jāgarti yatra bhagavān guru cakravartī
viśvodaya pralayanāṭaka nityasākṣī

タッスィエイ・ディシェー・サタタ・マンジャリレーシャ・
アーリイェー
プラクシッピヤテー・ムカリトー・マドゥペイール・
ブッデイシュ・チャ
ジャーガルティ・ヤット（ゥ）ラ・バガヴァーン・
グル・チャックラヴァルティー
ヴィシュヴォーダヤ・プララヤナータカ・ニッティヤサークシー

「おお、高貴なる者よ！　賢者と学者達は、創造の永遠の戯れと宇宙の崩壊の証人である至高の**グル**が住む方角に向かって、絶えず手にいっぱい香りのよい花を捧げている。またその上には、蜜蜂がブンブン言いながら、飛び交っている」

「おお、高貴なる者よ！　賢者と学者達は、絶えず手にいっぱい香りのよい花を捧げている。またその上には、蜜蜂がブンブン言いながら、飛び交っている」ここで主は**女神パールヴァティー**に向かって「高貴なる者」と話しかけています。彼女はすべての高貴な本質を内に秘めているからです。彼女は宇宙の母であり、すべての神なる本質を宿しています。

「賢者と学者達」の引用は人が本で読んだり、習ったりするものだけではなく、あなたが心の中で感じる真の知恵です。ここで主は、マスターのおみ足に自らを捧げている人達は実に賢いと言っています！　彼らは自分達がどこにいるか知っているのです。

　また彼は「絶えずその上に蜜蜂がブンブン言いながら飛び交っている、手にいっぱい香りのよい花を捧げなさい」と言っています。つまり、蜜蜂が花を見て、内側にネクターがあるのに気づくと、あなたはそれが蜜蜂にとってどんなに大きな喜びであるか知っていますね？　蜜蜂はとても喜んで、うっとりします。ここで主は、蜜蜂が花の上を飛んで、その内側にネクターを見つけたときのように、あなたも**グル**の内にあのネクターを見出してください、そして蜜蜂が花のネクターを楽しむように、喜んで飲んでくださいと言っているのです。

「**ジャーガルティ・ヤットゥラ・バガヴァーン・グル・チャックラヴァルティー**」ここで主は、あなたが手にいっぱいの花を、人生のゲームの証人であり、この宇宙の創造と崩壊、そして維持者である**グル**に捧げるようにと言っています。これは、あなたが内面で、あなたの心の中にいるマスターを見て、感謝の花を捧げるようにという意味です。彼に忠義の花を捧げてください。彼に誠実の花を捧げてください。彼に従順の花を捧げてください。彼に愛の花を捧げてください。彼に献身の花を捧げてください。

第５２節

śrī nāthādi gurutrayaṁ gaṇapatiṁ
pīṭha trayaṁ bhairavaṁ
siddhaughaṁ baṭukatrayaṁ padayugaṁ
dūtīkramaṁ maṇḍalam
vīrāndvyaṣṭa catuṣka ṣaṣṭi navakaṁ
vīrāvalī pañcakaṁ
śrīman mālini mantra rājasahitaṁ
vande guror maṇḍalam

シュリー・ナーターディ・グルット（ゥ）ラヤム・ガナパティム・
ピータ・ト（ゥ）ラヤム・ベイラヴァム
シッドーガム・バトゥカット（ゥ）ラヤム・パダユガム・
ドゥーティーックラマム・マンダラム
ヴィーラーンド（ゥ）ヴィヤシュタ·チャトゥシュカ·シャシュティ·
ナヴァカム・ヴィーラーヴァリー・パンチャカム
シュリーマン・マーリニ・マント（ゥ）ラ・ラージャサヒタム・
ヴァンデー・グルー・マンダラム

「３人の**グル**の集まりに崇拝の念を捧げる。**シュリー・グル**、**パラム・グル**、**パラーット（ゥ）パラ・グル**、そして他のすべてのピータムスの神々、８人のベイラヴァス、完璧な賢者と**リシ**達、それにシュリー・マーリニ・**マントラ**が加えられる」

「３人の**グル**の集まりに崇拝の念を捧げる」この節で**主シヴァ**は系統を支え、祝福をもたらす**グル**を褒め讃えます。それが彼が「**シュリー・グル、パラム・グル、そしてパラーット（ゥ）パラ・グル**」と言う理由です。しかしそこには**パラメスティ・グル**と呼ばれる、この節では触れられていないもう１人の**グル**がいます。そこには３人の**グル**だけではなく、４人の**グル**が集まっています。でもここで**主シヴァ**は３人しか名乗っていません。

シュリー・グルは一番身近な**グル**のことです。次に来るのが**パラーット（ゥ）パラ・グル**、伝統を継ぐ年配の**グル**です。そして次が**パラム・グル**、その系統の最高の教師です。そして最後に来るのが**パラメスティ・グル**、彼はその系統の創立者であり、その系統を設立する知識を持った人です。

主は、**グル**に自分を捧げるというのは、私達がただあれこれの伝統に属するということを言っているのではないと告げています。そうです、それはあなたが非常に古い伝統の一部であるということも意味しています。ここであなたは**グル**に自分を捧げるということが、どんなに大切なことであるかわかります。**グル**というのは、ただオレンジ色の服を着て、その辺に座り、自分は**グル**だと言う人のことではありません。また同じように綺麗なサリーを着て、自分を**グル**と呼ぶ女性のことでもありません。そうではなく、それは長い伝統によるものです。

もし**グル**が完全に神実現をなして、世界のどこかに生まれてきたとしても、彼は**グル・パランパラー**（霊性の系統）を通して活動しなければなりません。彼は自分の属する系統を見つけなければなりません。**マハヴァター・ババジ**は私達のためにシュリー・サンプラダーヤ*、最初の**パラメスティ・グル**が**シュリー・ラーマーヌジャ・アーチャーリヤ**である**ヴァイシュナヴァ**の系統を選びました。もちろん**ヴァイシュナヴィスム**は常に存在していましたが、彼が正式に強固なものとしたのです。

「3人の**グル**の集まりに崇拝の念を捧げる。**シュリー・グル**、**パラム・グル**、**パラーット（ゥ）パラ・グル**、そして他のすべてのピータムスの神々」ここで言う「ピータムス」は**シュリー・ヤントラ**のことです。あな

＊：シュリー･サンプラダーヤは、私達が属するヒンドゥー教の宗派、ヴァイシュナヴァに存在するいくつかある道の１つで、シュリー･ラーマーヌジャ･アーチャーリヤがその創始者であり、彼は私達のパラメスティ・グルに当たります。

たは**シュリー・ヤントラ**のコースをしたときに、私達のこの場所が**シュリー・ピータ・ニラヤ**と呼ばれるのを聞いたでしょう。**シュリー・ピートゥ**は、住居、場所のことです。ピータムは主ご自身が住んでいる場所です。**シュリー・ピータ・ニラヤ**は**女神マハー・ラクシュミー**の住んでいる場所です。これは彼女の住居です。また主は**グル**の中にすべての神々が住んでいるピータムがあると言っています。彼はメール*そのものです。**シュリー・ヤントラ**そのものが**グル**です。８人のベイラヴァス、各々の女神がベイラヴァを持っています。各々の女神が守護神を持っています。そうでしょう？　ここで主は８人のベイラヴァス —— 守護神は、すべて**グル**自身の中にいると言っています。

グル・パランパラーの系統それ自体大変古いものです。それは古代の偉大な**リシ**達、偉大な**ムニ**達、偉大な賢者達からきています。私達がサンカルパ（意図）を明らかにするときには、必ずバラッド（ゥ）ヴァージャ・ゴーット（ゥ）ラの名を唱えます。私にはあなた達がそれに気づいたことがあるかどうかわかりません。バラッド（ゥ）ヴァージャ・ゴーット（ゥ）ラは**リシ**・バラッド（ゥ）ヴァージャの出であり、私の系統です。もちろんあなた達は皆アブラハムの系統であることを知っているので、違うふうに見ています。でもあなた達が私に従えば、自動的にバラッド（ゥ）ヴァージャ・ゴーット（ゥ）ラの系統となり、同じように彼から受け入れてもらえます。自分の系統を知らない人達は、常にクリシュナ・ゴーット（ゥ）ラ、**主クリシュナ**からきている系統を名乗ります。

主はこの節で、あなたが**グル**に自分を捧げると、系統全体の祝福があなたを通して流れると言っています。それと同時にあなたはその祝福を伝える人、運ぶ人になります。この祝福はただの祝福ではありません。あなたはそれを運ぶ人です。あなたはマスターの祝福を表し、マスターの祝福になります。**グル**の祝福はあなたと共にあります。そしてあなたは１人の**グル**の祝福だけでなく、この系統のすべての賢者と聖者の祝福を授かります。

---

*：メールは宇宙の中央にあって、神々が住んでいるとされる山の名です。

それはあなたが**アートマ・クリヤ・ヨーガ**をただ単に行っても、何の効果もない理由です。でもあなたがシャクティパートを授かると、それはあなたの中で、様々なチャンネルを活性化します。そしてこのチャンネルが**グル・パランパラー**です。その系統のすべての**グル**、賢者、聖者の恩恵と祝福がマスターから弟子に、あるいはマスターから教師に、そして教師から生徒に流れていきます。

ここで**バガヴァーン・シャンカール**は「シュリー・マーリニ・**マントラ**と共に」と言っています。私が前に述べたように、**グル**は**シュリー・ヤントラ**、**シュリー・チャクラ**そのものです。そして**シュリー・チャクラ**の中には何千という**ビッジ・マントラ**があります。ということはすべての神々がこの**シュリー・チャクラ**に存在するということです。どの**マントラ**も、どの**ビッジ・マントラ**も**グル**を通して流れています。**バガヴァーン・シャンカール**はここで**マハー・デーヴィー**は完全に**グル**の中にいると言っています。すべての**ビッジ・マントラ**は**シュリー・チャクラ**にあります。これはすべて**グル**ご自身です。**グル**は**シュリー・チャクラ**であり、８人の守護神、８つの方角、そしてショーダシャクシャリ・**マントラ**全体を表すシュリー・マーリニ・**マントラ**を携えています。これらすべてが**グル**ご自身の姿です。

第５３節

abhyastaiḥ sakalaiḥ sudīrghamanilair
vyādhi pradair duṣkaraiḥ
prāṇāyāma śatair aneka karaṇair
duḥkhātmakair durjayaiḥ
yasminnabhyudite vinaśyati balī
vāyuḥ svayaṁ tatkṣaṇāt

prāptuṁ tatsahajaṁ svabhāvam aniśaṁ
sevadhvamekaṁ gurum

アッビャステイ・サカレイ・スディールガマニレイール
ヴィヤーディ・プラデイール・ドゥシュカレイ
プラーナーヤーマ・シャテイール・アネーカ・カラネイール
ドゥッカート（ゥ）マケイール・ドゥルジャイェイ
ヤッスミンナッビュディテー・ヴィナッシャティ・バリー
ヴァーユ・スヴァヤム・タット（ゥ）クシャナート（ゥ）
プラーップトゥム・タット（ゥ）サハジャム・スヴァバーヴァ・
マニシャム
セーヴァッド（ゥ）ヴァメーカム・グルム

「何のために、マスターするのに骨が折れ、疲れ、難しく、おそらく数多くの苦難の原因となる、長く深い**プラーナーヤーマ**を何百回と練習するのか？　それよりも１人の**グル**に対する絶え間ない献身と、変わることのない奉仕によって、この力強い**プラーナ**がひとりでに静まる、自発的な段階に達せよ」

「何のために、長く深い**プラーナーヤーマ**を何百回と練習するのか？」ここで**バガヴァーン・シャンカール**は、**ヨーガ**の主として、もし人がマスターのおみ足に自らを捧げていなかったら、長く深い**プラーナーヤーマ**には何の意味もないと言っています。これはあなたが**サットグル**の正規の祝福を受けていなかったら、あなたの**サーダナ**も、長い**プラーナーヤーマ**も役に立たないということです。それはこの節にある通り、何の意味もありません。

「何のために、マスターするのに骨が折れ、疲れ、難しく、おそらく数多くの苦難の原因となる、長く深い**プラーナーヤーマ**を何百回と練習するのか？」ここで**バガヴァーン・シャンカール**は、マスターの祝福がなければ、常に健康のために役立つ**プラーナーヤーマ**も逆効果をもたらすと言っています。一方マスターに自分を捧げている人は「1 人の**グル**に対する絶え間ない献身と、変わることのない奉仕によって、この力強い**プラーナ**がひとりでに静まる、自発的な段階」に達するのです。彼は人が非常な骨折りをして、数多くの異なった**サーダナ**を実践しても、それは大変難しく、達成し難いことであると言っています。しかし人が自らを捧げていると、そして常に忠誠を尽くし、**グル**に奉仕していると、すべては黄金の皿に盛って与えられるのです。

ここに素晴らしいお話があります。インドにディーパックという名の男の子がいました。

ディーパックはよく勉強する少年でした。ある日彼は**シャストラ**のページをめくっていて、そこにパティヴラタ、妻にとって、夫は神である、そして子供にとって、両親は神と同じであると書いてあるのを読みます。

「マートゥル・デーヴォー・バヴァ、ピットゥル・デーヴォー・バヴァ」
そして生徒、弟子にとって、**グル**は**パラブランマー**です。私が昨日説明したように「**グル・マーター・ピター・グル・バンドゥ・サーカ・サクシャット（ゥ）・パラブランマー**」この意味は「もし弟子がマスターに自分を捧げたら」ですが、ここで私は「完全に自分を捧げる！」と言います。私はただマスターの所へ来る人のことではなく、すべて（肉体、マインド、精神）をマスターに捧げている人のことを言っています。マスターは父親になり、母親になり、すべてになります！　そのために彼はここで**グル**が**パラブランマー**であると言っているのです。彼は「神」という言葉は使わずに、**グル**を「究極の存在」と呼んでいます。

さてディーパックは聖典の中から、**グル・ギーター**を読んでいました。そこには、もし人が**グル**のおみ足に自らを捧げ、**グル**に奉仕すると、**ティールタ**（聖なる浴場）や聖地、また巡礼の地を訪れることもないと書いてあります。それはもう断食（ウプヴァス）といった難儀なことをする必要が何もないということです。そこで彼は考えます。「人が**グル**に自らを捧げ、そのおみ足に奉仕すると、もう巡礼の地を訪れたり、長い、長い**マントラ**を唱えたり、骨の折れる実習もする必要がないということだ。断食する必要もないということは、もう何もする必要がない！　ただマスターへの奉仕、**グル**への奉仕がすべてを保証してくれるということだ！」この考えが彼の頭の中で回転します。「もし**グル**に自らを捧げ、マスターに奉仕することができるなら、なぜ巡礼の旅に出て、インドを北から南へと旅して回らなければならないのか？」もちろん心の奥底で、**グル**が彼を呼び、この気持ちを起こさせたのです。このような考えは自然に起こってはきません。多分彼はその前にも何度か**シャストラ**を読んでいたのでしょうが、今までその考えは頭の中を素通りしていったのでしょう。でもなぜこれがそのとき、彼の中にこの反応を呼び覚ましたのでしょう？　これは簡単に起きることではありません。もし誰かがマスターに対して深い切望を感じると、マスターのほうでも同じように切望を感じるので、このようなことが起きるのです。切望は相互的なものです。そして、ディーパックジはこの深い感情を体験します。「**グル**を探さなきゃ！」心の奥底で、彼にはどこへ行くべきかわかっていました。その想いが、彼をゴーダヴァリ河へ引き寄せます。彼はそこに**アシュラム**があり、**グル・**ヴェーダダリャが住んでいることを知っていました。ヴェーダダリャは弟子に**ヴェーダ、ウパニシャッド、シャストラ**を教えることで有名でした。

そこでディーパックはヴェーダダリャの所へ行き、お辞儀をして、手を合わせ、謙虚に頼みます。「どうか私を弟子にしてください！」もちろん**グル**は簡単に「よろしい。あなたの態度は気に入った」とは答えませんでした。しかし**グル**は彼に準備ができていること、そして彼の深い切望を認めます。同じようにあなたが私の所へ来て「**スワミジ**、私はあなたに先生になっていただきたいのですが」と訊いたら、私は何と答えるでしょう？私は「あなたは心の中でどう感じていますか？」と訊くでしょう。あなたの心は、自分に対する本当の気持ちを表しています。私は簡単に「じゃあ、来なさい！」とは言いません。そんなことをすれば１ヶ月後に、あなたは荷物をまとめて、出ていってしまうでしょう。そこには自分は誰かに属しているという気持ちがなければなりません。「私はあなたのものです。私を受け入れてください！」という気持ちです。

ヴェーダダリャは深くディーパックを見つめて、彼を自分の羊の１匹として認めます。**グル**は彼を受け入れます。彼の完全な献身、大きな興味、**グル**に対する従順な態度によって、彼は短い期間に習うべきことをすべて学びます。彼は**シャストラ**、**プラーナ**、**ウパニシャッド**、**ヴェーダ**、すべてを学びます。

ある日**グル**はディーパックを自分のもとに呼んで言います。「あなたは献身の念にあふれた優秀な生徒だ。あなたは学ぶことに関しては、非常に高い水準に達した。もうこれ以上勉強する必要はない」もちろん**グル**は彼を試そうとしたのです。それは勉強をして「そうです。私はとても学のある人間です。私は**シャストラ**を知っています。私はあれも、これも唱えることができます。ぺらぺらぺら」などと喋ることが肝心なのではありません。違います。これは単なる読書による知識です。それ以上のものではありません！　これは本で機械について読むのと同じです。あなたはその部品が電球で、この部品がシーラーで、あの部品がシリンダーであることを習います。その部品はこれであり、それでありというように。あなたはそれを知っています！　それから彼らはあなたの前にモーターを置くでしょう。あなたはそれを分解することができます。それは簡単です。そこにはねじか釘があって、取り外すか引き抜くことができます。まったく簡単です！　でもその後で、それを再び組み立ててごらんなさい！　あなたが組み立てようとすると、いくつかの部品が余ってしまいます。それはあなたに訓練が欠けているからです。

ディーパックの**グル**も彼に教えたかったのです。そこで**グル**・ヴェーダダリャはディーパックに言います。「息子よ、私は前世に何度か罪を犯した。そしてもちろん今世において前世のほとんどの罪を精算した。だが私が犯した非常に恐ろしい、また償うのが難しい罪が２つ残っている。私はそのためにカーシー、ヴァーラーナシーに行かなければならない。なぜならヴァーラーナシーで行う懺悔には10倍の効果があるからだ。だから罪はまもなく清算されるだろう！　カーシーへ行ったら、私はこの２つの罪を自分に課すことで、２年間恐ろしい苦しみに見舞われるだろう。私は恐ろしい病気になって、体から血と膿を排出するだろう。私の容姿は変わり、醜くなり、目が見えなくなるだろう。また、人柄が変わって、不快な人間になるだろう。親切である代わりに、無愛想で怒りっぽくなり、もう寛大ではなくなるだろう。私は非常に憐れむべき状態になるだろう」そしてヴェーダダリャはディーパックに訊きます。「あなたは私を助けたいのか？　あなたはこういう状態の私に仕えたいのか？」ディーパックの心にはただ１つのことしかありませんでした ―― **グル**に仕えること、ただそれだけでした！　それで彼は何も考えずに答えます。「もちろんです！私はあなたに仕えます！」**グル**は彼にやめさせようとして言います。「あなたは確かにそうしたいのか？　あなたはまだ若い。もう一度考えてごらん。それは恐ろしいことになるだろうから！」ところがディーパックは答えます。「いいえ、私にはただ１つのことしかありません。それはあなたに仕えることです」ディーパックは自分の中の深い感情に気づいて話します。「**グルデーヴ**、聴いてください。私は若いけれど、あなたの罪を呼び寄せて、あなたの病気を背負い、あなたの代わりに目が見えなくなります。あなたはこれを通り抜ける必要はありません」するとヴェーダダリャは答えます。「おお、我が子よ、ききなさい！　罪の責任は誰もが自分で負うのだ。罪を犯した者だけがその結果を知ることができる。だからそれは可能ではない。でもあなたが私に仕えたいなら、そうしなさい！」ディーパックは答えます。「**グルデーヴ**、あなたのおっしゃるようにします。私はあなたに仕えます」そして彼は大きな尊敬の念と深い愛をもって、**グル**に仕える役目を受け入れます。たとえ彼が醜く、変形し、目が見えず、不親切になったとしても。

ディーパックと**グル**はカーシー、ヴァーラーナシーに着きます。彼らはとどまることのできる場所を見つけます。彼らヴァーラーナシーで**シヴァ神**、ヴィシュワナート、そしてアナプルナから**ダルシャン**を授かります。そして最後にヴューダダリャは２つの罪の責任を取ることを誓います。彼が前もって言ったように、体は変わり始め、いろいろな苦悩がはっきりと現れてきます。彼はすっかり寛大さを失い、大変醜くなり、極度につっけんどんになります。ディーパックは**グル**が恐ろしく悩んでいる状態を見て、毎日泣いていました。彼は**グル**の世話をし、傷口と身体を洗い、排出される血と膿をぬぐい、薬を塗って、包帯を巻きました。彼が手洗いに行かなければならないときには、それを助けさえしました。でも心の中で、ただの一度も「何ということだ、まったく恐ろしい！」などと考えたことはありませんでした。ただ**グル**がこの苦難の道を行かなければならないことに対して、大きな悲しみを感じていました。でもそれと同時に、自分の**グル**に仕えることに大きな喜びも感じていました！　彼はこのような状態にある**グル**に仕えさせてもらうことを、大きな特典と感じていました。彼は毎日**グル**に食べ物を恵んでもらうために出かけていきました。**グル**は残さずに食べて、最後には彼が充分に食べ物を持って帰らなかったと文句さえ言いました。**グル**は非常に荒っぽく、理由もないのに、よく彼に向かってわめき立てました。

ある日、ディーパックがちょうど食べ物を無心していると、彼の目の前に**シヴァ神**ご自身が現れます。**シヴァ神**はディーパックの大きな献身ぶりを見て、大変満足して言います。「ディーパック、あなたの**グル・バクティ**は大変喜ばしい。あなたの望みを叶えてあげよう。何が欲しいかね？」ディーパックの頭には**グル**のことしかなかったので、彼は答えます。「私は何も欲しくありません。私は行って、**グル**に訊いてきます。そしてあなたにお返事します」ディーパックは**グル**の所へ向かって急ぎ、彼に訊きます。「**グルデーヴ**、私は**シヴァ神**に会いました。私は彼にあなたを治してくれるようにお願いします！」しかし**グル**は言います。「駄目だ。頼むな！　**シヴァ神**に私を治してくれるように、頼む必要はない。他に言うことはない！」翌日ディーパックは寺院へ行き、**シヴァ神**に祈ります。**シヴァ神**が現れましたが、彼は何も願いませんでした。**シヴァ神**は大変満足していました。

何日か後に今度は**マハー・ヴィシュヌ**が現れ、同じように言います。「私はあなたの**グル・バクティ**が大変嬉しい。あなたの望みを叶えてあげたい。何か願いなさい」ディーパックは**マハー・ヴィシュヌ**に質問します。「私はあなたが**デーヴァ・ディ・デーヴ**、神々の主、宇宙の主であることを知っています。でも私は今までただの一度もあなたの名を唱えたことがありません。私はかつてあなたを崇拝したこともありません。私はあなたを讃える歌を歌ったこともありません。なぜあなたは私に好意を示されるのですか？」**マハー・ヴィシュヌ**はそれに応えて言います。あなたは**グル**に神を見出して、彼に仕えた。あなたは**グル**を神として見た。私と彼の間には何の違いもない。あなたは彼の中に私を見たので、あなたは私に仕えたことになる。あなたは自分の**グル**に仕えたことで、また自分の**グル**に自分を捧げたことで、私にも自分を捧げた。だから私はあなたの所へ来た。そしてあなたは何の違いもないことを証明した。あなたは心の奥底で、神と**グル**の間に何の違いもないことを知っている。だから私はどんな望みでも叶えてあげよう。ただ私に言えばよい！」そこでディーパックはただ1つのことを願います。「私の**グル・バクティ**をもっと高めてください」彼はもっと**グル**に自分を捧げることができるように、もっと**グル**に仕える機会を与えてくれるように頼みます。**マハー・ヴィシュヌ**は大変喜んで彼を祝福します。

ディーパックは**グル**の所へ戻って、唖然とします。**グル**は何ごともなかったように、すっかり治っていたからです。今まで全身傷だらけで、そこから膿と血が出ていたのに、ディーパックが帰ってみると、**グル**は完全に治っていました。あれこれしているうちに、2年が経っていたのです。この試練は2年間続いたということです。**グル**は大変満足して、ディーパックに言います。「あなたは試験に合格した」ヴェーダダリャはディーパックを祝福して言います。「あなたは本当の弟子だ」これが弟子と帰依者の違いです*。

――― 第５４節 ―――

svadeśikasyaiva śarīra cintanaṁ
bhavedanantasya śivasya cintanam
svadeśikasyaiva ca nāma kīrtanaṁ
bhavedanantasya śivasya kīrtanam

スワデーシカッスィエイヴァ・シャリーラ・チンタナム
バヴェーダナンタッスィヤ・シヴァッスィヤ・チンタナム
スワデーシカッスィエイヴァ・チャ・ナーマ・キールタナム
バヴェーダナンタッスィヤ・シヴァッスィヤ・キールタナム

「自分の**グル**の姿について瞑想することは、永遠なる**シヴァ**について瞑想することである。自分の**グル**の名を唱えることは、永遠なる**シヴァ**の名と栄光を唱えることである」

永遠なる**シヴァ**について瞑想することは、**ナーラーヤナ**ご自身について瞑想するのと同じです。自分の**グル**の名を唱えることは、神、**ナーラーヤナ**ご自身の名と栄光を唱えるのと同じです。

この節で言っていることは、**シヴァ**と**ナーラーヤナ**がディーパックの前に現れた前節の物語とまったく同じです。**グル**の名を唱え、彼について瞑想し、マインドを完全に**グル**に向けることは、**シヴァ**や**ナーラーヤナ**に集中するのと同じです。**グル**の名を唱えることは、**ナーラーヤナ**や**シヴァ**の

＊：一般に弟子は帰依者よりグルに近い存在として見られていますが、帰依者がグルや神にとって非常に尊い、また愛おしい存在として描かれている場合もあります。

名を唱えることと同じです。

ここで彼は他の**グル**達の名を唱えるようにとは言っていません。あなたが他の**グル**達の名を唱えても、他の**グル**について瞑想しても、それは何の利益にもなりません。これは**主シヴァ**が**スワデーシカッスィエイヴァ**「あなたに属する」**グル**、「あなたの」**グル**と強調していることです。さらに彼は「他の**グル**について瞑想するな」と言っています。なぜ他の**グル**について瞑想したり、他の**グル**の名を唱えたりしてはならないのでしょう？　あなたは他の誰のものでもありません。あなたはあなたの**グル**のものです。もしあなたがあなたの**グル**のものなら、あなたはあなたの**グル**について瞑想すべきであり、あなたの**グル**の名を唱えるべきです。そしてあなたが**グル**の名を唱えるならば、それは永遠の神、**トゥリムールティ** ―― **ブランマー、ヴィシュヌ、シヴァ**の名を唱えるのと同じだということをよく考えてみるべきです。

第５５節

yatpāda reṇu kaṇikā
kāpi saṁsāra vāridheḥ
setu bandhāyate nāthaṁ
deśikaṁ tamupāsmahe

ヤット（ゥ）パーダ・レーヌ・カニカー
カーピ・サムサーラ・ヴァーリデー
セートゥ・バンダーヤテー・ナータム
デーシカム・タムパースマヘー

「私はそのおみ足の小さな埃が、家族と世界の大海を横断する橋を築く至高の**グル**を讃える」

「私は至高の**グル**を讃える」至高の**グル**とは**ナーラーヤナ**ご自身のことです。**ナーラーヤナ**と**グル**の間には何の違いもありません。ここで**バガヴァーン・シャンカール**は、**ブランマー**、**ヴィシュヌ**、**シヴァ**である、至高の**グル**を崇拝していると言います。彼は**シュリーマン・ナーラーヤナ**である、至高の**グル**を崇拝しています。そしてこの節で、**グル**自身が**ナーラーヤナ**であると言っています。

「**グル**のおみ足の小さな埃が、家族と世界の大海を横断する橋を築く」これは私に聖書の一節を思い出させます。キリストは、彼が息子を父親から引き離すため、また娘を母親から引き離すためにやってきたと言っています。この節で、**シヴァ**はこれと同じことを言っています。彼は**グル**のおみ足の小さな埃が、この世と神との間の橋を築いていると説いています。彼はこの橋によって、家族も世界も克服することができると言っています。人間はそれほど家族や世間に拘束されているのです。人は無数の絆を創造することによって、自分を数多くの人生に結びつけます。この絆が人を惨めに、不幸にするのです。

ここで**シヴァ**は、マスターのおみ足に加護を見出す者は、マスターのおみ足の埃が、救済への橋になると言っています。こうして人は家族と世間の絆から解放されるのです。

――――― 第５６節 ―――――

yasmād anugrahaṁ labdhvā
mahadajñānam utsṛjet
tasmai śrī deśikendrāya
namaś cābhīṣṭa siddhaye

ヤスマーダヌッグラハム・ラブッド（ゥ）ヴァー

マハーダッグニャーナ・ムット（ゥ）スルジェート（ゥ）
タッスメイ・シュリー・デーシケーンド（ゥ）ラーヤ
ナマシュ・チャービーシュタ・スィッダイェー

「私は待ち焦がれた果実を手に入れるため、至高の**グル**に頭を下げる。彼の恩恵は強力な無知を破壊する」

ここで彼は「私は待ち焦がれた果実を手に入れるため、至高の**グル**に頭を下げる」と言いますが、魂の「待ち焦がれた果実」とは何でしょう？魂、**アートマ**の待ち焦がれた果実とは、**パラマートマ**、究極の存在に到達することです。あなたはマインドの願望、ハートの願望を知っています。しかし魂の願望、これについては誰も確かなことを知りません。**グル**のおみ足へ自分を捧げることによってのみ、魂の願望は癒されることでしょう。マインドの願望を満たすのは簡単です。ハートの欲求を満たすのも簡単です。でも魂の願望を満たすのは大変難しいことです。魂の願望はマインドが知覚しないものです。それはハートも知覚しないものです。では、あなたはどうやってそれを満たすのですか？

「**マハーダッグニャーナ・ムット（ゥ）スルジェート（ゥ）**」とは「かの大いなる願望」のことです。すべての願望の中で一番大きな願望は魂の願望です。しかし魂の願望については、この世の人間は知ることができません。それは人間がこの世への絆を持つために知覚しないのです。彼らは幻影の世界につながれているので、魂の願望は知覚しません。しかしながら**グル**の恩恵はこの無知を破壊します。

「**ナマシュ・チャービーシュタ・スィッダイェー**」**グル・クリパー**、恩恵によってのみ、この外界の無知は破壊されます。そしてそれがあって初めて、魂の渇望する果実は告示され、与えられ、成し遂げられます。

第５７節

pādābjaṁ sarva saṁsāra
dāvānala vināśakam
brahmarandhre sitāmbhoja
madhyasthaṁ chandra maṇḍale

パーダーブジャム・サルヴァ・サムサーラ
ダーヴァーナラ・ヴィナーシャカム
ブランマランド（ゥ）レー・スィタームボージャ
マッディヤスタム・チャンド（ゥ）ラ・マンダレー

「**グル**の蓮のおみ足は物質界の荒れ狂う火を消滅する。
花弁1000枚の蓮の花の中央（頭頂の**チャクラ**）にはブランマランドゥラの月のサークルがある」

「**グル**の蓮のおみ足は物質界の荒れ狂う火を消滅する」ここで彼は、願望は火のようなものだと言います。１つの願望が次の願望を引き起こすからです。あなたは車を欲しがります。車の次に家を欲しがります。家の次に奥さんを欲しがります。奥さんの次に子供を欲しがります。子供の次に牛を欲しがります。牛の次に仕事を欲しがります。このように次から次へと願望は尽きません。

あるとき、弟子が**グル**に「私はここを出て、自分の庵が欲しい」と言います。彼は**アシュラム**を出て、小さい小屋を建てます。彼は生きていかなければならなかったので、自分の身体、マインド、そして意識を外側の世界に向けます。彼はドーティ（腰布）を２枚しか持っていませんでした。彼は毎日ドーティを取り替えます。彼は汚くなったドーティを洗って、それを石の上に置いて乾かします。ある日、彼はドーティに小さな穴が開いているのを見つけます。ネズミが彼の服をかじったのです。彼は「これはよくない！」と思います。そして服を守るために「ネズミが私の服をかじったから、猫を飼わなきゃいけない」と考えます。彼は猫を連れてきますが、もちろん猫を養うためには、餌をやらなければなりません。そうでしょう？　そして彼は猫にミルクをやるために、牛を手に入れます。そして牛を飼うためには、牛小屋が要ります。そこで彼は牛小屋を建てます。また牛に餌をやるためには、干し草が要ります。そこで彼は農業を営み、自分の小屋を家に改装します。次に牛や農業、家の世話をするために、奥さんが必要になります。そこで彼は奥さんを見つけます。そして奥さんを養うために、仕事に行きます。

1年後に**グル**が通りかかって、訊きます。「かつて私の弟子がここの小屋に住んでいた。誰か見た者はいないかね？」**グル**が訊いたのは彼の弟子自身でした。弟子は今では長い髭を生やし、恐ろしい、まるでゾンビのような様子をしていました。もちろん弟子は恥ずかしがって、初めのうちは自分をわからせまいとします。しかし彼は言います。「**グルデーヴ**、私です！」**グル**は気絶しそうに驚きます。彼には弟子がわかりませんでした。**グル**は訊きます。「息子よ、いったい何が起こったのか？」すると弟子が答えます。「すべては1片の布から起こったのです」すべては1着の服を救うために起こったのです！　これは無知です。

グルの恩恵は無知を破壊します。**グル**に完全に自分を捧げると、その願望は、ディーパックジの言ったように、**グル**への奉仕であり、それ以外の何ものでもありません。これに反して、今の物語の弟子は、1片の布地のために「物質界の荒れ狂う火」によって、最も極端な状態にまで達します。もし彼が**グル**に完全に自分を捧げていたら、彼は**グル**のもとにとどまったでしょう。「**パーダーブジャム・サルヴァ・サムサーラ**」ここで**バガヴァーン・シャンカール**は、**グル**の蓮のおみ足が「物質界の荒れ狂う火を消す」と言っています。

「1000枚の花弁がある蓮の花の真ん中に、ブランマランドゥラの月のサークルがある」ブランマランドゥラはサハスラーラ、頭頂の**チャクラ**にあり、その真ん中にビンドゥがあります。ビンドゥそのものが**グル**を表しています。**バガヴァーン・シャンカール**は、ここで女神に、**シュリー・ヤントラ、シュリー・チャクラ**には、1000枚の花弁のある、蓮の花があることを説明しています。でも中央にあるビンドゥ、この中央の点は**グル**ご自身です。

――――第５８節――――

akathādi trirekhābje
sahasradala maṇḍale
haṁsa pārśva trikoṇe ca
smaret tanmadhyagaṁ gurum

アカターディ・ト（ゥ）リレーカーブジェー
サハッスラダラ・マンダレー
ハムサ・パールシュヴァ・ト（ゥ）リコーネー・チャ
スマレート（ゥ）・タンマッディヤガム・グルム

「三角形の中央に『ア』『カ』『タ』の３つの点、そのすぐそばにハムサ、そして**グル**が座っている。常に彼を思い出せ」

グルのマンダラは「ア」「カ」「タ」の３点を結ぶ三角形で、これは**ブランマー、ヴィシュヌ、シヴァ**を表し、その真ん中に**グル**が座っています。**パールヴァティー**を表し、知識を象徴するハムサ（白鳥）が彼の横にいます。三角形の真ん中にはビンドゥ、**グル**ご自身が座っています。常にこのような方法で彼を思い出してください。**グル**はすべての真ん中にいます。

———— 第５９節 ————

sakala bhuvana sṛṣṭiḥ kalpitāśeṣa puṣṭiḥ
nikhila nigama dṛṣṭiḥ sampadāṁ vyartha dṛṣṭiḥ
avaguṇa parimārṣṭis tat padārthaika dṛṣṭiḥ
bhava guṇa parameṣṭhir mokṣa mārgaika dṛṣṭiḥ

サカラ・ブヴァナ・スルシュティ
カルピターシェーシャ・プシュティヒ
ニキラ・ニガマ・ド（ゥ）ルシュティ
サムパダーム・ヴァルタ・ド（ゥ）ルシュティヒ
アヴァグナ・パリマールシュティス
タット（ゥ）・パダールテイカ・ド（ゥ）ルシュティヒ
バヴァ・グナ・パラメシュティール
モクシャ・マールゲイカ・ドゥルシュティヒ

「**グル**の神の眼差しはすべての世界を創造する。すべてを育て、あらゆる聖典の真髄に迫る。彼は豊かさをつまらぬものと見なし、すべての欠点と弱味を取り除く。常に究極の存在に集中し、世俗的な本質を呼び起こすにもかかわらず、救済の最終目的にしっかりと目を向けている」

「**グル**の神の眼差しはすべての世界を創造する」ここであなたは**グル**の眼差し、**グル**のビジョンが**バクタ**の世界を創ることがわかります。その眼差しによって、**グル**は「すべてを育み、あらゆる聖典の真髄に迫り」ます。**バガヴァーン・シャンカール**はここで、**グル**の目だけで**バクタ**の世界が創造され、育てられ、真髄 —— すべての聖典の深遠な本質が告示されると言っています。**グル**の目だけで、他には何もありません！　これは亀の母親と同じです。

亀の母親は子亀に餌を与える必要がありません。母親の眼差しだけで子亀達はお腹がいっぱいになります。聖典には次のように書いてあります。**グル**は亀の母親と同じく、弟子に食べ物を与える必要がありません。**グル**は目を見るだけで、すべてを与えることができます。「サルヴァ・ド（ゥ）リシュティ・ヤム・チャーハ・グルー・ムールティム・ビヨー・ナマハ」とは**グル**の姿が、**グル**の目がすべてを与えることができるという意味です！　「ド（ゥ）リシュティ」は見るだけですべてを満たすことができるという意味です。最も深い願望、奥深く隠されている願望、彼はそのすべてを育みます。彼は眼差しだけですべての知識を、すべての知識の真髄を与えることができます。

「彼は豊かさをつまらぬものと見なし、すべての欠点と弱味を取り除く」マスターにとって外界の豊かさには何の意味もありません。つかむことのできるものは、短時間の現象です。今日あっても、明日はもうありません。**グル**の目は一般には人類の堕落、個別的には誤ちを生み出す無知を取り除きます。マスターの目は「常に究極の存在に集中し、世俗的な本質を呼び起こすにもかかわらず、救済の最終目的にしっかりと目を向けて」います。マスターの目は、外側に向いているように見えても常に究極の存在に集中しています。そしてマスターの目的は、常に弟子の解放にあります。**グル**の心を占めているものは、弟子の救済、自由、それ以外に何もありません。

第６０節

sakala bhuvana raṅga sthāpanā stambhayaṣṭiḥ
sakaruṇa rasa vṛṣṭis tattva mālāsamaṣṭiḥ
sakala samaya sṛṣṭiḥ saccidānanda dṛṣṭiḥ
nivasatu mayi nityaṁ śrī guror divya dṛṣṭiḥ

サカラ・ブヴァナ・ランガ

スターパナー・スタムバヤシュティヒ
サカルナ・ラサ・ヴルシュティス
タット（ゥ）ヴァ・マーラーサマシュティヒ
サカラ・サマヤ・スルシュティ
サッチダーナンダ・ド（ゥ）ルシュティヒ
ニヴァサトゥ・マイ・ニッティヤム
シュリー・グルー・ディッヴィヤ・ド（ゥ）ルシュティヒ

「彼はすべての世の舞台を支える最も重要な柱である。彼は慈悲のネクターを注ぎかける。彼は36のタットヴァの花輪に似ている。彼は時の創造者である。彼は意識の真なる至福に貫かれている。**グル**の神の眼差しが常に私に注がれているように！」

「彼は最も重要な柱である」**グル**はこの柱です。**グル**は頭にすべての世を担う「**アーディシェーシャ**」そのものです。**グル**は慈悲を降り注ぐお方です。だからこそ、前述の第44節で、**シヴァ**が腹を立てたら、**グル**があなたを救ってくれると言っているのです。ところが**グル**が腹を立てたら、あなたを守ってくれる人は誰もいません。それは彼の慈悲の心から来ているのです。**グル**は最も大きな慈悲の心を持っています！　**グル**は自分のことなど考えていません。彼は常に自分の弟子の幸せを思っています。**グル**は素晴らしい人生を送ることもできます。そうではありませんか？　なぜ彼は自分の弟子と一緒に座っていなければならないのでしょう？　なぜ彼は自分の帰依者達と一緒にいなければならないのでしょう？　なぜ彼は自分の周りの人達と一緒に時を過ごさなければならないのでしょう？　それは彼の生涯がこの人達のために捧げられているからです。彼は自分のために生きているのではありません。この慈悲の心がゆえに、彼は弟子の幸せを思っているのです。彼は弟子がこの俗世界から解放されることを望んでいます。彼は弟子に究極の真実を手に入れて欲しいのです。これが**グル**の望むことで、またこれは**グル**が内に秘める慈悲のネクターから来ています。これはネクターの浸透した慈悲の心です。これは最も甘美な慈悲の心です！

ここでは、それが36のタットヴァの花輪に相当すると言っています。タットヴァは超越的であり、内在的であることを言います。ここで彼は個々の人間を定義する36のタットヴァについて話していますが、同時に神ご自身についても話しています。**バガヴァーン・クリシュナ**は「私は**グル**の姿で存在する。真の探求者は私と**グル**の間に何の違いも見ない」と言っています。これに反して、まだ幻影の世界にある人は、そこに違いを見出します。

最初の35のタットヴァのうち、30のタットヴァは、物質的かつ個人的な世界を代表しています。そしてその他の5つのタットヴァは、知性、至福、意志、知識、そして行為を表しています。また最後の36番目のタットヴァは、比類のない、すべてを貫く至高神を表しています。

「彼は時の創造者である」**グル**、**ジャガットグル**は、時の創造者です。**グル**は意識の真なる至福に貫かれています。**グル**は単なる意識だけではなく、意識の至福にあります。人間は**サーダナ**をすることによって、ある決まった意識の水準に達します。ところが**グル**は常に神意識に、至高の意識に、そしてこの至福に没頭しています。彼は意識でありながら、この至福を楽しんでいます。人がこの至福状態を自分の中に見出すと、それはただ座ることだけではないのがわかります。そうです、この至福状態で、人は自分自身を楽しみます。私達が神の名を呼ぶのも同じです。あなた達は毎晩歌って（原註：**スワミジ**は2014年に**シュリー・ピータ・ニラヤ**＊で行われた**ナヴァラートゥリ**の祝祭に関連づけて話しています）皆この至福状態にあります。この至福状態で、あなた達はただ座って「私は至福状態にある」とは考えません。ここでいう至福状態とは、あなた達が自分を表現することです。あなた達のマインドは働いていません。働いているのはあな

＊：シュリー・ピータ・ニラヤはグルジの住むドイツのアシュラムの名前で、ラクシュミー女神様の住居を意味しています。

た達の意識、注意力です。この知覚において、この意識において、人は外側の世界について考えていません。人が演奏したり、踊ったり、「ハリボール！」や「ジェイマ！」を歌っているとき、私はその人が何か他のことを考えているとは思いません。あなたのマインドは、まったくその瞬間にあります。あなた達は皆この状態にあります。そこで**バガヴァーン・シャンカール**は、36のタットヴァのマスターであり、三界のマスターである**グル**が、意識の至福を完全に味わい、表現していると言っているのです。

「**グル**の神の眼差しが常に私達皆に注がれていますように！」ここで**バガヴァーン・シャンカール**は、**グル**の眼差しだけが、すべての本質を持っていると言っています。彼はすでに第55節で、「**グル**のおみ足の埃はこの世と霊界を結ぶ橋を築く」と言っています。そして**グル**の眼差しだけが、この現実を神の現実に変容させます。**グル**の眼差しに集中することによって初めて、意識の真なる至福*が内面に呼び起こされるのです。

第６１節

agni śuddha samaṁ tāta
jvālā paricakādhiyā
mantra rājamimaṁ manye
harniśaṁ pātu mṛtyutaḥ

アッグニ・シュッダ・サマム・タータ
ジヴァーラー・パリチャカーディヤー
マントラ・ラージャミマム・マンニイェー
ハルニシャム・パートゥ・ムルットュタハ

＊：私達には様々な意識の段階がありますが、ここでいう意識は真なる至福に満たされた意識です。いつもあちこち飛び回っているマインドは、この至福の瞬間に身動きができず、完全に制御されています。

「おお、女神よ、私はこのすべての**マントラ**の王、火の中で精錬され、あらゆる側面から洞察の炎によって入念に吟味された金のように純粋な『**グル**』が常に人を死から守っていることを心にとどめておく」

「おお、女神よ、私はこの**マントラ**の王を心にとどめておく」**マントラ**の王とは誰ですか？　それは**オーム**です。ここで**バガヴァーン・シャンカール**は、**グル**の名も**マントラ**の王であると言っているのです。**グル**の名だけを唱える者は、すべてを見出すでしょう。すべてを手に入れるでしょう！

「**ジヴァーラー・パリチャカーディヤー**」は、「火の中で精錬された金のように純粋である」という意味です。あなたが見出す金は塵にまみれています。金はどのように磨かれますか？　火にくべられ、すっかり溶けてしまうことによって、磨かれます。すると不純物は金から離れ、混じり気のない金があなたの手元に残ります。この節で、**バガヴァーン・シャンカール**は、**グル**が弟子を磨くと言っています。彼は精錬する人です。彼は弟子を磨くために**サーダナ**を与えます。

「そしてあらゆる側面から洞察の炎によって入念に試され…**グル**は常に人を死から守る」ここで**バガヴァーン・シャンカール**は、**グル**は絶えず弟子のそばにいると言っています。彼は弟子が自らの永久的な存在を認識するように見守っています。試練なしに人は準備されることがないからです。もし金が火にくべられなかったら、それはどのようにして磨かれるのでしょう？　それは金であることに変わりはないけれど、純粋ではありません。試練を受けてのみ、それは混じり気のないものになります。そしてこの試練は炎です。ここで彼は、**グル**が同じようにあらゆる側面から、理性の炎によって弟子を試すと言っています。そして**グル**が弟子に与える試練の目的は、彼自身の利益ではなく、常に弟子を堕落から守ることです。

第６２節

tadejati tannaijati
taddūre tatsamīpake
tadantarasya sarvasya
tadu sarvasya bāhyataḥ

タデージャティ・タンネイジャティ
タッドゥーレー・タット（ゥ）サミーパケー
タダンタラッスィヤ・サルヴァッスィヤ
タドゥ・サルヴァッスィヤ・バーヤタハ

「彼（**グル**）は動いたり、動かなかったりする。彼は遠かったり、近かったり、またすべての内にあったり、外にあったりする」

ここで彼は**グル**の存在しない場所はないことを示しています。彼が動こうと、動くまいと、彼は至る所に存在しています！「彼は遠くにも近くにもいる」**グル**は遠くにいるかのように見えても、実際には一番近くにいるのです。でも時には非常に近くにいるように見えて、遠く離れていることもあります。これは誰かが**グル**のとても近くにいるように見えても、物理的な距離に多くの意味はないということです。物理的な距離は過去の**サムスカーラ**から来ています。**グル**はある人を自分の近くに、また他の人を少し離れた所に置きます —— これが「タッドゥーレー・タット（ゥ）サミーパケー」、つまり「彼は遠くにも近くにもいる」の意味するところです。マインドにとって彼は遠くにいます。彼は把握できる状態から遥かにかけ離れています。それは人が**グル**を常に外側の世界に見ているからです。心は常に外側にあり、人は常に外側だけを見ています。もしあなたが外側に注意を向けると、あなたは隔たりを感じます。でも、もしあなたが意識して見ると、つまりあなたが心の内側を見ると、あなたは**グル**が最も愛しき人、また近しき人であることがわかるでしょう。あなたが一度**グル**を自分の中に知覚すると、あなたは至る所に**グル**を知覚するでしょう。

――――― 第６３節 ―――――

ajo’hamajaro’haṁ ca
anādinidhanaḥ svayam
avikāraś cidānanda
aṇīyān mahato mahān

アジョー’ハマジャロー’ハム・チャ
アナーディニダナ・スヴァヤム
アヴィカーラシュ・チダーナンダ
アニーヤーン・マハトー・マハーン

彼は認識する。「私は生まれていない。年齢を持たず、私自身の自己に定着している。私は変化することなく、意識の至福状態を体現し、宇宙より大きい原子である」

グルは永遠に「生まれず、年齢を持たず」始めも終わりもない存在であることを認識しています。**グル**は常に自分自身の自己にある、神の自己に定着しています。たとえ**グル**が生まれ、年齢と共に老けたかのように思われても、これは実際には単なる人生のドラマ、外側でのお芝居に過ぎません。現に**グル**は始めも終わりもない存在です。

たとえ**グル**がまったく外側の世界にいるように見えても、彼のマインドが左右に揺れ動いたり、飛び跳ねたり、踊ったりしているように見えても、実際には、**グル**は自分自身の真の自己に深く浸っています。

グルは自分が「変わることなく、意識の至福状態を体現し、宇宙よりも大きい原子」であることを絶えず意識しています。科学の語る原子は大変小さいものです。でも**グル**は宇宙の原子について話しています。その中にコスモス全体、宇宙全体を包括する**ナーラーヤナ**・タットヴァは、超原子です。1つの原子にすべてが含まれています。あなたの身体を想像してごらんなさい――そこにはいったい、いくつの原子が存在していますか？この宇宙の原子「**アニーヤーン・マハトー・マハーン**」宇宙全体を創造した、この宇宙原子は、**グル**ご自身です。

人が外側に変化を見ても、宇宙の意識、至福に満ちた意識には、何の変化もないことを知っておかなければなりません。**グル**は絶え間なくこの状態に没入し、自分自身を、この変化することのない神意識として見ています。

――第６４節――

apūrvāṇāṁ paraṁ nityaṁ
svayañ jyotir nirāmayam
virajaṁ paramākāśaṁ
dhruvam ānandam avyayam

アプールヴァーナーム・パラム・ニッティヤム
スヴァヤン・ジョーティル・ニラーマヤム
ヴィラジャム・パラマーカーシャム
ド（ゥ）ルヴァ・マーナンダ・マッヴャヤム

「このタットヴァ、この自然はすべて原初のものを超越し、自ら光を放ち、汚れを知らず、完全に純粋である。それは最高のエーテルであり、動ぜず、至福にあり、不死である」

グルのタットヴァ、**グル**の本質は、すべて原初のものを超越し、休むことなく、自ら光を放ち、汚れを知らず、完全に純粋です。ここで始めも終わりもない**グル**は、永遠の存在と呼ばれています。

グルは常に神の宇宙の光を放っているので、自ら光り輝いています。神には始めも終わりもありません。それは至高の存在です。したがって至高の存在の光は**グル**です。

グルは外界のいかなる汚れにも触れていません。外界の汚れは外側だけのものです。ところが常に神意識に定着し、至高の存在である**グル**は、まったくその汚れに触れていません。たとえ外側で汚れているように見えることがあっても、彼は完全に純粋です。人が着ている白い服は外側に汚れが付くことがあります。ところが色をつけると、色は変わりますが、**グル**は変わることなく純粋な状態にあります。**カルマ**は**グル**には何の影響も与えません。ディーパックの物語（第53節の解説）で、**グル**は「私はまだ前世の**カルマ**を２つ清算し、終えなければならない」と言います。でもこれは弟子に対するただの試練です！　なぜなら**グル**はこのようなものから解放されているからです。**グル**は最高のエーテルです。このエーテルは至る所に存在します。彼の存在しない場所はありません。彼は「不動、至福、不死」ですが、他のすべての元素は限界あるものに結びついています。火には限界があり、水は干上がり、空気は流れを止め、地は姿形を変えることができます。しかしエーテルは、そこからすべての元素が発生した最初の元素です。それで彼はここで、**グル**はエーテルそのものであると言っているのです。彼はいかなる変化にも征服されず、いかなる変動にも屈しません。

第６５節

śrutiḥ pratyakṣa maitihyam

anumānaś catuṣṭayam
yasya cātmatapo veda
deśikaṁ ca sadā smaret

シュルティ・プラッティヤクシャ・メイティヤム
アヌマーナシュ・チャトゥシュタヤム
ヤッスィヤ・チャート（ゥ）マタポー・ヴェーダ
デーシカム・チャ・サダー・スマレート（ゥ）

「常に**グル**について考えよ。彼の霊性の力は４つの知識の根源、**ヴェーダ**、直感、聖なる歴史的文書とその結論によって認識される」

学ぶことによって誰もが**グル**になるのではありません。ここで**バガヴァーン・シャンカール**は真の**グル**、**サットグル**、**ジャガットグル**について話しています。前にも言ったように、普通の教師もヒンドゥー語では、**グル**と呼ばれています。世間的な**グル**も存在します。このような**グル**の知識は、彼が本を読んで身につけたものです。

バガヴァーン・シャンカールは、真の**グル**は**ヴェーダ**の人格化したものであると言っています。彼は**ヴェーダ**を読む必要もありません。彼自身が**ヴェーダ**の真髄だからです。彼はこれを直接知覚します。それは誰かが、こうでなければならない、ああでなければならないと言ったからではありません。違います。彼自身が**ヴェーダ**の人格化した存在であり、すべての文書、すべての知識を備えているので、いつでも自分の好きな時に決断し、自分の意志に従って、それを手にすることができるのです。それが**サットグル**というものです。

第６６節

mananaṁ yadbhavaṁ kāryaṁ
tadvadāmi mahāmate
sādhutvaṁ ca mayā dṛṣṭvā
tvayi tiṣṭhati sāmpratam

マナナム・ヤッドゥバヴァム・カーリャム
タッド（ゥ）ヴァダーミ・マハーマテー
サードゥト（ゥ）ヴァム・チャ・マヤー・
ド（ゥ）ルシュト（ゥ）ヴァー
ト（ゥ）ヴァイ・ティシュタティ・サームプラタム

「おお、力強い理性を持つ者よ、私にはあなたがとても注意深いことがわかるので、人が常に瞑想すべき動機について話そう」

ここで**バガヴァーン・シャンカール**は「力強い理性を持つ者」と言って、**女神パールヴァティー**に話しかけます。彼は各々の詩句で、彼女のそれぞれの側面にふさわしい、異なった呼びかけ方をしています。そして彼は、この局面において、彼女と**グル**の間には何の違いもないことを述べています。

彼は「私はあなたがとても注意深いことがわかる。私はあなたが大変興味を持っていること、さらにもっと知ることを熱望していることがわかる。ゆえに人が常に瞑想すべき動機について話そう」と言います。

以前**バガヴァーン・シャンカール**は女神の注意を引こうとしました。でも今、彼は女神が大変意欲的であるのを見ます。ここで女神は、**パールヴァティー**の姿だけでなく、同時に**プラクリティ**、創造を表しています。

ということは、彼女はここで個々の人間、すべての帰依者を代表していま
す。**女神パールヴァティー**は、ここで**バクタ**、弟子を代表しているのです。

―――― 第６７節 ――――

akhaṇḍa maṇḍalākāraṁ
vyāptaṁ yena carācaram
tatpadaṁ darśitam yena
tasmai śrī gurave namaḥ

アカンダ・マンダラーカーラム
ヴャープタム・イェーナ・チャラーチャラム
タット（ゥ）パダム・ダルシタム・イェーナ
タッスメイ・シュリー・グラヴェー・ナマハ

「そのおみ足が、生命ある、また生命なき創造物の、かの
不可分なコスモスの領域を貫く、至高の存在を啓示する
グルに崇拝の念を捧げる」

前の詩句で、**シヴァ神**は、**パールヴァティー**が何について瞑想すべきか、
説明しようと言います。ここで彼は、**グル**のおみ足について瞑想するよう
に言います。「そのおみ足が至高の存在を啓示する**グル**に崇拝の念を捧げ
よ」ここで彼はあなたの瞑想、あなたの焦点、あなたの眼差し、あなたの
集中力は唯一マスターのおみ足に向かっているべきであると言っています。
グルのおみ足は「生命ある、また生命なき創造物の、かの不可分なコスモ
スの領域を貫く、至高の存在」を啓示します。

人は完全に自らを捧げることによってのみ、その焦点をマスターのおみ
足に当て、それについて瞑想することによってのみ、至高の現実、生きと

し生けるものすべてに存在する**シュリーマン・ナーラーヤナ**ご自身が啓示されます。この真実は、マスターの恩恵によってのみ、明らかにすることができます。マスターの恩恵がなければ、それは可能ではありません。

第６８節

sarva śruti śiroratna
virājita padāmbujaḥ
vedāntāmbuja sūryo yaḥ
tasmai śrī gurave namaḥ

サルヴァ・シュルティ・シローラト（ゥ）ナ
ヴィラージタ・パダームブジャハ
ヴェーダーンタームブジャ・スーリョー・ヤー
タッスメイ・シュリー・グラヴェー・ナマハ

「その蓮のおみ足が、**ヴェーダ**の王冠の宝石（マハーヴァーキャス、大いなる告知）で飾られている**グル**に、崇拝の念を捧げる。彼はその光がヴェーダーンタの蓮の花を開かせる太陽である」

「その蓮のおみ足が、**ヴェーダ**の王冠の宝石（マハーヴァーキャス、大いなる告知）で飾られている**グル**に、崇拝の念を捧げる」ここで**バガヴァーン・シャンカール**は、**ナーラーヤナ神**が常にカウストゥバの宝石を胸にかけていると言っています。カウストゥバの宝石は**ヴェーダ**の真髄です。**グル**のおみ足は、この**ヴェーダ**の真髄を含む宝石と同じです。弟子達に準備ができると、彼らにそれを注ぎかける用意がなされます。

「**グル**はその光がヴェーダーンタの蓮の花を開かせることのできる太陽で

ある」ここで彼はマスターのおみ足は、蓮の花を開かせる光であると言っています。誰もが知っているように、蓮の花は始めは閉じています。でも太陽の最初の光によって、蓮の花は開き始めます。蓮の花は太陽の最初の光が当たると同時に開くのです。それまでは開かず、閉じたままです。ここで**シヴァ**は、弟子はグルの恩恵が降り注ぐまで、自分を閉じ、無知でいると言っています。しかし恩恵の光が弟子に降りかかると、彼は二元性から立ち上がります。もし**グル**が、ただ二元性にあることだけを教えるなら、それは単なる教師です。でも**グル**がいかにして二元性を克服するかを示すことができるなら、それは真の**グル**です。彼はマインドの二元性を乗り越える恩恵を与えることができます。それは外面の幸せを見出すことにあるのではなく、それよりも遥かに大きい、内面の幸せ、真の幸せに向けて励むことにあるのです。

第６９節

yasya smaraṇa mātreṇa
jñānam utpadyate svayam
ya eva sarva samprāptiḥ
tasmai śrī gurave namaḥ

ヤッスィヤ・スマラナ・マーットゥレーナ
グニャーナ・ムット（ゥ）パディヤテー・スヴァヤム
ヤ・エーヴァ・サルヴァ・サムプラープティ
タッスメイ・シュリー・グラヴェー・ナマハ

「**グル**に崇拝の念を捧げる。ただ彼のことを想うだけで、とっさの知識を得ることができる。**グル**を持つことは、すべてを手に入れることである」

ここで**バガヴァーン・シャンカール**は「**サットグル**は弟子が彼のことを想うだけで、知識を与える」と言っています。大きな儀式を行う必要はありません。大規模な**プラーナ　ヤ　マ**を実践する必要もありません。それは自発的に起こります。人が自らを委ねれば委ねるほど、それは自然に起こってきます。それは花と同じで、太陽に照らされれば照らされるほど開くでしょう。

人間が光を避けて暗闇にとどまればとどまるほど、影の存在となります。しかし、人間が光の中にあればあるほど、晴れやかになります。

「**グル**を持つことは、すべてを手に入れることである」あなたが**グル**を持つと、すべてが手に入ります！

――――― 第７０節 ―――――

caitanyaṁ śāśvataṁ śāntaṁ
vyomātītaṁ nirañjanam
nāda bindu kalātītaṁ
tasmai śrī gurave namaḥ

チェイタニヤム・シャーシュヴァタム・シャーンタム
ヴョーマーティータム・ニランジャナム
ナーダ・ビンドゥ・カラーティータム
タッスメイ・シュリー・グラヴェー・ナマハ

「意識、平和、永遠である**グル**に崇拝の念を捧げる。彼はエーテルを超え、何の欠点も持たない。彼はナーダ（神の音楽）、ビンドゥ（青い点）、そしてカーラ（ビジョン）を超えている」

「意識、平和、永遠であるグルに崇拝の念を捧げる」ここで今一度**グル**の形態における三位一体の３つの本質を見ることができます。**グル**は意識、平和、そして永遠です。

グルは前にエーテルとして示されました（第64節）。そしてこの節では「彼はエーテルを超え、いかなる欠点も持たない」のです。ここで**バガヴァーン・シャンカール**は、**グル**をナーダ、宇宙の響きに関連づけています。したがってグル自身が宇宙の響き、**オーム**です。**グル**自身がビンドゥ、**シュリー・チャクラ**の中心点です。また**グル**はカーラです。カーラには時とビジョンの２つの意味があります。ここで彼は**グル**がビジョン、響き、そして中心点であると言っています。

第７１節

sthāvaraṁ jaṅgamaṁ caiva
tathā caiva carācaram
vyāptaṁ yena jagat sarvaṁ
tasmai śrī gurave namaḥ

スターヴァラム・ジャンガマム・チェイヴァ
タター・チェイヴァ・チャラーチャラム
ヴャーップタム・イェーナ・ジャガト（ゥ）・サルヴァム
タッスメイ・シュリー・グラヴェー・ナマハ

「**グル**に崇拝の念を捧げる。彼はこの、動くもの、動かぬもの、生きているもの、生きていないものから成る宇宙全体を貫いている」

「**グル**に崇拝の念を捧げる。彼はこの宇宙全体を貫いている」**グル**、**サッ**

トグルは、目立たない存在に見えても、宇宙の創造全体を貫いています。

「動くもの、動かぬもの、生きているもの、生きていないものから成る」**サットグル**は生命あるもののみに存在するのではなく、動かぬものにも、生命なきものにも、同じように至高神を見ています。それらは彼にとって同じなのです。

聖者ドゥニャネシュヴァールの生涯に、かつてアランディを訪れた１人の偉大な**ヨーギー**がいました。人々は聖者ドゥニャネシュヴァールの素晴らしさを知っていました。一方この**ヨーギー**は大変権力があり、何千人もの帰依者がいました。彼はアランディに来ると、聖者ドゥニャネシュヴァールのことを聞いて、会ってみたいと思います。**ヨーギー**はすべての生き物のマスターでした。彼は自分の意志によって、すべての生き物をコントロールすることができました。彼は聖者ドゥニャネシュヴァールが、村の住民のために**バガヴァッド・ギーター**をマラティ語に訳して、説教していることを聞き、彼に会いたがります。しかし、彼の望みはプライドから来ていました。彼はとても傲慢でした。彼は何人かの弟子に聖者ドゥニャネシュヴァールの所へ行って、呼んでくるように頼みます。しかしドゥニャネシュヴァールは自分の兄弟、姉妹と一緒に座っていて、こう答えます。「いや、もし彼が私に会いたいのなら、私の所へ来るがよい。なぜ私が彼の所へ行かなければならないのだ？」彼の言うことはもっともではありませんか？　もし人が誰かを必要としても、その誰かが自分の所へ来てくれることを期待することはできません。もし人が誰かを必要とするなら、その人は自分のほうから、相手の所へ行くべきです。そこで聖者ドゥニャネシュヴァールは言います。「私は何も望んでいない。私には彼を訪ねる必要などない。なぜ私は彼に会いに行かなければならないのだ？　もし彼が私に何かしてほしいのなら、彼のほうから私の所へ来るべきだ！」

弟子がこの返事を持って戻ってくると、**グル**は案の定、大変腹を立てます。「何と思い切ったことを言うのか！　私を訪ねてこないとは、これは非常に傲慢な人間に違いない！」これはプライドと傲慢さでいっぱいの人間の態度です。自らのプライドとエゴのため、彼自身、聖者を誇り高く、傲慢な人間として見たのです。このような人間は常にこうした性質を**グル**に投影します。

聖者ドゥニャネシュヴァールが「いやだ」と言うと、**グル**は怒って「もし彼が来ないのなら、この村の人間を皆殺しにしてやる」と喚きます。ここで彼がすべての生き物の命を手に入れる力を持っていることを忘れないでください。彼は生き物に対してこのような力を持っていたので、好きなように彼らを殺すこともできたのです。

聖者ドゥニャネシュヴァールは偉大な**バクタ**でした。彼は神パンドゥランガ・**ヴィッタラ**を崇拝していました。**ヴィッタラ**は常に彼の内にありました。聖者ドゥニャネシュヴァールにとっては、すべてが**ヴィッタラ**であり、またすべてが**クリシュナ**であって、彼にはこの**ヨーギー**が無知のため、非常にプライドが高く、大変傲慢であることがわかっていました。人間はなりたくて傲慢になるのではありません。誰が傲慢であることを望むでしょう。誰も望みません。プライドのある人間は無知がゆえに傲慢なのです。聖者ドゥニャネシュヴァールにはそれがよくわかっていました。そしてこの無知を打ち壊すことのできる唯一のものは、彼に勝っていることを示すことでした。

聖者ドゥニャネシュヴァールは、自分の兄弟、姉妹と一緒に塀の上に座っていました。**ヨーギー**の弟子達が来て「我々の**グル**はすべてを打ち壊し、全員を殺すことだろう！」と言うと、聖者ドゥニャネシュヴァールが答えます。「おお、何ということだ！　この**グル**はこの上もなく傲慢で、とてもプライドが高いようだ」このプライドを打ち壊すには、さて、どうしたらいいでしょう？　聖者ドゥニャネシュヴァールは、**ヴィッタラ**に祈り、彼に頼みます。「主よ、あなたはすべての人間にとって、何が一番よいかご存じです。そのあなたにお願いします。私を憐れんでください！」この瞬間、彼らが座っていた塀が持ち上がり、**ヨーギー**に向かって空中を飛んでいきます。塀が近づいてくると、**グル**は何かが飛んでくるのを見ることができます。しかし、彼には、それが何であるかわかりませんでした。それがさらに近づいてくると、彼は聖者ドゥニャネシュヴァールが、兄弟、姉妹と一緒に空飛ぶ塀に乗ってやってくることに気づきます。この瞬間、彼は**バクタ**である聖者ドゥニャネシュヴァールが、彼より遥かに勝った存在であることを理解します。彼のエゴは一瞬にして破壊されます。彼は玉座から降りて、聖者ドゥニャネシュヴァールの前に跪き、彼を讃え始めます。
「あなたは何と偉大なことか！　私はただ、生き物すべてをマスターしたが、あなたは生きているもの、生きていないもの、生命あるもの、生命のないものすべてをマスターした。それゆえあなたは**サットグル**である！」
これが**サットグル**の本質です。**サットグル**を普通の、ありきたりの人間と思ってはいけません。**サットグル**は人々に自分のすべてを見せません。彼は人々に彼らが聞きたいこと、見たいものだけを示します。

――― 第７２節 ―――

jñāna śakti samārūḍhaḥ
tat tvamālā vibhūṣitaḥ
bhukti mukti pradātā yaḥ
tasmai śrī gurave namaḥ

グニャーナ・シャクティ・サマールーッダー
タット（ゥ）ヴァマーラー・ヴィブーシタハ
ブクティ・ムクティ・プラダーター・ヤー
タッスメイ・シュリー・グラヴェー・ナマハ

「知恵の力の鞍（くら）にしっかりと座り、36のタットヴァの花輪で飾られ、この世の喜び、そして救済を授ける**グル**に崇拝の念を捧げる」

「知恵の力の鞍にしっかりと座る**グル**に崇拝の念を捧げる」**グル**は知恵に満ちあふれ、誰に何を与えるべきか、またどのように行動すべきかわかっています。彼は母親のようであり、また父親のようでもあります。あなたが赤ちゃんと話すときは、何歳であろうと年に関係なく、自分を赤ちゃんのレベルに下げて話します。これはあなたが年配の人と話すときも同じです。これと同じように、**グル**も人々が理解できるように、自分のいるレベルから、普通の人間がいるレベルに降りてきます。

グルは、36のタットヴァのネックレスで飾られており、「世俗的な充実と救いを与えるお方」です。**グル**はこの世と人間を動かし、行動させる36のタットヴァを「身につけ」、これをマスターしている存在です。最初のタットヴァは**オーム**、次は**クリシュナ・タットヴァ**というように続きます。**グル**はタットヴァに関する完全な知識を持っています。そして**グル**の恩恵によって、彼に自らを捧げる人は誰でも必要とするものを授かります。それは享楽のためではなく、救済のためです。

——— 第７３節 ———

aneka janma samprāpta
sarva karma vidāhine
svātma jñāna prabhāveṇa
tasmai śrī gurave namaḥ

アネーカ・ジャンマ・サムプラープタ
サルヴァ・カルマ・ヴィダーヒネー
スヴァートッ（ゥ）マ・グニャーナ・プラバーヴェーナ
タッスメイ・シュリー・グラヴェー・ナマハ

「自己認識の力によって、数知れぬ人生で蓄積された、すべての**カルマ**を焼き尽くすことのできる**グル**に、崇拝の念を捧げる」

グルは**カルマ**を超越しています。彼の至高神に対する完全な献身、そして彼自身の中にある、大いなる自己の存在を単に認識することによって、あらゆる人生における**カルマ**は残らず焼き尽くされます。それは彼自身のためではなく、彼にすっかり自分を捧げている人達のためです。ここで**シヴァ**は、**グル**は自分のために生きているのではないと言います。この世における**グル**の生涯は、弟子の**カルマ**を燃して、彼らを救うためにあります。

第７４節

na guror adhikaṁ tattvaṁ
na guror adhikaṁ tapaḥ
tattvaṁ jñānāt paraṁ nāsti
tasmai śrī gurave namaḥ

ナ・グルーラディカム・タット（ゥ）ヴァム
ナ・グルーラディカム・タパハ
タット（ゥ）ヴァム・グニャーナート（ゥ）・パラム・ナースティ
タッスメイ・シュリー・グラヴェー・ナマハ

「**グル**に勝る真実はない。どのような放棄も**グル**への奉仕より大きな浄化はなく、彼のタットヴァより大きな認識もない。この認識を可能にしてくれるグルに崇拝の念を捧げる」

「**グル**に勝る真実はない」**グル**に勝るものはありません。「どのような放棄も、**グル**への奉仕より大きな浄化はない」これは**グル**への奉仕以上に、私達を清める**サーダナ**はないという意味です。**グル**への奉仕以上に守ってくれる**マントラ**、**ヤントラ**、タントラはありません。**グル**への奉仕は遥かに簡単でやさしいものです。

「彼のタットヴァより大きな認識はない」**グル**自身が**オーム**なので、**グル**・タットヴァ、**グル**の本質と神の本質の間には何の違いもありません。あなたの探し求めているものが**グル**であるという以外に認識すべきものはありません。もし帰依者が、彼らの探し求めているものが**グル**の恩恵、**グル・クリパー**だと知ったら、彼らはこの**グル・クリパー**によって、すべてを得ることでしょう。

「この認識を可能にしてくれる**グル**に崇拝の念を捧げる」**パダセーヴァー**、マスターへの奉仕は、その目的が彼への献身であるという認識に導いてくれます。「マスターを褒め讃えよ！」彼だけがあなたにこの認識を与えることができます。あなたがそれを受けるに値するなら、彼はこの恩恵を与えることができます。

――――― 第７５節 ―――――

mannāthaḥ śrī jagannātho
madgurus trijagad guruḥ
mamātma sarva bhūtātmā
tasmai śrī gurave namaḥ

マンナーター・シュリー・ジャガンナートー
マッドゥグルス・ト（ゥ）リジャガッド（ゥ）・グルー
ママーット（ゥ）マ・サルヴァ・ブーターット（ゥ）マー
タッスメイ・シュリー・グラヴェー・ナマハ

「私の主は宇宙の主である。私の**グル**は三界の師である。
私の自己はすべての存在の自己である。このような**グル**
に崇拝の念を捧げる」

「私の主は宇宙の主である」ここで彼は**ナーラーヤナ**のことを言っています。

「私の**グル**は三界の師である」ここで彼は**トゥリムールティ** ―― **ブランマー、ヴィシュヌ、シヴァ**のことを指しています。

「私の自己はすべての存在の自己である」これは認識、**デーヴィー**（女神）のことです。

グルもまた神、師、そして自己の化身です。

第７６節

dhyāna mūlaṁ guror mūrtiḥ
pūjā mūlaṁ guroḥ padam
mantra mūlaṁ guror vākyaṁ
mokṣa mūlaṁ guroḥ kṛpā

ディヤーナ・ムーラム・グロー・ムールティ
プージャー・ムーラム・グロー・パダム
マントラ・ムーラム・グロー・ヴァーキャム
モクシャ・ムーラム・グロー・クルパー

「瞑想の基本は**グル**の姿である。すべての崇拝の基本は
グルのおみ足である。**マントラ**の根源は**グル**の言葉であ

る。救済の根源は**グル**の恩恵である」

「瞑想の基本はグルの姿である」**バガヴァーン・シャンカール**はここで瞑想の目的は彼に達することではなく、完璧な状態や無に達することでもないと言っています。彼は「そうではない。無の中であなたは自分を見失ってしまう。神はすべてを貫いていて、無などというものは存在しない！」と言っています。どのようにして無のようなものが存在するでしょう？　無などというものは存在しません！　それで彼は瞑想の基礎は**グル**の姿であると言っているのです。

「すべての崇拝の基礎は**グル**のおみ足である」あなたに**グル**がいるなら、あなたは心の中で**グル**と通じ合い、あなたの唯一の奉仕は彼のおみ足に仕えることです！　あなたがどの神を崇拝しようと、あなたはただ１人、マスターのおみ足に忠誠を尽くします。

「**マントラ**の根源は**グル**の言葉である」**グロー・ヴァーキャム**は**アーデーシュ**（指示）のことです。**グル**が何を言おうと、それは言われた人にとって**マントラ**になります。**アーデーシュ**という言葉は、それが何であろうと、**グル**の口から出たものは**マントラ**であるという意味です。

「救済の根源は**グル**の恩恵である」これは救済が**グル**の恩恵によってのみ起こるという意味です。救済はマスターの恩恵がないと、遥か彼方にあるものと見なされます。

これはどの伝統でも同じです。それは**ヴァイシュナヴァ**であろうと、**シャイヴァイト**、**シャクタ**、**ガナパティヤ**、あるいはブラマーナであろうと、すべてのヒンドゥー教の宗派、また他の宗教においても、昔から同じことが言われています。ただ**グル**の恩寵、**グル・クリパー**によってのみ救済と解放は可能です。

今日では当然のことながら誰もが訊きます。「ああ、どうして**グル**が必要なのですか？」これは現代社会の人間が創り出した錯覚です。世界の至る所で人は何が真の献身なのかを忘れています。マスターのおみ足に加護を求める人だけが、どのように自分を捧げるかという知識を授かります。

あなた達は多分皆クリシュナムルティのことを聞いたことがあるでしょう。彼はいつも「**グル**は必要がない」と言っていました。これが彼の哲学でした。あるとき彼はアーナンダマイ・マーを訪ねます。彼はもちろん尊敬の念をもって彼女を訪ねたのですが、プライドの気持ちからでもありました。アーナンダマイ・マーは彼に次のような質問をします。「あなたは皆に**グル**に従うべきではないと教えています。でもあなたの言うことを聴いている人達が、いったい何をしているのか言ってごらんなさい。彼らはあなたの言うことを聴いているではありませんか？　あなたが彼らに何をすべきかと言っているとき、あなたはいい気持ちになっているのではありませんか？　ばかげた真似はやめなさい！　あなたは**グル**のように振る舞っているではありませんか。ではあなた自身が**グル**のような態度をとっているのに、いったいどうして他の人に『**グル**を持つな！』などと言うことができるのですか？」

第７７節

gururādir anādiś ca
guruḥ parama daivatam
guroḥ parataraṁ nāsti
tasmai śrī gurave namaḥ

グルラーディ・ラナーディシュ・チャ
グル・パラマ・デイヴァタム
グロー・パラタラム・ナースティ

タッスメイ・シュリー・グラヴェー・ナマハ

「**グル**には始めも終わりもない。彼は至高の神である。**グル**に勝るものはない。**グル**に崇拝の念を捧げる！」

「**グル**には始めも終わりもない。彼は至高の神である」もし**グル**に自分を捧げるなら、神に自分を捧げる必要はありません。もし**グル**に自分を捧げているなら、他のいかなる神の姿も他のいかなる神々も崇拝する必要はありません。

「**グル**に勝るものはない。**グル**に崇拝の念を捧げる！」**グル**を神であると知覚できる人には、他の姿は必要ありません。ところが神を**グル**の姿に知覚しない人には、祈ること、**アーデーシュ**、**グル**の言葉を聴くこと、それが何であろうと**グル**が勧めることに尊敬の念を抱いて行うことが大切です。**グル**と神が１つであるという認識が与えられるまで、崇拝の指示に従ってください。

ヴァイシュナヴァの伝統では、**トゥルシー**の葉は**デイティ**にのみ捧げられます。でも**バガヴァーン・クリシュナ**によれば、**グル**と神の間には何の違いもありません。

確かに誰もが、**グル**が死んだ後、彼（**グル**）の肖像の前に**トゥルシー**の葉を捧げます。でもあなたは**グル**の中に至高の神が存在することを知覚できないのに、なぜ死んだ彼の絵に**トゥルシー**の葉を捧げるのですか？　あなたは彼がまだ生きていたときは、至高神と一体でなかったと信じているのですか？　そして彼が死んで、至高神と一体になったと思っているのですか？　もしあなたがそう考えているのだったら、それは完全に無知というものです。

でも、もしあなたが**グル**は至高の神自身の化身であると知覚するなら、

「グル・パラマ・デイヴァタム」彼が至高神であること、もしあなたが**グル**の姿に**主クリシュナ**ご自身を知覚することができたら —— それはより高い悟りの状態に達したことになるでしょう。

——— 第７８節 ———

sapta sāgara paryanta
tīrtha snānādikaṁ phalam
guror aṅghri payobindu
sahasrāṁśe na durlabham

サプタ・サーガラ・パリャンタ
ティールタ・スナーナーディカム・パラム
グロー・ラングリ・パヨービンドゥ
サハッスラームシェー・ナ・ドゥルラバム

「7 つの大海の聖なる水で沐浴して授かる**プンニャ**は、**グル**のおみ足を洗った水 1 滴の 1000 分の 1 を飲んで得る**プンニャ**に比べると、色褪せて見える」

ここで**バガヴァーン・シャンカール**は言います。「7 つの大海の聖なる水…」あなたも知っているように、インドには 7 つの聖なる河がありますね？　そしてこの 7 つの聖なる河は、私達の内面である種の浄化を行います。つまりどの河も私達の**チャクラ**の 1 つを浄化します。

ここで**バガヴァーン・シャンカール**は、マスターのおみ足を洗った**チャランアムリタ**は、7 つの聖なる河で沐浴する以上の効果があると言っています。しかもそれは 1 滴ではなく、「1 滴の 1000 分の 1」を 1 口飲むだけでよいのです。

でもそれにはあなたの確固たる信頼と深い信念がなければなりません！それはただこのように言うだけではだめです。「ああ、私は今**スワミ**の足を洗いました。これからその水をコップ１杯飲もうと思っています」これは信頼の問題です。この**グル・ギーター**は完全に自分を捧げた弟子達のためのものです。彼らにはそれが理解できます。完全に自分を捧げている人は誰でも、**シヴァ神**がここで言っているように、たくさんの恩恵を授かることでしょう。**グル**を完全に信じ、信頼していなければ、何も起こらないでしょう。

シヴァはただそう言ったのではなく、その奥には深い意味があります。しかしながら、あなたは完全に自分を捧げてのみ、それを授かることでしょう。

第７９節

harau ruṣṭe gurustrātā
gurau ruṣṭe na kaścana
tasmāt sarva prayatnena
śrī guruṁ śaraṇaṁ vrajet

ハラウ・ルシュテー・グルッストゥラーター
グラウ・ルシュテー・ナ・カシュチャナ
タスマート（ゥ）・サルヴァ・プラヤット（ゥ）ネーナ
シュリー・グルム・シャラナム・ヴラジェート（ゥ）

「もし**シヴァ**が怒ったら、**グル**があなたを守ってくれる
けれど、**グル**が怒ったら、誰もあなたを守ってくれない。
したがって彼に加護を求めることに全力を尽くせ」

ここで**ヴィヤーサ**は、これがとても大切なので、再び（第 44 節に続き）私達に思い出させています。**グル・アパラード**はとても精妙で、無意識のうちに起きてくるため、あなたにも気がつかないほどです。

これは**グル**が怒って誰かを呪うという意味ではありません。これは宇宙の法則です。もし誰かが**グル**を傷つけると、宇宙にある、宇宙のエネルギーにある、決まった呪いが自動的にこの人間の所へ行くのです。人間の身体を得るために、あなたはたくさんの苦行をし、**プンニャ**を行い、過去の人生から多くのよい本質を集めてきました。そうしてあなたは人間の身体を授かったのです。でも**グル・アパラード**はあなたが望もうが、望むまいが、再び動物の状態に連れ戻します。これはグル自身の意思によるものではありません。それはあなたが**グル**を傷つけたからです。この**グル・アパラード**が宇宙に、至高神である**ナーラーヤナ**ご自身に、このようにさせるきっかけとなるのです。この呪いは人間を自動的により低い段階、時として動物よりも卑しい段階に落とすことがあります。

しかし**グル**の恩寵は完全に自分を捧げている人を救い出し、もし彼が心から後悔し、誠実に許しを乞うなら、その人を再び高めることができます。この後悔の念と、**グル**の慈悲の心、憐憫の情によって、その人は再びもとの段階に引き上げてもらうことができるのです。

――――― 第８０節 ―――――

gurureva jagatsarvaṁ
brahma viṣṇu śivātmakam
guroḥ parataraṁ nāsti
tasmāt sampūjayed gurum

グルレーヴァ・ジャガット（ゥ）サルヴァム

ブランマ・ヴィシュヌ・シヴァーット（ゥ）マカム
グロー・パラタラム・ナースティ
タッスマート（ゥ）・サムプージャイエーッド（ゥ）・グルム

「**グル**は確かに宇宙全体である。彼の存在は**ブランマー**、**ヴィシュヌ**、そして**シヴァ**を包括する。**グル**に勝るものはない。一心に**グル**を讃えよ」

ここで**バガヴァーン・シャンカール**は、**グル**は**ブランマー**、**ヴィシュヌ**、そして**シヴァ**を包括し、「**グル**に勝るものはない」と言っています。**ナーラーヤナ**ご自身が**グル**の中にあります。そこで彼は「献身にあふれる心でマスターのおみ足に仕えよ」と言っているのです。

第８１節

jñānaṁ vijñāna sahitaṁ
labhyate guru bhaktitaḥ
guroḥ parataraṁ nāsti
dhyeyo'sau gurumārgibhiḥ

グニャーナム・ヴィグニャーナ・サヒタム
ラッビャテー・グルバックティタハ
グロー・パラタラム・ナースティ
ディイェーヨー'ソウ・グルマールギビヒ

「**グル**に献身を捧げることによって、人はすべての知識と認識を得る。**グル**に勝るものも、また、**グル**より偉大なものもない。それゆえ**グル**の帰依者は、彼について瞑想すべきである」

「**グル**に献身を捧げることによって、人はすべての知識と認識を得る。**グル**に勝るものも、また、**グル**より偉大なものもない」**バガヴァーン・シャンカール**は何度も繰り返して言います。「**グル**はすべてである！　彼はあなたに知識を与えることができる。また彼の意思により、神実現を授けることもできる。あなたにその準備さえできていれば、これらすべてを与えることができる！」

「それゆえ**グル**の帰依者は、彼について瞑想すべきである」**グロー・パラタラム・ナースティ・ディィイェーヨー'ソウ・グルマールギビヒ**。ここで彼は完全に自分を捧げている人にとって、唯一の瞑想は、マスターのおみ足に捧げる瞑想であると言っています。弟子は絶えず**グル**の姿について、また、彼のおみ足について瞑想すべきです。

第８２節

yasmāt parataraṁ nāsti
neti netīti vai śrutiḥ
manasā vacasā caiva
nityam ārādhayed gurum

ヤスマート（ゥ）・パラタラム・ナースティ
ネーティ・ネーティーティ・ヴェイ・シュルティヒ
マナサー・ヴァチャサー・チェイヴァ
ニッティヤ・マーラーダイェーッド（ゥ）・グルム

「心と言葉をもって、休みなく**グル**に仕えよ。彼より偉大な存在はない。**ヴェーダ**は彼のことを『これでもない、あれでもない』と描写している」

「心と言葉をもって、休みなく**グル**に仕えよ」ここで彼は、あなたのマインドはあちこちさまようべきではないと言っています。もしあなたが**グル**に自分を捧げているのなら、あなたのマインドは絶えず**グル**に集中しているべきです。そしてあなたが何を話そうと、無駄なことは言わず、常にマスターについて話すべきです。

「彼より偉大な存在はない。**ヴェーダ**は彼のことを『これでもない、あれでもない』と描写している」**ネーティ・ネーティーティ・ヴェイ・シュルティヒ**。ここで**バガヴァーン・シャンカール**は、**ヴェーダ**が彼のことを「これでもない、あれでもない」と描写していると言っています。なぜなら彼はすべてだからです！　人は**グル**にいかなる制約も加えるべきではありません。

　人々は**グル**を限界あるマインドで受け止めますが、彼はそれを超越しています。**ヴェーダ**も**グル**は「これでもない、あれでもない」と言っています。たとえあなたが**グル**を理解したと思っても、**グル**は、あなたが彼を理解しなかったと思わせるでしょう。たとえあなたが**グル**のことがわかっていると考えても、彼はあなたが本当には彼がわかっていないと思わせるでしょう。あなたは彼が望むものしか見ることができません。あなたは彼があなたに知覚してほしいものしか知覚することができません。彼はあなたが彼を知っているかのように思わせることができますが、実際にはあなたは彼を知りません。これが真の**グル**の本質です。もしあなたが彼を知っていると考えたら、次の瞬間、彼はあなたに、あなたの知らない姿を見せることでしょう。もしあなたがその姿はもうマスターしていると考えたら、彼は違う姿を示すでしょう。**グル**はこのように…（ここで観客の中の誰かが「カメレオン」と言います）いいえ、違います。カメレオンはただあなたが認識した外見に合わせるだけです。あなたがカメレオンを赤い色の上に置くと、カメレオンは赤くなります。でもあなたが**グル**を赤い色の上に置くと、**グル**は緑色になるでしょう。このように人はマインドで**グル**をつかむことはできません。しかし愛によって、確かな現実を知覚することができます。

第８３節

guroḥ kṛpā prasādena
brahma viṣṇu sadāśivāḥ
samarthāḥ prabhavādau ca
kevalaṁ guru sevayā

グロー・クルパー・プラサーデーナ
ブランマ・ヴィシュヌ・サダーシヴァーハ
サマルター・プラバヴァーダウ・チャ
ケーヴァラム・グル・セーヴァヤー

「**ブランマー**、**ヴィシュヌ**、**シヴァ**さえ、**グル**の恩恵によって宇宙の力を授かる。彼らは**グル**への奉仕によってすべての力を達成する」

ここで彼は「**ブランマー**、**ヴィシュヌ**、**シヴァ**さえ、**グル**の恩恵によって宇宙の力を授かる」と言っています。**ブランマー**、**ヴィシュヌ**、**マヘーシュワラ**（**シヴァ**の別名）は人々に知られていません。でも彼らの力は、**グル**がそれを弟子に告示することによってのみ明らかになります。そうすることによって、弟子には**ブランマー**が誰で、**ヴィシュヌ**が誰で、**シヴァ**が誰だかわかります。でも**グル**が弟子にこの力を告示するまで、彼らにはわかりません。

確かにあなた達がまだ若かったとき、**ブランマー**、**ヴィシュヌ**、**シヴァ**について知っていましたか？　また**クリシュナ**について知っていましたか？　いいえ、知りませんでした。でも**グル**が教えた後では、彼らは皆、あなた達の内面に生きています。今では、あなた達は**ブランマー**のことも、**ヴィシュヌ**のことも、**シヴァ**のことも、**デーヴィー**のことも、**クリシュナ**のことも、皆知っています。そうでしょう？　もしそうでなかったら、あなた達は知らなかったでしょう。それがこの「彼らは**グル**の恩恵によって宇宙の力を授かる。彼らは**グル**への奉仕によってすべての力を達成する」の意味です。こうして**グル**に奉仕した人達はこの知識を得ます。彼らはこの知識の恩恵を授かります。彼らはこの**トゥリムールティ**の力を自分達の中に受け取ります。

――――― 第８４節 ―――――

deva kinnara gandharvāḥ
pitaro yakṣa cāraṇāḥ
munayo 'pi na jānanti
guru śuśrūṣaṇe vidhim

デーヴァ・キンナラ・ガンダルヴァー
ピタロー・ヤクシャ・チャーラナーハ
ムナヨー’ピ・ナ・ジャーナンティ
グル・シュシュルーシャネー・ヴィディム

「神々、**キンナラス**、**ガンダルヴァス**、マネス（先祖の霊）、**ヤクシャス**、チャラナス（異なる階級の存在）、そして聖者達でさえ、どのようにして**グル**に仕えるのか知らない」

神々、**キンナラス**、**ガンダルヴァス**、霊魂、**ヤクシャス**、異なる階級の異なる存在、聖者達、彼らは「どのようにして**グル**に仕えるのかを知らない」のです。ここで**バガヴァーン・シャンカール**は、彼らがどのようにして**グル**に仕えるのか知らないと言っています。

なぜでしょう？　それは彼らが直接**ブランマー**に創造されたからです。それで彼らは**グル・バクティ**の知識を持っていないのです。彼らは**グル**がどんなに大切かということを知りません。彼らはただ自分の義務に縛られています。ところが人間は自らの知識とマスターの恩恵によって、非常に高い霊性のレベルに達することができます。それは神々、**キンナラス**や**ガンダルヴァス**よりも高いレベルです。

グルを知り、**グル**を崇拝し、**グル・バクティ**を知る人達だけ、何が最も大切であるかわかっています。**インドラ**は「私は今日はお勤めをするのはやめよう」とは言えません。**スーリャ・デーヴ、スーリャ・ナーラーヤナ**が「今日は照らすのをやめよう！」と言うのを想像してごらんなさい。彼にそんなことができると思いますか？　いいえ、できません。太陽は照らさなければなりません！　それが彼の務めです！　**インドラ**の務めは雨を降らすことです。**クベーラ**の務めは富を与えることです。彼らは「私はあなたの顔が気に入らないから、こうします。」などと言うことはできません。彼らにはこのようなことをすることができません。この神々は直接**ブランマー**に創造されたからです。彼らは**グル・バクティ**を知りません。もし彼らに忠告する**グル**がいても、それは単に忠告を与える人であって、それ以上のものではありません。彼らは常に義務として割り当てられたことをしています。

ここで**バガヴァーン・シャンカール**は、同時に**グル**に自らを捧げている**バクタ**、帰依者を褒め讃えています。「あなた達人間は幸いである！　**グル**のおみ足に仕えることで、マスターに仕えることで、**デーヴァ**にできないことが達成できる」あなた達は**ヴァイクンタ**に行けます。あなた達は**デーヴァ**にはできないこと、主の蓮のおみ足に達することができます。**インドラ**は**ヴァイクンタ**へ行って「**ナーラーヤナ**、私はあなたにお話ししたいことがあるのですが！」などと言うことはできません。でも**バクタ**にはそれができます。

第８５節

mahāhaṅkāra garveṇa
tapo vidyā balānvitāḥ
saṁsāra kuharāvarte
ghaṭa yantre yathā ghaṭāḥ

マハーハンカーラ・ガルヴェーナ
タポー・ヴィッディヤー・バラーンヴィターハ
サムサーラ・クハラーヴァルテー
ガタ・ヤントレー・ヤター・ガターハ

「自己訓練をし、学び、力を持つ者でさえ、アハンカーラ――膨れ上がったプライドと虚栄心のために、ろくろの上の壺のように、この世の車輪の上で回転し続ける」

バガヴァーン・シャンカールは、**グル**に仕えることを知らない人、マスターのおみ足に加護を求めない人は、学問があっても、強さ、パワーがあっても、何にもならないと言っています！　彼らはプライドとエゴに膨らんでいるので、それはどこへも導かれることがないでしょう。彼らは無知で盲目になっています。そしてこの無知のため、このプライドのために、彼らがいくら自己訓練をしようと、どんなに**サーダナ**を実習しようと、どんなにいろいろなことを学ぼうと、いくらパワーがあろうと、もし彼らが**グル**の恩恵を持たなければ、すべては無駄なことです。なぜならこれはすべて肉体のレベルだけでなされることだからです。人は死んだら、どうなるのでしょう？　それで終わりです！　しかしながら、**グル**の恩恵を授かっている人は、来世を気遣う必要はありません。

第８６節

na muktā deva gandharvāḥ
pitaro yakṣa kinnarāḥ
ṛsayaḥ sarva siddhāśca
gurusevā parāṅmukhāḥ

ナ・ムックター・デーヴァ・ガンダルヴァー
ピタロー・ヤクシャ・キンナラーハ
ルサヤ・サルヴァ・シッダーシュチャ
グルセーヴァー・パラーンムカーハ

「神々、**ガンダルヴァス**、マネス、**ヤクシャス**、**キンナラス**、**リシ**達、**シッダ**達が**グル**に仕えなかったら、救済を得ることはない」

バガヴァーン・シャンカールは、繰り返して「神々、**ガンダルヴァス**、マネス、**ヤクシャス**、**キンナラス**、**リシ**達、**シッダ**達は」通常**グル**に仕えることの大切さがわかっていないと言っています。これが彼らがなぜ救済を得ないかの理由です。彼らは救済を得ません。彼らは主のおみ足に達しません。彼らは**ナーラーヤナ**ご自身に達することがありません。彼らは偉大な**シッダ**であっても、偉大な聖者であっても、神々やそれに次ぐ存在であっても、救済を得るには**グル**に仕えなければなりません。**グル・セーヴァー**、グルセーヴァー・パラーンムカーハは非常に大切です！　救済を得るためには、**グル**への奉仕をおろそかにしてはなりません。

第８７節

dhyānaṁ śṛṇu mahādevi

sarvānanda pradāyakam
sarva saukhyakaraṁ nityam
bhukti mukti vidhāyakam

ディヤーナム・シュルヌ・マハーデーヴィー
サルヴァーナンダ・プラダーヤカム
サルヴァ・ソウキャカラム・ニッティヤム
ブクティ・ムクティ・ヴィダーヤカム

「おお、至高の女神よ！　聴け、**グル**への瞑想は喜び、楽しみ、満足、堪能、そして最終的に救済をもたらす」

バガヴァーン・シャンカールは至高の女神に向かって言います。「誰であろうと**グル**に向かって瞑想する者に、あなたは限りない喜びと幸せを与える。あなたは彼らのすべての願望、安楽、喜びを満たす。救済をもたらすのはあなただ」彼は、**グル**のおみ足に瞑想を捧げる弟子だけに、至高の女神が恩恵を与えると言っています。

――― 第８８節 ―――

śrīmat parabrahma guruṁ smarāmi
śrīmat parabrahma guruṁ vadāmi
śrīmat parabrahma guruṁ namāmi
śrīmat parabrahma guruṁ bhajāmi

シュリーマト（ゥ）・パラブランマ・グルム・スマラーミ
シュリーマト（ゥ）・パラブランマ・グルム・ヴァダーミ
シュリーマト（ゥ）・パラブランマ・グルム・ナマーミ
シュリーマト（ゥ）・パラブランマ・グルム・バジャーミ

「私はパラブランマン（卓越した絶対者）である私の
グルを想う。
私はパラブランマンである私のグルを讃える。
私はパラブランマンである私のグルに自分を捧げる。
私はパラブランマンである私のグルに仕える」

「私はパラブランマンである私のグルを想う」バガヴァーン・シャンカールは「私は究極の卓越した絶対者である神、ナーラーヤナご自身を想う」と言います。

「私はパラブランマンである私のグルを讃える」私はグルを讃えます。私は絶えず彼について瞑想し、彼への讃歌は絶えず私の口元にあります。

「私はパラブランマンである私のグルに自分を捧げる」私は至高の神ご自身であるグルに崇拝の念を捧げます。

「私はパラブランマンである私のグルに仕える」そして私はグルに奉仕します。ここで彼は「パラブランマン」という言葉を使っています。クリシュナ自身「私はパラブランマンである」と言っています。

これはバクタ、あるいは真にグルのおみ足に自分を捧げている人が、朝まだベッドから起き上がる前にまず唱えるべきマントラです。このマントラを唱えつつ、人は誰が自分のグルであるかを思い出します。

――――― 第８９節 ―――――

brahmānandaṁ parama sukhadaṁ
kevalaṁ jñāna mūrtim
dvandvātītaṁ gaganasadṛśaṁ

tat tvam asyādilakṣyam
ekaṁ nityaṁ vimalamacalaṁ
sarva dhīsākṣi bhūtaṁ
bhāvātītaṁ triguṇarahitaṁ sadguruṁ
taṁ namāmi

ブランマーナンダム・パラマスカダム
ケーヴァラム・グニャーナ・ムールティム
ド（ゥ）ヴァンド（ゥ）ヴァーティータム・
ガガナサッド（ゥ）ルシャム
タット（ゥ）・ト（ゥ）ヴァム・アッスィヤーディラックシャム
エーカム・ニッティヤム・ヴィマラマチャラム
サルヴァ・ディーサークシ・ブータム
バーヴァーティータム・ト（ゥ）リグナラヒタム・
サッド（ゥ）グルム
タム・ナマーミ

「私は神の至福の化身であり、最高の喜びをもたらす、**サットグル**に自分を捧げる。彼以外に存在するものはない。彼は知識の人格化である。彼は二元性を超え、天空のように形なく、『汝はそれである！』などの偉大なヴェーダーンタ哲学の宣言するテーマである。彼は1つであり、永遠であり、不純なものから解き放たれている。彼は動ぜず、すべての生き物の知性の証人である。彼は変化と生成を乗り越え、3つの根本的な本質（**グナ**）を克服している」

「ブランマーナンダム・パラマスカダム・ケーヴァラム・グニャーナ・ムールティム」ここで彼は、**グル**だけが、**サットグル**だけが神の至福の化身であると言っています。彼は最高の喜び、至福を与える人です。彼は何ものにも拘束されていません。

ヴェーダさえ「汝はそれである！」と言っています。「彼は１つであり、永遠であり、不純なものから解き放たれている」**ヴェーダ**は**グル**について、自らすべての創造物、変化を乗り越えた偉大な証人であり、マインドは常に変化するが、**グル**はいつも認識、そして意識にあると述べています。彼は外界の変化にとらわれません。弟子がどんなに揺れ動いても、**グル**はいつも同じ状態にあります。それは彼が３つの**グナ**、**サットヴァ**、**ラジャス**、**タマス**を超越しているからです。

第９０節

nityaṁ śuddhaṁ nirābhāsaṁ
nirākāraṁ nirañjanam
nityabodhaṁ cidānandaṁ
guruṁ brahma namāmyaham

ニッティヤム・シュッダム・ニラーバーサム
ニラーカーラム・ニランジャナム
ニッティヤボーダム・チダーナンダム
グルム・ブランマ・ナマーミャハム

「私は絶対であり、永遠であり、純粋であるグルに自らを捧げる。彼は知覚を超え、形がなく、欠点がない。彼は考え深く、意識があり、喜びに満ちあふれている」

ここで瞑想が行われます。**バガヴァーン・シャンカール**は、絶対者である**グル**にひれ伏します。**グル**を超えるものはありません。彼は意識の中に座っています。そして意識の中に彼はすべてを知覚します。帰依者の内だけではなく、至る所に。もし彼が姿を持っていても、その姿に拘束されることはありません。彼は自分自身を多くの形に顕現することができます。

彼はどれか１つの局面、あるいは１つの方法を取って、自分を限界づけたりしません。それで私はいつも言うのです。「私にはいろいろなやり方があります。もしＡの計画がうまくいかなかったら、そこには常にＢの計画があります。もしＢの計画がうまくいかなかったら、Ｃの計画を行うでしょう。Ｃの計画がうまくいかなかったら、Ｄの計画を創ります。Ｄの計画がうまくいかなかったら、今度はＥの計画を創ります。というように常に先へ進みます。そういうわけで、**グル**は人が考えるように、いかなる方法にも束縛されません。

第９１節

hṛdambuje karṇika madhya saṁsthe
siṁhāsane saṁsthita divyamūrtim
dhyāyed guruṁ candra kalā prakāśaṁ
cit pustakābhīṣṭavaraṁ dadhānam

フリダムブジェー・カルニカ・マッディヤ・サムステー
シムハーサネー・サムスティタ・ディッヴィヤムールティム
ディヤーイェット（ゥ）・グルム・チャンド（ゥ）ラ・
カラー・プラカーシャム
チット（ゥ）・プスタカービーシュタヴァラム・ダダーナム

「蓮のハートの真ん中にある玉座に座り、月のように輝き、望む恩恵を与え、意識の書を開く**グル**の神の姿について瞑想せよ」

グルはハートの**チャクラ**の真ん中にいます。もし人の心が開いて、内面に静けさを感じるなら、それは彼の恩恵によるものです。そしてこの静けさ、この至福、この状態は、**バクタ**の願いを叶えるマスターご自身の恩恵です。**シヴァ神**ご自身が「**グル**は彼に完全に自分を捧げている弟子にすべてを与える」と言っています。

――――第９２節――――

śvetāmbaraṁ śveta vilepa puṣpaṁ
muktā vibhūṣaṁ muditaṁ dvinetram
vāmāṅka pīṭha sthita divyaśaktim
mandasmitaṁ sāndra kṛpā nidhānam

シュヴェータームバラム・シュヴェータ・ヴィレーパ・プシュパム
ムクター・ヴィブーシャム・ムディタム・
ド（ゥ）ヴィネーット（ゥ）ラム
ヴァーマーンカ・ピータ・スティタ・ディッヴィヤシャクティム
マンダスミタム・サーンド（ゥ）ラ・クルパー・ニダーナム

「**グル**は白い衣服をまとい、白いチャンダンを塗り、花と真珠を身につけている。彼は喜びに輝いている。神の**シャクティ**がこの２つ目の神の左膝に座っている。彼の顔は優しい微笑みに輝いている。彼は恩恵の大海である。彼について瞑想せよ」

シュヴェータームバラム、白い衣服はここでは清らかさを意味しています。**グル**は常に純潔です。この世で**グル**を汚すものは何もありません。

白いチャンダン（白檀）は、彼の持っているものがすべて帰依者にも伝達されることを象徴しています。

花と真珠は力と清らかさを表しています。

「彼は喜びに輝いている」**グル**のかもし出す喜びは、今日はここにあり、明日はここにないという、ありきたりの喜びではありません。それはハートにある永遠の喜びです。人が自分の**グル**に出会うと、心の中に違った種類の喜びが目覚めます。そしてこの喜びは永遠のものです。精神状態の違いや、世の中のどこにいるかによって、たとえ**バクタ**の喜びがいつも同じでなくても、自分の**グル**に出会ったとき、魂の感じる喜びは永遠のものです。それは常に人の心にあり、いつであろうと、この**バクタ**の心が内側を向き、**グル**に出会うためにそこに浸ると、同じ喜びが再び目覚めてきます。

「神の**シャクティ**がこの２つ目の神の左膝に座っている」ここで**バガヴァーン・シャンカール**は、聖母様ご自身が**グル**の左側に座っていると言っています。第 87 節で、彼はまた、至高の聖母様が**グル**に自分を捧げる者の望みを叶える準備をしていると言っています。

「**グル**の顔は優しい微笑みに輝いている」**バガヴァーン・シャンカール**自身、**グル**は退屈していないと言っています。**グル**はいつも微笑みを浮かべています。**クリシュナ**も絶えず微笑んでいます。**クリシュナ**は決して非常に悲惨な状態にあるかのように、暗い顔を見せたりしません。戦場の真ん中で**アルジュナ**に話しかけていたときでさえ、彼は常に顔に微笑みを浮かべていました。それは彼にはいつも何が起きるかわかっていたからです。同じように**グル**にも何が起こるかわかっています。それで**グル**も絶えず微笑んでいるのです。

「彼は恩恵の大海である。彼について瞑想せよ」ここで**バガヴァーン・シャンカール**は、**グル**は恩恵を抱いているだけでなく、その恩恵が無限であるという意味で、恩恵の大海だと言っているのです。

第９３節

ānandamānanda karaṁ prasannaṁ
jñāna svarūpaṁ nijabodha yuktam
yogīndram īḍyaṁ bhava roga vaidyaṁ
śrīmadguruṁ nityamahaṁ namāmi

アーナンダマーナンダ・カラム・プラサンナム
グニャーナ・スワルーパム・ニジャボーダ・ユクタム
ヨーギーンド（ゥ）ラ・ミーッディヤム・バヴァ・
ローガ・ヴェイッディヤム
シュリーマド（ゥ）グルム・ニッティヤマハム・ナマーミ

「私は至福の化身であり、幸福をもたらし、その顔が喜びに輝いている、崇拝すべきグルの前に跪く。彼の本質的な性格は知識であり、彼は自らの真なる自己を認識している。彼は**ヨーギー**の崇拝する主であり、世俗的な病を癒す医者である」

「私は至福の化身であり、幸福をもたらし、その顔が喜びに輝いている、崇拝すべき**グル**の前に跪く。彼の本質的な性格は知識であり、彼は自らの真なる自己を認識している」ここで**バガヴァーン・シャンカール**は、**グル**は自分が誰だかわかっているので、誰にも自分が誰であるか言う必要がないと言っています！　それは**サットグル**が自分の真の天性、自分の真の自己に同化しているからです。外側の本質はすべて彼が誰であるかを思い出させるためですが、彼はその何ものにも心を動かされません。これは外側に見えている部分ですが、彼は常に自分の真の自己に、自分の真の姿に浸っています。

「**グル**は**ヨーギー**の崇拝する主であり、世俗的な病を癒す医者である」**グ**

ルは最も偉大な**ヨーギー**そのもの、マハー・**ヨーギー**、ラージャ・**ヨーギー**であり、この世の病気を治す人です。

病気にはいろいろあります。エボラのように細菌やウイルスによるものがあります。サティヤ・**ナーラーヤナ**・ダスは、これをエボラと呼ばず、ハリボラと呼んでいます。これは人々をあっという間にハリ（神）に近づけるからです。

今日では精神病が大変広がっています。人間はその精神状態によって、自分を惨めに、不幸せにします。こうした精神状態にあることで、人は自分を解放することができません。

あなたも霊的な病気にかかっています。霊的な病気とは何でしょう？プライド、エゴ、そしてこれに関係するすべてのものです。この病気は人を解放しません。**シヴァ神**は**グル**がこの病気に効く薬を持っていると言っています。彼はエゴを取り除き、切り捨てる術を心得ています。彼はどのようにして帰依者のプライドを破壊するか知っています。もしプライドを持たなければ、人は自由です。

第９４節

yasmin sṛṣṭi sthiti dhvaṁsa
nigrahānugrahātmakam
kṛtyaṁ pañcavidhaṁ śaśvad
bhāsate taṁ namāmyaham

ヤスミン・スルシュティ・スティティ・ド（ゥ）ヴァムサ
ニッグラハーヌッグラハーット（ゥ）マカム
クルッティヤム・パンチャヴィダム・シャシュヴァード（ゥ）

バーサテー・タム・ナマーミャハム

「私は5つの、永遠なる宇宙のプロセス、すなわち創造、
維持、破壊、支配、恩恵の贈与に輝くグルの前に跪く」

トゥリムールティの働きは**グル**の中にあります。彼は**ブランマー**として創造し、**ヴィシュヌ**として維持し、**シヴァ**として破壊します。彼は支配する存在であり、それを授かるに値する者に、**ナーラーヤナ**の姿をもって、恩恵を与えます。**グル**は創造、維持、破壊を支配し、物質、プライドとエゴ、マインドをコントロールします。これは**グル**が**マントラ**を授ける理由です。**マントラ**は誰にでも簡単に与えていいものではありません。**マントラ**を受け取るのは、その人にちゃんとその準備ができている場合のみです。では**グル**はなぜ**マントラ**を授けるのでしょう？　これは**グル**がその人に何かを、その内面にこの**マントラ**を唱える資格があるのを見たことを意味しています。**グル・マントラ**を通して自動的にマインドをコントロールするように作用し、人は浄化され、恩恵を授かる準備がなされます。もしあなたにその準備ができていなかったら、あなたはこの恩恵をどう扱うのでしょう？　試しにそれを壺に入れて棚の上に置いてみてください。それは役に立たず、使われることもなく、置かれたままになるでしょう。

第95節

prātaḥ śirasi śuklābje
dvinetraṁ dvibujaṁ gurum
varābhaya yutaṁ śāntaṁ
smarettaṁ nāma pūrvakam

プラータ・シラシ・シュックラーッブジェー
ド（ゥ）ヴィネーット（ゥ）ラム・ド（ゥ）ヴィブジャム・グルム

ヴァラーバヤ・ユタム・シャーンタム
スマレッタム・ナーマ・プールヴァカム

「毎朝**グル**とその御名を思い出せ。この２つ目で２本腕の平安に満ちた神は、怖れを知らぬ祝福を保証する態度を装い、サハスラーラ・**チャクラ**の中の白い蓮の花に座っている」

「毎朝**グル**とその御名を思い出せ」**グル・ギーター**の前節に次の**マントラ**があります。(第88節)

シュリーマト（ゥ）・パラブランマ・グルム・スマラーミ
シュリーマト（ゥ）・パラブランマ・グルム・ヴァダーミ
シュリーマト（ゥ）・パラブランマ・グルム・ナマーミ
シュリーマト（ゥ）・パラブランマ・グルム・バジャーミ

ここで彼は朝一番に思い出すべきものは**グル**であると言っています。あなたがいつも寝ているベッドか床の上で目を開き、目覚めたことを意識した瞬間、まずあなたが思い出すべきものは**グル**です。朝あなたがまず最初にすべきことは、**グル**の名を唱えることです。

グルは「この２つ目で、２本腕の平安に満ちた神は『怖れを知らぬ』祝福を保証する姿で、サハスラーラ・**チャクラ**の中の白い蓮に座っている」アバヤハスタ*です。**シヴァ神**は続けて、**女神パールヴァティー**に頭頂の**チャクラ**、サハスラーラに座っているのはグルであると説明します。

前に「**グルをデーヴィーと見よ**」という節がありました。**グル**と**デーヴィー**の間に違いはありません。サハスラーラ、頭頂の**チャクラ**は常に**マハー・デーヴィー**、**ヴィシュヌ・マーヤー**を表しています。ここで**バ**

***アバヤスタ**：右手を掲げ、その手のひらを相手に見せて行う祝福。「怖れるな」という意味。

ガヴァーン・シャンカールは、それが２つの目を持ち、２本の腕を持って、1000枚の花びらの白い蓮の花に座り、「怖れを知らぬ」祝福を与える**グル**ご自身であると言っています。ですから**グル**に自らを捧げている人には、いつも**グル**の手が差し伸べられています。彼らは何も怖れるべきではありません。**グル**がいつも一緒にいると知っているのに、何を怖れることがあるでしょう？　もしあなたがそれだけの信頼と献身の念を抱いていたら、もしあなたが**グル**を完全に信頼していたら、何も怖れることはないでしょう。

第９６節

na guroradhikaṁ na guroradhikaṁ
na guroradhikaṁ na guroradhikam
śivaśāsanataḥ śivaśāsanataḥ
śivaśāsanataḥ śivaśāsanataḥ

ナ・グローラディカム・ナ・グローラディカム
ナ・グローラディカム・ナ・グローラディカム
シヴァシャーサナタ・シヴァシャーサナタ
シヴァシャーサナタ・シヴァシャーサナタハ

「**グル**に勝るものはない。**グル**に勝るものはない。
グルに勝るものはない。**グル**に勝るものはない。
シヴァは原初の存在である。
シヴァは原初の存在である。
シヴァは原初の存在である。
シヴァは原初の存在である」

グルに勝るものはありません。たとえ**シヴァ**が原初の存在であろうと、意識が原初の存在であろうと「**グル**に勝るものはない」のです。ここで**バガヴァーン・シャンカール**ご自身が言っています。

「**シヴァ**は原初の存在である。**シヴァ**は原初の存在である。**シヴァ**は原初の存在である。**シヴァ**は原初の存在である」（このとき**スワミジ**はあたかも何かを見たかのように、こう言います。「ジャガダンベー・マータ・キー！　ヘイ、バヴァーニー！　そうです、マハー・バガヴァティご自身さえ、それに同意しています！」）　彼は「**シヴァ**は原初の存在である」と言っています。でも**グル**はそれに勝る存在です。**グル**は意識より高い存在です。**シヴァ**は意識そのものですが、**グル**はその意識を明らかにする人です！

第９７節

idameva śivaṁ tvidameva śivaṁ
tvidameva śivaṁ tvidameva śivam
mama śāsanato mama śāsanato
mama śāsanato mama śāsanataḥ

イダメーヴァ・シヴァム・ト（ゥ）ヴィダメーヴァ・シヴァム
ト（ゥ）ヴィダメーヴァ・シヴァム・ト（ゥ）ヴィダメーヴァ・
シヴァム
ママ・シャーサナトー・ママ・シャーサナトー
ママ・シャーサナトー・ママ・シャーサナタハ

「**グル**に仕えることだけが有益である。（**グル**は**シヴァ**である）これは私の言葉である」

これは祈りではありません。これは言葉ではありません。「**グル**に仕えること」より大きなものはありません。ここで**バガヴァーン・シャンカール**

は「これは私の言葉である」と言っています。

これは私の言葉です。彼は、人は**グル**に仕えることによって、すべてを得ますが、そこにプライドがあって仕えると、自分自身の破滅をもたらすと言っています。

ここに**カビールダスジ**の素敵な物語があります。**カビール**は**クリシュナ**自身の化身と言われています。**カビールジ**を知っていますか？　彼は**シュリー・ラーム**の偉大な**バクタ**です。

カビールはかつてラーマナンダという名の偉大な聖者のいたヴァーラーナシー、カーシーに住んでいました。ラーマナンダは、**主ラーマ**の偉大な帰依者であり、彼の**アシュラム**は有名で、皆彼が偉大な聖者であることを知っていました。**カビール**は、ラーマナンダが自分の**グル**であることを知っていたので、心からラーマナンダの弟子になることを望んでいました。ところがイスラム教徒の家庭に育った**カビール**が**アシュラム**に近づく度に、シュリー・ラーマナンダの弟子達は腹を立てて、彼を押しのけたのです。しかし**カビール**はとても中に入りたがり、いつもドアの前に座って、動こうとしませんでした。実際に、**カビールジ**は生まれたことなどなかったのです。**カビール**はあるイスラム教の夫婦から蓮の花の中で見つけられました。彼らには子供がなくシルディ・サイと同じように蓮の花の中で見つけられ、そこから取り上げられたのです。彼の場合もこれと同じで、違いはありませんでした。彼は常に**ラーム**の名を唱えていました。彼は常にアラーと**ラーム**を唱えていました。同じことです。神の名は１つです。神は１人です。

カビールジはラーマナンダを**グル**として自分の心に受け入れます。**カビール**はこの熱意、この深い献身をもって、毎日少なくとも１回か２回、**グル**を一目見るために、**アシュラム**の入り口まで行かずにはいられませんでした。時々彼は**アシュラム**の住人に「どうか、せめても私が**グルデーヴ**

に会いたがっていることを伝えてください！」と頼みました。もし彼の人生でただの１回でも会うことができたら、それで充分だったでしょう。彼はそれ以外のことは何も望みませんでした。彼はただラーマナンダの**グル・ディークシャー**が欲しかったのです。でも彼らは彼を押しのけ、時には殴りつけたりもしました。誰も知っているように、かつての時代のヒンドゥー教徒は非常に独断的で、他のカースト階級や宗教の人達がヒンドゥー教徒の場所に入ることを許しませんでした。今日でもそれはまだ変わっていません。

主ラーマの偉大な帰依者として、ラーマナンダは深く主に結びついていました。あるとき、彼は心に**ラーマ**のビジョンを知覚し、その中で**ラーマ**と**ラクシュマン**が話し合っているのを見ます。**ラーマ**が**ラクシュマン**に言います。「この**アシュラム**を離れよう。ここを出ていこう！　真の**バクタ**が追い出されるような所になぜいなければいけないのか？」あなたも知っているように、主ご自身は**バクタ**のハートに住んでいます。普段から怒りっぽい**ラクシュマン**が言います。「すぐにこの**アシュラム**を離れよう！　ここで時間を無駄にするのはよそう！　誠実な帰依者が追い出されるような所で私達は一体何をするのだ！」

ラーマナンダは神、彼の愛する**ラーマ**が**アシュラム**を出ていこうとするのを見て言います。「主よ、どうかあなたの召使いを置いていかないでください！　私にはこの**アシュラム**で起こっていることが全くわかっていません。どうか私の間違っているところを言ってください」すると**主ラーマ**が言います。「帰依者の１人が、私の神の名に伝授されたがっている。彼は毎日あなたの**アシュラム**に来たが、あなたの弟子達は彼を追い出してしまった。彼はとても献身的な心の持ち主だ。彼はただ一目あなたを見て、**マントラ**を授かりたかっただけで、他には何も望まなかった！」そうです、**グル**から**マントラ**を授かることは、とても、とても、とても、とても大切なことです。主ご自身の化身である、偉大な魂の持ち**主カビール**さえ、**グル**に**グル・マントラ**を伝授されることを切望していたのです。

ラーマナンダは**アシュラム**内でのこの出来事を聞いて、びっくりし、すぐにこれを調査することを約束します。そして彼は**主ラーマ**に言います。「どうかこの過ちを正す機会を与えてください。そしてあなたの召使いを手放さないでください」**シュリー・ラーム**は、**カビールダス**が**アシュラム**から追い出されることがないという条件のもとに、ラーマナンダの**アシュラム**にとどまることを同意します。

シュリー・ラーマナンダは我にかえるとすぐ、自分の弟子達に、**シュリー・ラーマジ**に何が起こったかを話して聞かせます。弟子達は困って、「毎日１人のイスラム教徒が**グルデーヴ**の**ダルシャン**を受けたいと言って来たけれど、我々はシュリー・ラーマナンダがイスラム教徒に出会うことを好まないと思って、送り返した」と白状します。

ラーマナンダは、弟子達に真の知識を与えていたので、内面に深い苦痛を感じます。彼らは何をしたでしょう？　彼らは自分達の方がよく知っていると思って、反対のことをしたのです。そういうわけで、ラーマナンダは一晩中眠ることができませんでした。一方**カビール**もまた眠ることができず、**ガンジス河**岸に向かっている階段に横になって、激しく泣きながら言いました。「私はなぜ**グル**に会えないのだろう？　私はなぜ彼から聖なる名の神の恩恵を授かることができないのだろう？　おお、**主ラーマ**よ、また１日が過ぎて、私はあなたから神の名を授からなかった。私にはグルに会う恩恵さえ与えられなかった。いつになったら、**グルデーヴ**の**ダルシャン**を受け、彼の**アーデーシュ**（教え）を授かり、**ディークシャー**を手にすることができるのだろうか？」

ラーマナンダは眠ることができなかったので、**ガンジス河**へ沐浴をしに行く決心をします。まだ朝早く、どこも真っ暗でした。ラーマナンダは重い心で、考え込んだまま、**ガンジスの河**岸へ向かいます。彼が**ガンジス河**に向かって歩くと、彼のサンダル、彼の**パードゥカー**が階段の上に横たわっている誰かの頭に触ります。わかりますか、いつも聖者が何かを踏むと、彼らはまず、神の名を呼びます。そうではありませんか？　ラーマナンダはずっと心の中で「**ラーム、ラーム、ラーム**」と繰り返していました。そして彼の**パードゥカー**が**カビール**の体に触れると、彼はすぐに「**ラーム、ラーム、ラーム**」と言います。その瞬間、**カビール**はマスターのおみ足をつかんで、感激の涙を流します。マスターのおみ足が**カビール**に触れたことで、彼は神々しいエクスタシーに浸り、**グルデーヴ**への切望が湧き上がって、この**パードゥカー**との接触が、シュリー・ラーマナンダが彼の**グル**であることを示してくれたのです。この瞬間、彼は**グル・ディークシャー**と**グル・マントラ**を直接自分の**グル**から授かったのです。ラーマナンダの**パードゥカー**から**カビール**に向かってエネルギーが流れ、**グル**が「**ラーム、ラーム、ラーム**」と言ったときに、彼は**マントラ**「**ラーム**」を**グル・マントラ**として受け取ります。**カビール**が**グル**を見上げると、彼のハートにはそれは大きな喜びが湧き上がり、「あなたは通常**グル**が耳に囁くように、ただ**グル・マントラ**を与えるだけでなく、あなたの**パードゥカー**で祝福さえ授けてくださいました。あなたは私の上を歩いて、私に触れてくださいました。私はどんなに幸せでしょう！」と言います。**カビールダスジ**は非常な恍惚状態にあり、「**ラーム、ラーム、ラーム**」の名を歌い、踊り、喜びの涙を流し、ラーマナンダは彼の献身と愛に深く動かされます。このことは、もし人が**グル**に真に自らを捧げると、内面に大きな**バーヴァ**を感じることを示しています。それはただありきたりの**バーヴァ**ではなく、**シヴァ神**が**グル・ギーター**で語った大きな喜びのことです。それは人の心の奥深くから現れる永遠の喜びです。

カビールジは「もし私に神と私の**グル**を同時に見るチャンスがあったら、私はまず**グル**に崇拝の念を表し、次に神の前で頭を下げるであろう」と書いています。「**グル**は母親と同じである。母親は受胎した日から子供の面倒を見る。彼女は忍耐強く、骨身を惜しまず、子供の幸せのために自分の願望を犠牲にする。私が世の中の人々から罪人と呼ばれたとき、**グル**は母親が自分の子供を愛撫するように、私を抱いて、優しく撫でてくれた。でも神は、私が**グル**の恩恵と愛によって、浄化されて初めて、私の方へ向きなおった。それは父親が、成長し、立派な社会人となった我が子を大切にし、母親の難儀を少しも顧みないのと同じである」**カビール**はこのように素晴らしい言葉で**グル**を褒め讃えます！

グル・ゴーヴィンド（ゥ）・ドーヴォー・カデー、
カーケー・ラーガフ・パーイ・
バリハリ・グル・アープネー、
ゴーヴィンド（ゥ）・ディーヨー・バターイェー

「私は誰に加護を求めようか？　神のおみ足か、**グル**のおみ足か？　私は**グル**の恩恵なしに神を知ることはない。しかし**グル**の恩恵によって私は神を知る。したがって私の**グル**は私の神である」これが**カビールジ**の言葉です。

カビールダスジの物語を聴いて、**グル・マントラ**の貴重さを思い出してください。**グル・マントラ**が運んでくる祝福について、その**マントラ**はあなたを喜ばせるだけではなく、それは特別で、おまけに**グル・マントラ**をもらうことがブームになっています。そしてあなたはそれを声に出して歌ったり、何でも好きなようにすることができます。

ここにはまたもう１つ別の節があります。それによると**グル・マントラ**はどの宝石よりも貴重であり、自分の命よりも大切にすべきであるということです。これはもし**グル・マントラ**を授かったならば、どれだけの価値をこの**グル・マントラ**に与えるべきか、またどれだけの責任を取らなければならないかという意味です。これはまた人が授かることのできる最も重要な恩恵の１つです。それがこの年に私がなぜ誰にも**グル・マントラ**を与えない決心をしたかの理由です。人々には大抵**グル・マントラ**を授かることの重要性がわからないからです。ですから**グル・マントラ**をもらった人は幸運です！　まだ**グル・マントラ**をもらっていない人達も、これからそれを手に入れることができます。でもそれには、まず**オーム・**

ナモー・ナーラーヤナヤを12年間唱えなければなりません。毎日**オーム・ナモー・ナーラーヤナヤ**を16ラウンドずつ、12年間です。その後でのみ、あなたは**グル・マントラ**を授かるべく、尋ねることができます。もちろん、私がまだここにいればの話です。

第９８節

evaṁ vidhaṁ guruṁ dhyātvā
jñānam utpadyate svayam
tat sadguru prasādena
mukto'hamiti bhāvayet

エーヴァム・ヴィダム・グルム・ディヤーット（ゥ）ヴァー
グニャーナム・ウット（ゥ）パッディヤテー・スヴァヤム
タット（ゥ）・サットグル・プラサーデーナ
ムクトー'ハミティ・バーヴァイェー

「このように人が**グル**について瞑想すると、その人は自動的に知識を授かる。**サットグル**の恩恵により、人は『自分が解放された』と悟る」

「このように人が**グル**について瞑想すると、その人は自動的に知識を授かる」ここで**バガヴァーン・シャンカール**は、**グル**への奉仕は、真の知識を得るための瞑想であると言っています。本を読んで得る知識ではなく、内面の知識です。そしてこの真の知識は「**サットグル**の恩恵によって」のみ与えられます。そして人が**サットグル**の恩恵を授かると、その人は自己を実現し、解放を得て、**シュリーマン・ナーラーヤナ**ご自身のおみ足に達します。そしてこれは自動的に起こります。これは形式的な伝授ではなく、**バクタ**の持つ献身によって起こります。彼らの献身が深いほど、それはより早く起こります。

グルは決してあなた達の周りにいて、あなた達がいつも何をしなければいけないとは言いません。あなた達も同様にマスターのおみ足に自分を捧げる責任を取らなければなりません。そうでなければ、何年間**サーダナ**をし続けても、何も得るものがありません。一方、人が完全に自分を捧げると、**グル**は1秒の何分の1かですべてを与えることができます。いいえ、1秒の何分の1では長すぎるほどです！

第78節では、**バガヴァーン・シャンカール**ご自身が、**グル**は**チャランアムリタ**の1000分の1滴だけですべてを与えることができると言っています。このように、**グル**は一瞬にして神実現を与えることができます。そして**グル**の恩恵は、自動的に彼から彼の弟子へと流れていきます。**グル**はどこにいようと、何をしていようと、また弟子が世界のどこにいようと、関係ありません。彼らが完全な**シュラッダー**、つまりマスターに対する信頼と献身の念を持つと、恩恵がマスターから弟子へと流れます。ここで私は弟子と言いますが、この節で**バガヴァーン・シャンカール**は弟子のことだけを話し、帰依者のことは話していません。

―――― 第９９節 ――――

guru darśita mārgeṇa
manaḥ śuddhiṁ tu kārayet
anityaṁ khaṇḍayet sarvaṁ
yat kiñcidātma gocaram

グル・ダルシタ・マールゲーナ
マナー・シュッディム・トゥ・カーライェー
アニッティヤム・カンダイェート（ゥ）・サルヴァム

ヤット（ゥ）・キンチッド（ゥ）アーット（ゥ）マ・ゴーチャラム

「グルの道に従い、あなたのマインドを磨きなさい。マインドと五感の知覚する、儚きものすべてから自分を解放しなさい」

「**グル**の道に従い、あなたのマインドを磨きなさい」ここで主は、第１にあなたは**グル**のおみ足に加護を求め、第２に思考はマインドにあってはならないと言っています。マインドは定着し、固定化されなければなりません。あなたのマインドはあちこち動き回って、「自分のしたことは正しいのか？　彼は私の本当の**グル**なのか？　真実の**グル**なのか？」などと訊くべきではありません。そして何があろうとも、あなたが疑っていると、それはまだマスターのおみ足に自分を捧げる準備ができていないということになります。そしてこのような疑いは、あなたをどこへも導いてくれません。でもあなたがマインドをマスターのおみ足に、また**グル**に従う道に定着させたなら、もう他の思考をマインドに目覚めさせてはいけません。

彼はこの節の第２部で　アニッティヤム・カンダイェート（ゥ）・サルヴァム・ヤット（ゥ）・キンチッド（ゥ）アーット（ゥ）マ・ゴーチャラム「自分を解放しなさい、マインドを解放しなさい、マインドを２次的な思考に、第２の思考に定着させてはいけない」と言っています。マインドを外側に走らせてはいけません。マインドを他人の言うことに惑わせないでください。そしてこのような儚い、永久的でないものを手放してください。あなたのマインドをしっかりと**グル**のおみ足に向けてください。彼の恩恵によって、あなたは究極の、永遠の存在を授かることでしょう。

――――第１００節――――

jñeyaṁ sarva svarūpaṁ ca

jñānaṁ ca mana ucyate
jñānaṁ jñeyasamaṁ kuryān
nānyaḥ panthā dvitīyakaḥ

グニェーヤム・サルヴァ・スヴァルーパム・チャ
グニャーナム・チャ・マナ・ウッチャテー
グニャーナム・グニェーヤサマム・クリヤーン
ナーンニャ・パンター・ド（ゥ）ヴィティーヤカハ

「マインドが主観的である一方、すべての主なる目的は客観的な知識である。主観と客観のアイデンティティを認識せよ。他に救済の道はない」

「マインドが主観的である一方、すべての主なる目的は客観的な知識である」真の知識はマインドを超えています。真の知識は知恵です。マインドは行為するためだけにあります。もしあなたに真の知識があるなら、もしあなたが真に意識しているなら、マインドはあなたに制御されています。でも、もしあなたに真の知識がないと、マインドはあなたを支配し、そのメロディーに合わせて、あなたを踊らせます。するとマインドは絶えず猿のように、木から木へ、１つの思考から別の思考へ、ある願いから次の願いへと飛び回ります。そしてあなたは決して解放されることがないでしょう。人はとても不安定で、落ち着かなくなり、決して自由になりません。

主クリシュナは**ギーター**の第６章、第５節でマインドについて次のように言っています。「制御されたマインドはあなたの一番の友であり、制御されていないマインドはあなたの一番の敵である。このようなマインドに注意せよ」**バガヴァーン・クリシュナ**ご自身は、あなたが**グル・バクティ**を持つべきであると言っています！　あなたはマインドを浄化するために、マスターのおみ足に自分を捧げることを知っていなければなりません。マスターの蓮のおみ足に自らを捧げ、マインドを弱めると、慎ましさが目覚めます。そして慎ましさが目覚めると、あなたは自動的に謙虚になります。そしてあなたが謙虚になると、もうプライドのいる場所はなくなります。でも人が誇りに満ちあふれていると、マインドそのものが人をとても誇り高く見せます。マインドそのものが人を尊大にしたり、無知にしたりするのです。

グニャーナム・グニェーヤサマム・クリヤーン「主体と客観の同一性を認識せよ」マインドは主体であり、常に対象の後を追っています。

「他に救済の道はない」ですからもしあなたに真の知識があれば、あなたは完全にマインドをコントロールできます。そしてあなたがマインドをコントロールすると、あなたは外側の世界に存在すべきではないことを知るでしょう。あなたが自己の真の知識を得ると、あなたは自分のハートの中に存在すべきことを知るのです。

――― 第１０１節 ―――

evaṁ śrutvā mahādevi
gurunindāṁ karoti yaḥ
sa yāti narakaṁ ghoraṁ
yāvaccandra divākarau

エーヴァム・シュルット（ゥ）ヴァー・マハーデーヴィー
グルニンダーム・カローティ・ヤハ
サ・ヤーティ・ナラカム・ゴーラム
ヤーヴァッチャンド（ゥ）ラ・ディヴァーカロー

「おお、至高の女神よ！　それでもグルを悪く言う者は、
一番恐ろしい地獄に落ち、太陽と月がある限り、そこで朽

ちる」

「おお、至高の女神よ！」ここで**バガヴァーン・シャンカール**は、至高の女神、**マハー・シャクティ・ヨーグマーヤー**である**マハー・デーヴィー**に向かって言います。

シヴァご自身は、「それにもかかわらず、**グル**を悪く言う者は、一番恐ろしい地獄に落ちる。もしあなたが今私の話すことを聞いて、それでも**グル**のことを悪く言ったり、考えたりしたら、あなたは一番恐ろしい地獄に落ちるだろう」と言っています。それはただの地獄ではなく、最も恐ろしい所です。**グル**はあなたに自分の最高の状態を与えることができるのと同じように、**グル・アパラード**（**グル**に対する侮辱）はあなたを地獄よりも深い所に落とし込むこともできます。

例えばある人が罪を犯し、地獄へ行くことになったとき、そこにはただ1つの地獄だけでなく、たくさんの地獄があります。たくさんの天界があるのと同じように、たくさんの地獄があるのです。もし誰かが罪を犯すと、その人は、**バガヴァーン・クリシュナ**が**ギーター**で言っているように、ある種の地獄で短い休暇を過ごします。そしてその後、あなたは犯した罪を償うために再び生まれてくるのです。

バガヴァーン・シャンカールは、自分の**グル**を傷つけた者、自分の**グル**を悪く言う者は「一番恐ろしい地獄」へ行くと言っています。それは彼らが一番恐ろしい地獄へ、朽ちるために行くという意味です。「太陽と月がある限り」これは非常に長い時を意味しています。彼らは「太陽と月が照っている限り」その地獄にいることでしょう。

あるとき、自分の**グル**を傷つけた聖者がいました。彼自身聖者でしたが、自分の**グル**を傷つけたのです。それで彼は死んで、最も深い、最も恐ろしい地獄に落ちます。彼はそこに何千年もいたと言われています。彼はこの罪のため、永久的にそこにとどまるように定められていましたが、心から後悔の念を感じて、絶えずどのように自分を変えたらよいかと考えます。この状態で、彼がそこで過ごした何千年もの間、彼は常に**グルデーヴ**のことを想い、**グルデーヴ**の名を唱え、それ以外のことは何もしませんでした。そして**グル**の恩恵により、**グル**はそこへ行って、彼を救い出し、彼を解放し、より高度のレベルに引き上げます。彼は地獄にいてさえ、常に**グルデーヴ**のことを想っていたのです。

アダムとイヴの物語と同じように ―― 彼らは至高の**グル**である神を傷つけたため、キリストご自身が、彼らを高め、そこから救い出し、自由の身にするために現れるまで、何千年もの長い間、地獄にいたのです。これが、それについて知っていたにもかかわらず、自分の**グル**を悪く言う人の状態です。ここで**バガヴァーン・シャンカール**、**シヴァ神**ご自身が言っています。もしあなたが大いなる祝福、恩恵、**グル・ギーター**を聴くという大きなチャンスを授かって、それでもまだ自分の**グル**を傷つけるようであったなら、それは何よりもひどいことです。あなたはこの知識を得ることによって、それをしてはいけないことを知っているからです。ですからもし人がその知識を授かった後、**シヴァ神**ご自身の言ったことを聞いて、さらに**グル**を傷つけるようであれば、その人は罰せられるべきです。

――― 第１０２節 ―――

yāvat kalpāntako dehas
tāvadeva guruṁ smaret
gurulopo na kartavyaḥ
svacchando yadi vā bhavet

ヤーヴァット（ゥ）・カルパーンタコー・デーハス
ターヴァデーヴァ・グルム・スマレー

グルローポー・ナ・カルタッヴィヤー
スヴァッチャンドー・ヤディ・ヴァー・バヴェー

「肉体が継続する限り、最後まで**グル**を想い続けよ。霊的な解放を得てさえ、**グル**には決して反抗するな」

「肉体が継続する限り、最後まで**グル**を想い続けよ」あなたが最後に呼吸するときまで、絶えず**グル**を想い、その名を唱え、瞑想しなさい。

「霊的な解放を得てさえ、**グル**には決して反抗するな」**グルローポー・ナ・カルタッヴィヤー**。常にマスターの言うことに従い、いつの日か、あなたが解放されようと、救済を得ようと、決して反抗しないでください。たとえあなたが解放、**ムクティ**を得ようと、**グル**はいつまでも**グル**です。あなたは決して**グル**を上回るということはありません。もしあなたが**グル**に勝ると考えるのであれば、それはまったく間違っています。そして当然のことながら、あなたは解放を得たと同様に、それはまた取り上げられてしまいます。

第１０３節

huṅkāreṇa na vaktavyaṁ
prājñaiḥ śiṣyaiḥ kathañcana
guroragre na vaktavyam
asatyaṁ ca kadācana

フンカーレーナ・ナ・ヴァクタッヴィヤム
プラーッグニェイ・シシェイ・カタンチャナ
グローラッグレー・ナ・ヴァクタッヴィヤム
アサッティヤム・チャ・カダーチャナ

「思慮深い弟子は、決して**グル**の前で無作法であったり、
嘘をついたりしてはならない」

直接の弟子、真の弟子、真に自分を捧げた者――「思慮深い弟子は、決して**グル**の前で無作法であったり、嘘をついたりしてはならない」**バガヴァーン・シャンカール**は、もし**グル**に自分を捧げている人が、**グル**に何か訊かれて、嘘をついたら、その人はこれまでの話と同じように罰を受けると言っています。

ここで**バガヴァーン・シャンカール**は「真の弟子、真の**バクタ**は、**グル**の前で決して嘘をつくべきではない」と言っています。

――― 第１０４節 ―――

guruṁ tvaṁ kṛtya huṅ kṛtya
guruṁ nirjitya vādataḥ
araṇye nirjale deśe
sa bhaved brahma rākṣasaḥ

グルム・ト（ゥ）ワン・クルッティヤ・フン・クルッティヤ
グルム・ニルジッティヤ・ヴァーダタハ
アランニェー・ニルジャレー・デーシェー
サ・バヴェット（ゥ）・ブランマ・ラークシャサハ

「**グル**に無作法なことを言ったり、尊敬の念なく主張したり、傷つけるようなことを言ったりする者は、悪魔になって、水のないジャングルに生まれてくる」

「**グル**に無作法なことを言ったり、尊敬の念なく主張したり、傷つけるよ

うなことを言ったりする者は、悪魔になって、水のないジャングルに生まれてくる」これは砂漠のことを言っています。**グル**に向かって無作法なことを言ったり、自分を主張したり、何の尊敬の念も示さず、あらゆる方法で**グル**を傷つけるような人は、大変低い階級に落とされ、悪魔として、動物よりも低い段階に生まれてきます。彼らは悪魔として人間の中ではなく、誰もいない場所に生まれてきます。彼らは人間を困らせることに、常に大きな喜びを抱いています。そうでしょう？　でも、ここですべての悪魔の主でもある**バガヴァーン・シャンカール**は「私は無作法に主張したり、話したり、自分の**グル**を傷つけたりする者を追い払う。私は彼らを誰も困らせる相手のいない場所に追いやる。そうすれば、彼らは人を困らせたり、トラブルを引き起こしたりすることに喜びを見出すことすらないであろう」恐ろしくないですか？　ふうーっ！

――――第１０５節――――

munibhiḥ pannagairvā'pi
surairvā śāpito yadi
kāla mṛtyu bhayādvāpi
gurū rakṣati pārvati

ムニビー・パンナゲイルヴァー’ピ
スレイルヴァー・シャーピトー・ヤディ
カーラ・ムルッテュ・バヤーッド（ゥ）ヴァーピ
グルー・ラクシャティ・パールヴァティー

「おお、**パールヴァティー**！　**グル**は聖者、蛇、神々のかけた呪い、そして死の恐怖から守ることができる」

ここで**バガヴァーン・シャンカール**は説明します。「おお、**パールヴァ**

ティー！　**グル**は慈悲深く、思いやりにあふれ、愛に満ち、常に守ってくれる」愛に満ちあふれた**グル**は、真の愛をもって、賢者、ナーガス、神々のかけた呪い、そして死の恐怖から守ってくれるでしょう。そこで彼は、**グル**がどんなに慈悲深いか、またどんなに愛に満ちあふれているかを思い出させています。もし誰かが彼を傷つけたとしても、彼はこの呪いを止めることのできる唯一の存在です。彼は**バクタ**への愛から、完全な守護を与え、彼を傷つけた者を救い出せる唯一の人です。

これは私に聖パルテニオスの物語を思い出させます。あるとき、彼には１人の弟子がいました。この弟子はかつて水兵であり、非常に無作法で、無情な人間でした。彼はしばらくの間、チオスにある聖パルテニオスの僧院にいました。もちろん初めはとても注意深く、また大変楽しい時を送っていましたが、そのうちにだんだん落ち着かなくなり、聖パルテニオスに問われることに従う忍耐を失くしてしまいました。あるとき、聖パルテニオスは彼に何かをするように言います。彼は聖パルテニオスに大変腹を立て、何をしたと思いますか？　彼は聖パルテニオスに平手打ちを食らわせます。聖パルテニオスは、大変年を取っていたので、倒れてしまいます。彼は自分のしたことに気がついて、港へ向かって逃げていきます。聖パルテニオスの僧院は山の中にあって、彼は山からチオスの町へと走って降りていきます。聖パルテニオスは正気に戻り、弟子を思って泣き出します。彼は山を降りて、至る所に弟子を探し始めます。弟子に平手打ちを食らわされ、傷つけられた後でさえ、彼は泣いて、どこへ行ったら自分の弟子を見つけられるかと自問します。彼はどんなに慈悲深かったことでしょう！　彼は自分の弟子を探しに出かけたほど、彼を愛していました。彼が弟子を見つけると、水兵はもちろん聖パルテニオスが彼を怒鳴りつけるためにやってきたと思って、走って逃げ始めます。でも彼が逃げ出すと、聖パルテニオスは彼の後ろから追いかけてきて「私から逃げないでくれ！」と言います。すると水兵は走るのをやめて訊きます。「何がしてほしいのかね、お年寄り？　殴っただけではまだ足りなかったのか？」このとき、聖パルテニオスは彼の前で膝をついて言います。「頼むから聞いてくれ！　僧院へ戻ってきてくれ」水兵は聖パルテニオスを見て、心が重くなり、彼の師匠がいかに大きな謙虚さをもって、自ら彼の前に跪き、僧院へ戻ってくれるようにと頼むのを聞いて、心に大きな後悔の念を感じます。このとき、彼の内面に大きな変化が起きて、彼は僧院へ戻ることを決心し、聖パルテニオスの前に身を伏せて「どうぞお許しください！」と頼みます。

もちろん、聖パルテニオスは、自分の弟子が一番深い地獄の底に落ちることを望まなかったので、彼を許します。次の何日間か聖パルテニオスの弟子は非常に深く自分を捧げ、彼が以前持っていた愛よりもさらに深い愛を、再び内面に得ることができたのです。そしてそれから３日後に彼は死んでしまいます。聖パルテニオスには、彼がまもなく大きな罪を犯して死ぬことがわかっていました。そしてこの罪のために彼は何千年もの長い期間、罪を償うために地獄にいることになっていたのです。ところが聖パルテニオスは、これを防ぐために、身代わりとなって、彼を守ったのです。このようにして、マスターは弟子と帰依者を救うために自らその罪を背負うのです。

――― 第１０６節 ―――

aśaktā hi surādyāś ca
aśaktā munayas tathā
guruśāpena te śīghraṁ
kṣayaṁ yānti na saṁśayaḥ

アシャックター・ヒ・スラーッディヤーシュ・チャ
アシャックター・ムナヤス・タター
グルシャーペーナ・テー・シーグラム
クシャヤム・ヤーンティ・ナ・サムシャヤハ

「**グル**に呪われた者は、神々や賢者でさえ救うことができない。そのような不幸は間違いなく破滅に至る」

ここで彼は**グル**は誰も呪ったりしないと言っています。**グル**は愛にあふれているからです。どうして呪ったりすることができるでしょう？　**グル**は誰のことも直接呪ったりしませんが、私が前に第79節のコメントで説明したように、もし人が**グル**を傷つけたら、その呪いは自動的に至高の**グル**、宇宙の主の姿をした**グル**、宇宙の主ご自身からその人に向かいます。そしてもし誰かが**グル・アパラード**を犯して呪われたら、神々でさえその人を救うことはできません。賢者や**リシ**ですらその人を救うことができません。救うことができるのは**グル**だけです。

シヴァご自身が言っています。「私は、**グル**に呪われた者を救うことはできない。でも慈悲に満ちた**グル**はその人を救うことができる。(第44節、第79節を参照)

「そのような不幸は間違いなく破滅に至る」ここで彼は、もし人が**グル・アパラード**を犯し、**グル**がその人を呪ったならば、その人が破滅することは間違いないと言っています。

――――第１０７節――――

mantra rājamidaṁ devi
gurur ityakṣara dvayam
smṛti vedārtha vākyena
guruḥ sākṣātparaṁ padam

マントラ・ラージャミダム・デーヴィー
グルー・リッティヤクシャラ・ド（ゥ）ヴァヤム

スムルティ・ヴェーダールタ・ヴァーッキエーナ
グル・サークシャート（ゥ）パラム・パダム

「おお、女神よ！　**シュルティとスムリティ**の言葉には、最高の状態に導く『**グル**』という２音節の最も強力な**マントラ**がある」

すべての**マントラ**の中で、この２つの言葉『グ』と『ル』は最も強力な**マントラ**です。人が**グル**の名を唱えると、霊性の最も高い状態を獲得します。人は救済を得ます。人は主ご自身に達し、永遠に主と共にあります。そこで彼は言います。「**グル**の名を唱えて、自由になれ！　**グル**について瞑想し、彼の恩恵を得よ」

――――第１０８節――――

śruti smṛtī avijñāya
kevalaṁ gurusevakāḥ
te vai sannyāsinaḥ proktā
itare veṣadhāriṇaḥ

シュルティ・スムルティー・アヴィッグニャーヤ
ケーヴァラム・グルーセーヴァカーハ
テー・ヴェイ・サンニャーシナ・プローックター
イタレー・ヴェーシャダーリナハ

「聖典を知らなくても、**グル**の忠実な召使いは真の**サンヤーシン**、僧侶である。その他の人達は、資格なくして聖職者のローブを纏った、単なる偽善者である」

ここで**バガヴァーン・シャンカール**は、人を真の帰依者、真の**ブランマチャーリ**、あるいは真の**スワミ**にするのは、彼らの衣服ではないと言っています。それは衣服ではなく、彼らが**グル**に対して抱いている信頼の念です。それは彼らがどれだけ多くの愛を**グル**に捧げているか、また、どれだけ多くの愛を**グル**に対して抱いているかにかかっています。たとえ彼らが聖典に関する知識を持っていなくても、**グル**に自分を捧げている人は、学問のある人より高い位置に、ある決まった色の衣服を身につけている人より、あるいは決まった誓いをした人より高い位置にあります。なぜなら、もし人が自らを捧げていなければ、それを得る資格がないからです。しかし、**グル**に仕える人、**グル**に自らを捧げる人は、**グル**に奉仕することで、正に真の**バクタ**、真の**サンヤーシン**、真の**ブランマチャーリ**になります。

――― 第１０９節 ―――

nityaṁ brahma nirākāraṁ
nirguṇaṁ bodhayet param
sarvaṁ brahma nirābhāsaṁ
dīpo dīpāntaraṁ yathā

ニッティヤム・ブランマ・ニラーカーラム
ニルグナム・ボーダイェット（ゥ）・パラム
サルヴァム・ブランマ・ニラーバーサム
ディーポー・ディーパーンタラム・ヤター

「1つのランプが別のランプの灯をともすように、**グル**はその弟子に永遠の、知覚できない、姿形も本質もない、絶対者の意識を伝達する」

ここであなた達は、**グル**の存在する領域を見ます。**グル**は絶対者の現実に存在します。**グル**は姿形のある、また姿形のない**ナーラーヤナ**ご自身に存在します。**グル**は絶対者の意識の中に存在します。**グル**はその永遠性を認識しています。そして**グル**は１つのランプが別のランプに灯をともすように、完全に自分を捧げている人に同じ意識を与え、伝達することができます。

――――第１１０節――――

guroḥ kṛpā prasādena
ātmārāmaṁ nirīkṣayet
anena guru mārgeṇa
svātma jñānaṁ pravartate

グルー・クルパー・プラサーデーナ
アーットマーラーマム・ニリーックシャイェート（ゥ）
アネーナ・グル・マールゲーナ
スヴァーット（ゥ）マ・グニャーナム・プラヴァルタテー

「**グル**の恩恵を授かったなら、弟子は至高神について瞑想すべきである。**グル**の示す道は自己実現に至る」

ここで彼は、人はマスターの恩恵を授かってのみ、究極の現実について瞑想すべきであると言っています。この祝福なしに、そしてマスターの指示なしに、自分の手に負えない、深い森の中に入っていくような冒険をすべきではありません。「**グル**の示す道は自己実現に至る」もし人々が**グル**の正しい指示なしに森へ行くなら、彼らは間違いなく道に迷うことでしょう。しかし、マスターの適切な教えと指示があれば、**グル**の恩恵が容易に神に至るようにしてくれるでしょう。

第１１１節

ābrahma stamba paryantaṁ
paramātma svarūpakam
sthāvaraṁ jaṅgamaṁ caiva
praṇamāmi jaganmayam

アーッブランマ・スタムバ・パリャンタム
パラマーットマ・スヴァルーパカム
スターヴァラム・ジャンガマム・チェイヴァ
プラナマーミ・ジャガンマヤム

「私は至高の存在であり、すべてのもの、すべての創造物を貫く宇宙、動くもの、動かぬもの、**ブランマー**から１本の草の茎に至るまで宇宙全体を包括する**グル**の前に平伏す。」

ここで彼は**グル**、宇宙の**グル**、**グル**の真の姿は至る所にあると言っています。**グル**の真の姿は至高の存在である**シュリーマン・ナーラーヤナ**ご自身です。このすべての原子、すべての分子に存在する**シュリーマン・ナーラーヤナ**は**グル**ご自身です。「**ブランマー**から１本の草の茎に至るまで」これは**ブランマー**から最も小さなものに至るまでという意味です。**バクタ**には**グル**しか存在しません。他には何もありません。

第１１２節

vande 'haṁ saccidānandaṁ
bhedātitaṁ sadā gurum
nityaṁ pūrṇaṁ nirākaraṁ

nirguṇaṁ svātma saṁsthitam

ヴァンデー’ハム・サッチダーナンダム
ベーダーティタム・サダー・グルム
ニッティヤム・プールナム・ニラーカラム
ニルグナム・スヴァーットマ・サムスティタム

「私は常に存在し、意識、至福であり、すべての相違を超越し、永遠で、完璧、また姿形や属性なく、自らの自己に定着している**グル**に平伏す」

バガヴァーン・シャンカールは、**グル**は目に見えるだけの存在ではないと言っています。**グル**は人間として現れても、**サッチダーナンダ**です。**グル**は永遠の喜び、意識、そして存在です。

彼はすべての違いを超越しています。**グル**は時々そのような限界に束縛されているように見せていますが、実際には、そうではありません。**グル**は人が外側に見る限界に拘束されず、永遠です。彼は人が見たり、知覚したりするものを超越しています。彼はここに肉体がなくても、永遠に存在しています。

また、**グル**のしていることは、マインドが外界において完璧と捉えられなくても、それはまったく完璧です。これこそ**バガヴァーン・クリシュナ**ご自身が**ギーター**で「もし誰かが私に従えば、もし彼らのすることが外界に恐ろしいことに見えても、彼らは聖者として見られるべきである。なぜなら私は常に彼らの中にあり、彼らは私の中にある。彼らは私の命令に従っているだけである。彼らは私に自分を捧げ、私も彼らに自分を捧げている。私はこの世で行為するために彼らを使っている。しかし、実際には彼らは完全に私の完璧さに引き込まれている」と述べています。このように**グル**は常に自らの自己に集中し、至高の主、彼の内部にある、**バガ**

ヴァーン・クリシュナご自身に定着しています。**グル**はいかなる違いも知りません。

――― 第１１３節 ―――

parāt parataraṁ dhyeyaṁ
nityam ānanda kārakam
hṛdayākāśa madhyasthaṁ
śuddha sphaṭika sannibham

パラート（ゥ）・パラタラム・ディイェーヤム
ニッティヤ・マーナンダ・カーラカム
フリダヤーカーシャ・マッディヤスタム
シュッダ・スパティカ・サンニバム

「**グル**はすべての限界を超え、瞑想の最高の対象である。
彼は永遠に幸福を授ける人である。彼はハートの中央に
座し、水晶のように清らかで、輝いている」

「**グル**はすべての限界を超え、瞑想の最高の対象である」このように**グル**は人が限界と考えるすべてを超越しています。彼は人が知覚する限界を超越しているのです。もし人が救済は究極のものと考えるなら、**グル**は救済そのものを超えています。

「彼は永遠に幸福を授ける人である。彼はハートの中央に座し、水晶のように清らかで、輝いている」このように**グル**はハートの中にいて、常に清らかで、輝きに満ちています。彼は幸福と喜びを**バクタ**に注いでいます。それは**バガヴァーン・シャンカール**が、なぜ**グル**が瞑想の最も高い対象であるかと言う理由です。

――――― 第１１４節 ―――――

sphaṭika pratima rupaṁ
dṛśyate darpaṇe yathā
tathātmani cidākāram
ānandaṁ so 'hamityuta

スパティカ・プラティマー・ルーパム
ドゥルッシャテー・ダルパネー・ヤター
タターット（ゥ）マニ・チダーカーラム
アーナンダム・ソー'ハミッテュター

「水晶の映像が鏡の中で輝くように、意識、至福、真の自己が**ブッディ**（知識）の中で輝く」

人が水晶の放つ多彩の光を見るように、鏡はこの光を何千回も反射し、水晶にはね返します。そしてさらに再びそれを反射します。もしあなたが水晶を手に持ち、その水晶に光が当たると、あなたはただ１つの光を知覚します。でもこの水晶を鏡の前に置くと、光は何倍にもなって輝きます。ここで**バガヴァーン・シャンカール**は同じように意識、至福、真の自己が、**グル**の側で10倍も多く輝くと言っています。**グル**は鏡と同じです。彼はこの光を拡大します。彼は人の質を高めます。もし人が憂鬱な顔で**グル**の所へ行くと、その状態のままでいる必要はなく、自分を目覚めさせるべきであると気づくまで、それは拡大されることでしょう。

――――― 第１１５節 ―――――

aṅguṣṭha mātra puruṣaṁ
dhyāyataścinmayaṁ hṛdi

tatra sphurati bhāvo yaḥ
śṛṇu taṁ kathayāmyaham

アングシュタ・マーット（ゥ）ラ・プルシャム
ディヤーヤタシュチンマヤム・フルディ
ターットゥラ・スプラティ・バーヴォー・ヤー
シュルヌ・タム・カタヤーッミャハム

「あなたに、人のハートに住む、ちっぽけな意識ある存在について瞑想すると生じる、内面の状態について話そう」

バガヴァーン・シャンカールは、たとえあなたの**グル**への瞑想がわずかなものであっても、毎日**グル**について、心の中の意識ある存在（あなたのハートの内側にある**グル**の姿）を瞑想する、その何秒かの瞑想の重要さについて告げようと言っています。ここで彼は長く瞑想するようにとは言っていません。そうではなく、彼は「あなたのマインドをハートに沈め、その奥にいる**グル**について瞑想せよ」と言っているのです。

第１１６節

agocaraṁ tathā'gamyaṁ
nāma rūpa vivarjitam
niḥśabdaṁ tadvijānīyāt
svabhāvaṁ brahma pārvati

アゴーチャラム・ター'ガッミャム
ナーマ・ルーパ・ヴィヴァルジタム
ニーシャッブダム・タッド（ゥ）ヴィジャーニーヤート（ゥ）
スヴァバーヴァム・ブランマ・パールヴァティー

「おお、**パールヴァティー**！　絶対者は根本的に捉えにくく、達しがたく、その名を、姿を、響きを超えている。それはあなたにもわかっている通りだ」

ここで**シヴァ神**は**パールヴァティー**に言います。「マインドが知覚できないもの、名づけられないもの、理解できないもの、把握できないもの、あなたはそれをどう理解しようと思っているのか？」

彼は**パールヴァティー**に言います。「あなたはそれがどんなに難しいかわかっている。あなたは**ヨーグマーヤー**自身なのだから。あなたは**マーヤー**のヴェールを投げかけて、人々がそれを見出すのを、また理解するのを困難にしている！　でも私はあなたに、あなた自身の行いの深さを示そう！なぜ、至高神は今のあなたを創造したのか？　私はなぜあなたがそれをしなければならないかを告げよう」

―――― 第１１７節 ――――

yathā gandhaḥ svabhāvena
karpūra kusumādiṣu
śītoṣṇādi svabhāvena
tathā brahma ca śāśvatam

ヤター・ガンダ・スヴァバーヴェーナ
カルプーラ・クスマーディシュ
シートーシュナーディ・スヴァバーヴェーナ
タター・ブランマ・チャ・シャーシュヴァタム

「花や樟脳の香りが自然であるように、寒さ暑さも自然の現象である。そして神は永遠である」

花には香りがあります。花と香りは、火と熱、水と冷気のように、お互いに作用しています。

これは「自然現象」ですが、一緒に存在しています。それは片方だけで存在することはできません。熱のない火は、火ではありません！　冷たくなければ、水ではありません！　香りのない花は、本当の花ではありません。なぜならもしあなたが花の匂いを嗅いでみて、そこに匂いがなくても、その奥深くには、その本髄には、常に香りがあります。

そこで**バガヴァーン・シャンカール**は、**グル**と弟子の関係は永遠のものであると言っています。弟子なくして**グル**は存在しません。**グル**なくして弟子も存在しません。彼らは永遠に一緒に存在しています。

―――第１１８節―――

svayaṁ tathāvidho bhūtvā
sthātavyaṁ yatra kutra cit
kīṭa bhramar avattatra
dhyānaṁ bhavati tādṛśam

スヴァヤム・タターヴィドー・ブーット（ゥ）ヴァー
スタータッヴィヤム・ヤット（ゥ）ラ・クット（ゥ）ラ・チテー
キータ・ブランマラヴァッタット（ゥ）ラ
ディヤーナム・バヴァティ・ターッド（ゥ）ルシャム

「もしあなたが至高神の状態に達したら、あなたは至る所に存在する。芋虫が蝶について常に瞑想することによって蝶になるように、人は神に近い存在となるために、神について瞑想すべきである」

もしあなたが神に達すれば「あなたは至る所に存在する。芋虫が蝶について常に瞑想することによって蝶になるように、人は神に近い存在となるために、神について瞑想すべきである」芋虫がさなぎの中にいると、そのマインドは常に、いつそこから出て行くかということだけに集中しています。芋虫は他のことに意識が向かないので、マインドは右にも左にも動きません。

ここで彼は「人は主について瞑想すべきである」と言っています。人は**グル**と同じようになるために、常に彼について瞑想するべきです。あなたがどこにいようと、関係ありません。場所や時間も関係ありません。そこには何の違いもありません。あなたは南極にいる**グル**について瞑想することができます。そして**グル**の側にいるかのように祝福を受けることができます。**グル**は外界にいても、人の心の奥底に座っています。**シヴァ神**は「**グル**について瞑想せよ。マスターの姿をしている至高神について瞑想し、神のようになれ」と言っています。

そして**グル**に心から自分を捧げている人の本質が変わってしまうのもよく見かけます。彼らは**グル**のように見え始め、**グル**のようにふるまい始め、**グル**のように考え始めます。時々見かけさえ変わってきます。あなたがインドへ旅をすると、**グル**と弟子が度々よく似ていることに気づくでしょう。これは彼らがどれほど**グル**に自分を捧げているか、また彼らがどれほどマスターについて瞑想しているかを表しています。マスターについて瞑想すればするほど、マスターの恩恵が弟子に光り輝いてきます。

――――第１１９節――――

guru dhyānaṁ tathā kṛtvā
svayaṁ brahmamayo bhavet
piṇḍe pade tathā rūpe

mukto ’sau nātra saṁśayaḥ

グル・ディヤーナム・タター・クルット（ゥ）ヴァー
スヴァヤム・ブランママヨー・バヴェー
ピンデー・パデー・タター・ルーペー
ムックトー’ソー・ナーット（ゥ）ラ・サムシャヤハ

「弟子自身、**グル**について瞑想することによって神々しくなる。**クンダリニー**に目覚めた者は、**プラーナ**に定着し、解放されることは間違いない」

前の節で彼は、神のようになるために、主について瞑想するようにと言っています。

バガヴァーン・シャンカールは、もし**クンダリニー**が目覚めたならば、人はマインドを制御すべきであり、**プラーナ**、呼吸をコントロールすべきであると言っています。そこで、もし人が呼吸と**プラーナ**を制御すると、その人は解放されたと見なされ、解脱のレベルに達します。人が**グル**について瞑想すると、その人は完全に神のようになります。ここで彼はただ解脱のことを話しているのではありません。彼は解脱よりも高い存在である、内面の神について話しているのです。

śrī pārvatī uvāca

シュリー・パールヴァティー・ウヴァーチャ：

――― 第１２０節 ―――

piṇḍaṁ kiṁ tu mahādeva
padaṁ kiṁ samudāhṛtam

rūpātītaṁ ca rūpaṁ kim

etadākhyāhi śaṅkara

ピンダム・キム・トゥ・マハーデーヴァ
パダム・キム・サムダールタム
ルーパーティータム・チャ・ルーパム・キム
エタダーッキヤーヒ・シャンカラ

パールヴァティーは言う。
「おお、偉大なる主よ、『ピンダム』とは何か？　また『パダム』をどう定義するのか？『ルーパム』そして『ルーパーティータム』とは何か？　これを教えたまえ、おお、**シャンカール**よ！」

パールヴァティーは**シヴァ神**に「ピンダム」とは何かと尋ねています。「ピンダム」は“座”のことです。他にもいろいろな意味があります。ピンダムの1つの意味が“座”です。その他の意味は“**シャクティ**”です。またそれには“祖先”の意味もあります。

それから彼女は「『パダム』とは何ですか？」と訊きます。「パダム」は“足”の意味です。ここでは「ピンダム」と「パダム」は共に**グル**自身を指しています。この関係で「ピンダム」は、マスターのおみ足に流れるエネルギーを意味しています。それでマスターのおみ足に身を伏せると、このエネルギーに触れるのです。

カビールダスジの物語（第97節のコメント）で、彼が階段の上に横になっていたとき、彼に触れたものは何でしたか？　**グル**の**パードゥカー**です。**パードゥカー**は靴、マスターが履いていたスリッパです。もしスリッパが弟子を祝福するなら、マスターのおみ足がどんなものかを想像してみてください。

「ルーパム」とは何でしょう？　ここで「ルーパム」は“形”のことを言っています。この“形”とは何でしょう？　この“形”にはどんな秘密が潜んでいますか？　誰もが物理的な目だけで外側を、マスターの粗い物質を見ています。でもそれは現実ではありません！　マスターは外側に見えるだけのものではありません。そこにはマスターが隠している、より大きなものがあるはずです。そこで**パールヴァティー**は言います。「私にその『ルーパム』を見せてください。そして私にその『ルーパーティータム』を見せてください。私にその実際の姿の背後にあるものを見せてください。このマスターの形はその形の中に、またその形を超えたものに、どのような秘密を隠しているのですか？　マスターの形を超えた所にどんな形があるのですか？　またそれは誰なのですか？」ここで**パールヴァティー**は言います。「おお、**シャンカール**、私に話してください！　おお、**デーヴァ・ディ・デーヴ**、あなたは半神達の主です。それを私に示すことができるのは、あなただけです」

śrī mahādeva uvāca

シュリー・マハーデーヴァ・ウヴァーチャ

――――第１２１節――――

piṇḍaṁ kuṇḍalinī śaktiḥ
padaṁ haṁsamudāhṛtam
rūpaṁ bindu riti jñeyaṁ
rūpātītaṁ nirañjanam

ピンダム・クンダリニー・シャクティヒ
パダム・ハムサムダールタム
ルーパム・ビンドゥ・リティ・グニェーヤム
ルーパーティータム・ニランジャナム

「**シュリー・マハーデーヴ**は言う。『ピンダム』は**クンダリニー・シャクティ**である。『パダム』は『ハムサ』（**プラーナ**）と言われる。『ルーパム』はブルー・パールであり、ルーパーティータムであることを知れ。そしてブルー・ビンドゥを超えた所に純なる存在がある」

「ピンダム・クンダリニー・シャクティヒ」ここで**マハーデーヴァ**は、「ピンダム」は**クンダリニー・シャクティ**であると言っています。すべての**シャクティ**は常に**グル**の中を流れています。**グル**の中で**クンダリニー**は完全に目覚めています。それは眠っている状態ではありません。**グル**は常に目覚めている状態にあります。

「ハムサ」は純潔、そして捉えられないものを示しています。

「『ルーパム』はブルー・パールであることを知れ」今日ではたくさんのブルー・パールがあります。でもこのブルー・パールは特別です。私の言っているのは本物のブルー・パールのことで、描いたものや、生産されたものではありません。何百万という真珠の中に１つの本物のブルー・パールを見つけることができると言われています。それで**バガヴァーン・シャンカール**はここで、マスターの形である「ルーパム」は非常に稀なブルー・パールのようなものであると言っています。**グル**は常にこの世に顕現するのではありません。私が前に第23節のコメントで説明したように、**グル**やシシャ・**グル**はたくさんいますが、**サットグル**は稀なる存在です。何百万という中から**サットグル**の「ルーパム」が顕現します。シシャ・**グル**はあなたを俗世界から霊的な世界へと導くことはできません。それができるのは**サットグル**だけです。

ここで彼は「ルーパーティータム」とは「ブルー・ビンドゥを超えている」という意味だと言っています。**バガヴァーン**自身は、宇宙の**オーム**とビンドゥそのものを表しています。**シュリー・チャクラ**の中の点は至高の現実です。**バガヴァーン**はこの「ルーパーティータム」は**グル**の座であると説明しています。それはすべての中で最も純粋であり、色はブルーです。ここで彼は、このビンドゥが**デーヴィー・**マーハートゥミャや**シュリー・ヴィッディヤー**に説明されているように赤ではないと定義しています。ここで**バガヴァーン・シャンカール**はビンドゥに他の意味を与え、このビンドゥの色はブルーで、無限を意味し、永遠を示していると言っています。それはすべてを受け入れ、変わることがありません。淡い色のものはすべて変えることができます！　でも濃い点は変えることができません。それで**クリシュナ**はシャーム・スンダー、色濃き者と呼ばれています*。これに反して、**シュリー・ヴィッディヤー**ではビンドゥは赤で、赤は**シャクティ**のみ、**プラクリティ**を表していると述べています。

彼は**グル**が純なる存在の外に出ることはないと言っています。**グル**は表面的に**プラクリティ・**タットヴァに限界づけられているように見えても、決して外の世界にはいません。彼は常に神意識に没頭しています。

―――第１２２節―――

piṇḍe muktā pade muktā
rūpe muktā varānane
rūpātīte tu ye muktās
te muktā nātra saṁśayaḥ

ピンデー・ムクター・パデー・ムクター
ルーペー・ムクター・ヴァラーナネー
ルーパーティーテー・トゥ・イェ・ムクタース

＊：クリシュナの肌は濃い青色に描かれています。これは彼が神であることを表しています。ここに書かれているように、淡い色のものは変えることができますが、濃い色のものは変えることができません。神は変わることがありません。

テー・ムクター・ナーット（ゥ）ラ・サムシャヤハ

「おお、麗しき者よ、**クンダリニー**に目覚め、**プラ　ナ**に安定し、青い点とまたその向こう側を見た者は、真に救済されたことに何の疑いもない」

ここで**バガヴァーン・シャンカール**は、**グル**はこの本質をすべて携えていると説いています。**グル**の**クンダリニー**は完全に目覚めていますが、彼はそれをコントロールしています。大抵の人達はそれを制御していません。多くの人達は、自分の**クンダリニー**が目覚めていると思っていますが、実際にはそうではありません。これは大変危険なことになりかねませんが、彼らのマインドがそう思い込んでいるのです。それで**バガヴァーン・シャンカール**は「**プラーナ**が安定している者は」と言っているのです。なぜなら、一度**クンダリニー**が目覚めると —— **クンダリニー・ヨーガ**を実践している人を観察すると、彼らは年中体を動かしています。そうでしょう？　これは笑いごとではありません。これは１つの反応です。眠っていた**クンダリニー**が眼を覚ますと、それはまるで蛇のようです。**クンダリニー**は、蛇として描写されているでしょう？　このエネルギーは体内で電気のように振動して、身体を揺さぶります。

でも**クンダリニー**の目覚めとは、人が振動するのを見るというだけのものではありません。それは同時に人がある決まった段階、**プラーナ**が安定した段階に達したことも意味しています。人は呼吸をマスターし、マインドをマスターしたのです。人が静かな状態にあること、これはマスターしたことの証拠です！　これこそ私達が息のない状態と呼んでいるものです。そうでしょう？　これはつまり**サマーディ**に入るためのものです。でもこのような息のない状態に達する前に、まず思考のない状態に達しなければなりません。この意識はマインドが活動している限り、目覚めることはありません。マインドは常に呼吸に応じて作用します。ですから非常に激しい呼吸をすると、マインドも様々な多くの動きをします。でも呼吸の穏やかな人は、大抵自己の内に落ち着いています。彼らの本質は外向的ではなく、内向的です。

バガヴァーン・シャンカールは続けて、**クンダリニー**が目覚め、呼吸が制御されるだけではなく、集中力も不変でなければならないと言っています。人は青い光「青いビンドゥ」を見ます。そしてマインドを唯一の目標に向けます。人はあちこちさまよわず、安定し、集中します。この安定性を得ること、自分自身を強固にすることは非常に大切です。こうして初めて、人はビンドゥを越えることができます。これこそ救済と呼ばれているものです。人は頂上にたどり着いて、救済されます。でもすべては、**グル**の恩恵によってのみ起こります。**グル**の恩恵がなければ、可能ではありません！

――――第１２３節――――

svayaṁ sarvamayo bhūtvā
paraṁ tattvaṁ vilokayet
parāt parataraṁ nānyat
sarvam etannirālayam

スワヤム・サルヴァマヨー・ブーット（ゥ）ヴァー
パラム・タット（ゥ）ヴァム・ヴィローカイェー
パラート（ゥ）・パラタラム・ナーンニャ
サルヴァ・メータンニラーラヤム

「あなた自らすべてになり、至高の存在を体験せよ。その
向こうには何もない。すべて（この世）に根拠はない」

「あなた自らすべてになり、至高の存在を体験せよ」ここで**バガヴァー**

ン・シャンカールは、瞑想はただ座って、集中するだけのものではないと言っています。至高の現実を知覚するには、すべてを自分の内面に知覚しなければなりません。また、違いという障害を打ち壊すにはすべてに自分自身を見なければなりません。この理由で、私は前、人がすべてに自分自身を知覚する瞑想の手ほどきをしました。そうしなければ、人は二元性の虜になり、「私はここにいる。あなたはそこにいる」と考えるからです。ところが**グル**にとってはそうではありません。**グル**はすべての人間の心に何が隠されているか知っています。彼の身体はここにあっても、それと同時にハートの中にもいます。**グル**はすべてに自分の自己の延長を知覚します。それで「その向こうには何もない。すべてに根拠はない。この世に根拠はない」のです。「**サルヴァ・メータンニラーラヤム**」これは、すべてはただ至高の現実だけであるという意味です。この結びつきを知覚する人は、彼の周りにあるもの、すべての人間、植物、動物、樹木、そして人々、それらがお互いに永遠に結ばれていることを認識します。そこにはこの世に調和をもたらすエネルギーの流れがあります。このような理由から、そこに生じるアンバランスがこの宇宙で爆発します。それはもしかしたら、ここではなく、どこか別の所で起こっているかもしれません。どちらにせよこのアンバランスは「破壊、崩壊」につながります。意識のある人はこのつながりを知覚します。彼は内面ですべてにつながっているのですから。

――― 第１２４節 ―――

tasyāvalokanaṁ prāpya
sarva saṅga vivarjitaḥ
ekākī niḥspṛhaḥ śāntah
tiṣṭhāset tat prasādataḥ

タッスィヤーヴァローカナム・プラーッピヤ
サルヴァ・サンガ・ヴィヴァルジタハ

エーカーキー・ニスプルハー・シャーンター
ティシュターセット（ゥ）・タット（ゥ）・プラサーダタハ

「**グル**の恩恵により、神について体験すると、すべての執着と願望がなくなる。人は孤立し、穏やかになり、しっかりと自己に安定する」

「**グル**の恩恵により、神について体験すると…」ここで**バガヴァーン・シャンカール**は、自分の努力で至高の存在を体験することはできないと言っています。どんなにベストを尽くしても、恩恵がなければ、可能ではありません。でも**グル**の恩恵があれば、不可能なことも可能になります。ここで彼は、すべてを支配する**ナーラーヤナ**でさえ、マスターの恩恵によってのみ姿を現し、自らを啓示すると言っています。「**サルヴァ・サンガ・ヴィヴァルジタハ**」は「すべての執着と願望がなくなる」人が一度、至高の真実を体験すると、世の中を違った目で見るようになります。人はこの世を異なった状態で知覚します。人は自己実現を果たすと、この世界を見る目も変わります。

「人は孤立し、穏やかになり、しっかりと自己に安定する」ここで「孤立する」とは人がこの状態に達して、この世を逃れ、洞窟に住むことを言っているのではありません。違います。それよりもっと自分自身の内面に安定することを言っているのです。人はあまり外向的ではなく、内向的になります。内面は平静な、平和な状態になり、マインドは動かなくなります。マインドはさまよい歩かず、飛び跳ね回らず、決断できない人が、一度「はい」と言ったにもかかわらず、その後「いいえ」と言ったり、また「はい」と言ったりして、自ら混乱し、他人をも混乱させたりするようなことはしません。彼はただ「いいえ」と言います。もし**グル**の恩恵を授かったなら、そして**グル**の恩恵によって神のビジョンを授かり、神を自分の中に体験したなら、マインドは安定し、それ以上飛び跳ねるのをやめるでしょう。すると疑いも起こりません。批判する気配もありません。内面の不安定な痕跡もありません。

――――第１２５節――――

labdhaṁ vā ’tha na labdhaṁ vā
svalpaṁ vā bahulaṁ tathā
niṣkāmenaiva bhoktavyaṁ
sadā santuṣṭa cetasā

ラブダム・ヴァー’タ・ナ・ラブダム・ヴァー
スワルパム・ヴァー・バフラム・タター
ニシュカーメーネイヴァ・ボークタッヴィヤム
サダー・サントゥシュタ・チェータサー

「あなたのところに何が来ようと、それが多くても、少なくても、あるいは何も来なくても、執着も要求もない、満足の気持ちで楽しめ」

バガヴァーン・シャンカールは、マスターのおみ足に自分を捧げる人は、神様のくださるものを受け入れることを学ぶべきであると言っています。神様のくださるものを受け入れることのできる人は、腹を立てたり、心配したりする理由もなく、マインドは邪魔されないでしょう。その人は、授かるものが多くても、少なくても、あるいは何も授からなくても、満足していることでしょう。

ここで通常人間はお返しを期待していることがわかります。そうではありませんか？　人は誰かに何かすると、相手が「ありがとう」と言うこと、あるいは感謝の念を表すことを期待しています。

シヴァは、マスターのおみ足に自分を捧げた人は、何をどのくらい授かるのかを気にしたりせず「それが多くても、少なくても、あるいは何も授からなくても」満足していると言っています。これは聖者の人生に見られることです。彼らは幸せになるために、たくさんのものを必要としません。何もなくても、彼らは幸せです！

——— 第１２６節 ———

sarvajña padam ityāhur
dehī sarvamayo budhāḥ
sadānandaḥ sadā śānto
ramate yatra kutra cit

サルヴァグニャ・パダ・ミッティヤーフール
デーヒー・サルヴァマヨー・ブダーハ
サダーナンダー・サダー・シャーントー
ラマテー・ヤット（ゥ）ラ・クット（ゥ）ラ・チテー

「全能の状態を得た後、肉体を持つ魂はすべてとなる。常に至福と平和に満ち、どこにいても自らの自己にある。そのような魂は、喜びにあふれている」

「全能の状態を得た後、肉体を持つ魂はすべてとなる」ここで**バガヴァーン・シャンカール**は、人が一度マスターの恩恵によって真の知識、**ブランマー・ジャーン**を得ると、ただのマインドの知識ではなく、真の自己の知識、自己実現に達すると言っています。人は自分の中にあるのと同じエネルギーをすべてに知覚します。人は至福の喜びにあふれ、穏やかになり、冷静になります。なぜ冷静になるのでしょう？　人はすべてを自分の中に見出すことによって冷静になるのです。この幸福は自分の中にあるため、どこか他の場所を探す必要はありません。人は自らこの幸福になるのです！　自ら**サッチダーナンダ**になるのです。これはあなたの真の自己、**サッチダーナンダ**です。

あなた自身がこの永遠の至福です！　それで彼は「**ラマテー・ヤット（ゥ）ラ・クット（ゥ）ラ・チテー**」人がどこにいようと、起こり得ること、時間と空間に関係なく、でもすべてはマスターの恩恵によって起きると言っているのです。

――――第１２７節――――

yatraiva tiṣṭhate so'pi
sa deśaḥ puṇya bhājanam
muktasya lakṣaṇaṁ devi
tavāgre kathitaṁ mayā

ヤット（ゥ）レイヴァ・ティシュタテー・ソー'ピー
サ・デーシャ・プンニャ・バージャナム
ムックタッスィヤ・ラクシャナム・デーヴィー
タヴァーッグレー・カティタム・マヤー

「彼がどこに住もうと、その地は聖地となる。おお、女神よ！　私はあなたに救済を得た者の本質を示した」

彼がどこに住んでいようと、どこにとどまろうと、またどこにいようと、その地は聖地になります。彼は言います。「神聖さは外側にあるのではない！　神聖さは**グル**の所にある！」そして**グル**のおみ足が**バクタ**のハートにあれば、**バクタ**がどこにいようと、**バクタ**と**グル**の間には何の違いもないので、その場所は聖地になります。

「おお、女神よ！　私はあなたに救済を得た者の本質を示した」ここで**バガヴァーン・シャンカール**は言います。「私はあなたに示した…」これは救済された魂が持ついくつかの本質です。彼がどこにいようと、何に触れようと、すべては神聖なものになります。場所、彼の扱うもの、すべてはそのエネルギーに清められ、それら自体がマスターの恩恵を発します。

――――第１２８節――――

upadeśas tathā devi
guru mārgeṇa muktidaḥ
guru bhaktis tathā dhyānaṁ
sakalaṁ tava kīrtitam

ウパデーシャス・タター・デーヴィー
グル・マールゲーナ・ムクティダハ
グル・バクティス・タター・ディヤーナム
サカラム・タヴァ・キールティタム

> 「おお、女神よ！　私はあなたに教えを授けた。**グル**の教えた道に従うことによって、**グル**に献身を捧げることによって、また**グル**について瞑想することによって、人は救済を得る」

「おお、女神よ！　私はあなたに教えを授けた」ここで永遠の意識である**シヴァ**が、自ら知識の体現化である、**マハー・デーヴィー**、**マハー・シャクティ**に**グル**の偉大さを解き明かしています。

「**グル**の教えた道に従うことによって、**グル**に献身を捧げることによって、また**グル**について瞑想することによって、人は救済を得る」**バガヴァー**

ン・シャンカールは言います。「私はこれをすべてあなたに説いた。人は**グル**への献身によって、簡単に救済を得る。**グル**について瞑想することによって、人は救済を得るのである！」

彼は言います。「あなたはそんなにたくさんのことをする必要はない！ただマスターの言うことに従っていればよいのだ。あなたはマスターに完全な信頼の念を置かなければならない。ただマスターのおみ足について瞑想すればよいのだ。あなたが霊的な実践に誠実であれば、救済を、また、解放を手に入れるであろう！」

――――第１２９節――――

anena yad bhavet kāryaṁ
tad vadāmi mahāmate
lokopakārakaṁ devi
laukikaṁ tu na bhāvayet

アネーナ・ヤット（ゥ）・バヴェット（ゥ）・カーリャム
タット（ゥ）・ヴァダーミ・マハーマテー
ローコーパカーラカム・デーヴィー
ローキカム・トゥ・ナ・バーヴァイェー

「おお、賢き者よ、それでは**グル・ギーター**を学び、唱えることによって、成し遂げられる行為について話そう。おお、女神よ！　そこから得る力は人間の幸せのためにだけ使われるべきで、利己的な目的のために使われるべきではない」

「おお、賢き者よ！」ここで**バガヴァーン・シャンカール**は**デーヴィー**をもう「おお、麗しき者よ！」と呼ぶのをやめています。彼は**マハー・デーヴィー**が「賢き者」であるのを知っているからです！　「それでは**グル・ギーター**を学び、唱えることによって、成し遂げられる行為について話そう」ここで**バガヴァーン・シャンカール**は、**グル・ギーター**の秘密を明かしています。そこから得るものは何でしょう？　人が最高の集中力、信頼の念、献身の心をもって、毎日繰り返して読む**グル・ギーター**の効果は何でしょう？

「おお、女神よ！　そこから得る力は、人間の幸せのためだけに使われるべきであって、利己的な目的のために使われるべきではない」ここで**バガヴァーン・シャンカール**は、マスターの恩恵によって得るものはすべて —— **グル・ギーター**を学ぶことによって授かる**プンニャ**でさえ、個人的な利益のために定められているのではないと言っています。マスターの恩恵によって、人は救済を得、ある決まった霊性の段階に達します。そしてマスターの恩恵によって与えられるものは、その人が個人的に授かるのではありません。たとえマスターから救済を得たとしても、それは人類の幸せのために、人間への奉仕として起きるのです。人々はよくこう思います。「おお、わかってくれますか？　私はこのレベルに達したのです。一種の自己実現を果たしたのです。そうなのです！」違います、真の実現はあなたを謙虚にします。そしてこの謙虚さから、あなたはいつも他人を助けます。

　ここで**バガヴァーン・シャンカール**は**パールヴァティー**に言います。「おお、女神よ！　**グル**への奉仕によって手に入れた力は、人類の幸せのために使うべきである」これは、もし救済を得たなら、主の蓮のおみ足に達して、マスターの足もとで仕える恩恵を得たなら、他の人もこの献身の道に来られるように、常に助けることを意味しています。彼らが自らを解放し、自由になるように、助けなさい！

　ギーターの第 18 章、最後の節で**バガヴァーン・クリシュナ**は「私があなたに与えたもの、またあなたに話した言葉は、おお、**アルジュナ**よ、人類のためのものである」と言っています。そして**バクタ**の人生は、他人が解放されるのを助けるよう、常に仕えるためにあるべきだと言っています。人々が幻影に溺れていたら、この幻影から抜け出るように助けてあげてください。彼らを自由にしてあげてください！　あなたが自由を得たと同じく、他の人々も解放されるように助けてあげてください。

――――第１３０節――――

laukikāt karmaṇo yānti
jñāna hīnā bhavārṇavam
jñānī tu bhāvayet sarvaṁ
karma niṣkarma yat kṛtam

ローキカート（ゥ）・カルマノー・ヤーンティ
グニャーナ・ヒーナー・バヴァールナヴァム
グニャーニー・トゥ・バーヴァイェット（ゥ）・サルヴァム
カルマ・ニシュカルマ・ヤット（ゥ）・クルタム

「**グル・ギーター**を利己的な目的のために用いる無知な者は、この世の大海で自らを失う。これに反して、解脱した者の行為は、解放に導かれる。このような人達は苦しむことなく、行為の結果を知る必要もない」

「**グル・ギーター**を利己的な目的のために用いる無知な者は、この世の大海で自らを失う」

バガヴァーン・シャンカールはここで、**グル・ギーター**を授かり、マスターの恩恵と**グル・マントラ**を手に入れ、それでもなおかつ無知にあり、神からの授かり物を利己的な目的に用いる者は、決して救われることがないと言っています。そのような人達は、この世の大海で溺れてしまいます。これは**マーヤー**が幻影の海に引っ張り込んで、覆い隠し、盲目にしてしまうという意味です。

「これに反して、解脱した者の行為は解放に導かれる。このような人達は苦しむことなく、行為の結果を知る必要もない」**バガヴァーン・シャンカール**は、**グル・ギーター**を役立て、それに集中することによって解脱を得る者は —— ここで**グル・ギーター**は、マスターの足もとに捧げる献身の知識を意味しています —— また**グル・ギーター**の説くことに従い、それを実際に行う者は解放されると言っています。彼は**グル・ギーター**に記されていることに従って自分を捧げる者は、**グル**の恩恵によって救済を得ると言っています。マスターのおみ足に自らを捧げるだけで、通常償わなければならない、過去のすべての罪による、また数多くの前世に創られた**カルマ**とその法則は解消されます。**グル**は過去のすべての**カルマ**を綺麗に取り消す、消しゴムのように行動します。心底から自分を捧げる人は、これ以上長く耐える必要はありません。

―――― 第１３１節 ――――

idaṁ tu bhaktibhāvena
paṭhate śṛṇute yadi
likhitvā tat pradātavyaṁ
tat sarvaṁ saphalaṁ bhavet

イダム・トゥ・バクティバーヴェーナ
パタテー・シュルヌテー・ヤディ
リキット（ゥ）ヴァー・タット（ゥ）・プラダータッヴィヤム
タット（ゥ）・サルヴァム・サパラム・バヴェー

「献身の念をもって**グル・ギーター**を読むこと、聴くこと、書き写して他の人達に手渡すこと、これは大きな功徳をもたらす」

バガヴァーン・シャンカールはここで、**グル・ギーター**を読むことは、大きな**プンニャ**をもたらすと言っています。読むことのできない人達でさえ、ハートを開き、大いなる献身の念をもって、**グル**の素晴らしさに関する言葉を聴くことで、この**プンニャ**を手に入れるでしょう。そしてこれによって、天の口座の預金は膨らむことでしょう。でも人がこれを小説であるかのように読んだり、聴いたりしても、それは助けにならず、よい**プンニャ**をもたらすことはないでしょう。

もしあなたが**グル・ギーター**の本を写して、それを人に渡せば、それもまたよい功徳をもたらすでしょう。**グル・ギーター**を他人に与え、それについて説き、その人達を救うために貢献すれば、それはあなた自身のよい**プンニャ**となることでしょう。

第１３２節

gurugītātmakaṁ devi
śuddha tattvaṁ mayoditam
bhava vyādhi vināśārthaṁ
svayam eva japet sadā

グルギーターット（ゥ）マカム・デーヴィー
シュッダ・タット（ゥ）ヴァム・マヨーディタム
バヴァ・ヴィヤーディ・ヴィナーシャールタム
スヴァヤ・メーヴァ・ジャペット（ゥ）・サダー

「おお、女神よ！　私はあなたに**グル・ギーター**の純なる真実を告げた。この世の苦しみを克服するために、あなたは常にそれを繰り返すべきである」

「おお、女神よ！　私はあなたに**グル・ギーター**の純なる真実を告げた」この中で**バガヴァーン・シャンカール**は、自分のマスターに仕えることがどんなに大切であるかを、最も簡単な方法で告げています。

この世の幻影や病を克服するために、人は常に**グル・ギーター**を読み、それを繰り返すべきです。あなたが自分のマインドを解放したかったら、またマインドの平和を願うなら、**グル・ギーター**を読みなさい。**グル**について瞑想し、**グル**の名を唱えなさい。彼の姿について瞑想しなさい。

第１３３節

gurugītākṣaraikaṁ tu
mantra rājamimaṁ japet
anye ca vividhā mantrāḥ
kalāṁ nārhanti ṣoḍaśīm

グルギーターークシャレイカム・トゥ
マントラ・ラージャミマム・ジャペー
アニェー・チャ・ヴィヴィダー・マントラー
カラーム・ナーランティ・ショーダシーム

「**グル・ギーター**のすべての文字は至高の**マントラ**である。繰り返して唱えよ。他のすべての、あらゆる種類の**マントラ**には、**グル・ギーター**の持つ16分の1の力もない」

「**グル・ギーター**のすべての文字は至高の**マントラ**である。繰り返して唱えよ」毎日唱えてください。「他のすべての、あらゆる種類の**マントラ**には、**グル・ギーター**の持つ16分の1の力もない」ここで**バガヴァーン・シャンカール**は、**グル**の名を唱えることで、また同時に彼に集中することで、他のすべての**マントラ**を包括すると言っています。**グル**の恩恵だけで、他のすべての**マントラ**も力を授かります。それならなぜマスターの名を唱えないわけがあるでしょう？

śrī mahādeva uvāca:

シュリー・マハーデーヴァ・ウヴァーチャ

――――第１３４節――――

ananta phalamāpnoti
guru gītā japena tu
sarva pāpa praśamanaṁ
sarva dāridryanāśanam

アナンタ・パラマーップノーティ
グル・ギーター・ジャペーナ・トゥ
サルヴァ・パーパ・プラシャマナム
サルヴァ・ダーリッド（ゥ）リヤナーシャナム

「**グル・ギーター**を繰り返し唱えることによって、人は数知れぬ報酬を得る。すべての罪が破壊され、すべての困難がなくなる」

「**グル・ギーター**を繰り返し唱えることによって」常に**グル**を想いつつ、

グルの素晴らしさを歌うことで「人は数知れぬ報酬を得る。すべての罪が破壊され、すべての困難がなくなる」ここで**バガヴァーン・シャンカール**は、人が**グル**について読み、唱え、瞑想することによってのみ、また、**グル・ギーター**に描かれているように、**グル**の素晴らしさについて歌うことで、数知れぬ功徳を得ると言っています。こうして人は望むものをすべて手に入れることができます。そしてすべての罪は払いぬぐわれます。マスターのおみ足に自分を捧げ、またマスターについて瞑想することによって、人は人生に必要なものをすべて自動的に授かることでしょう。

―――第１３５節―――

kāla mṛtyu bhayaharaṁ
sarva saṅkaṭa nāśanam
yakṣa rākṣasabhūtānāṁ
coravyāghrabhayāpaham

カーラ・ムルッテュ・バヤハラム
サルヴァ・サンカタ・ナーシャナム
ヤクシャ・ラークシャサブーターナーム
チョーラッヴィヤーッグラバヤーパハム

「**グル・ギーター**は、人を死の怖れから、また半神、悪魔、幽霊、泥棒、野生の動物への怖れから救い出す。それはすべての災難、不幸を静める」

「**グル・ギーター**」による**グル**の素晴らしさは「人を死の怖れから救い出し」輪廻転生の法則から解放し、人が魂同様に不滅であるという認識を与えてくれます。**グル・ギーター**を歌う人、心から**グル**を信頼する人、献身的に**グル**の名を唱える人、そして**グル**について瞑想する人は、まったく何も、悪魔、幽霊、泥棒、野生の動物さえ怖れることはありません！　**グル**はすべての不幸、あらゆる誤解を取り除いてくれます。

第１３６節

mahā vyādhi haraṁ sarvaṁ
vibhūti siddhidaṁ bhavet
athavā mohanaṁ vaśyaṁ
svayameva japet sadā

マハー・ヴァーディ・ハラム・サルヴァム
ヴィブーティ・シッディダム・バヴェー
アタヴァー・モーハナム・ヴァッシャム
スヴァヤメーヴァ・ジャペット（ゥ）・サダー

「それはすべての病を払いのけ、富と能力、他人を魅了する力のごとく、驚くべき成果をもたらす。欠かすことなく、その名を唱えよ」

グルの名は「すべての病を払いのけ、富と能力をもたらす」**グル**は霊的な富、人が物質界で必要とするすべてのものを与えてくれます。心から自分を捧げている人は、あらゆる種類の「能力、他人を魅了する力のごとく、驚くべき成果をもたらす。常にその名を唱えよ」ここで**バガヴァーン・シャンカール**は、**グル**の名を歌う者は**ヴァシカラン**（引き寄せる力）を手に入れると言っています。彼ら自身が**ヴァシカラン**になるのです。彼らは自分の光ではなく、神の光を放つようになり、この光が人を引きつけます。これは光に引き寄せられて、遠くから飛んでくる蛾と同じで、マスターに自らを捧げ、マスターの恩恵に生きる人は、他人を引きつける拠点となります。彼らは人々を引き寄せ、人々を正しい道に連れていきます。彼らは

グルの光を放ち始めます。こうなると、**バクタ**と**グル**の間には何の違いもなくなります。**グル**が自分の光を**バクタ**に輝かせるからです。

――― 第１３７節 ―――

vastrāsane ca dāridryaṁ
pāṣāṇe rogasambhavaḥ
medinyāṃ duḥkhamāpnoti
kāṣṭhe bhavati niṣphalam

ヴァッスト（ゥ）ラーサネー・チャ・ダーリッド（ゥ）リャム
パーシャーネー・ローガサムバヴァハ
メーディニヤーム・ドゥカマーップノーティ
カーシュテー・バヴァティ・ニシュパラム

「布の上に座って唱える**グル・ギーター**は貧困をもたらす。石の上に座って唱える**ギーター**は病を呼び、床の上に座って唱える**ギーター**は心配ごとを招き、木材の上に座って行う**ジャパ**は無益である」

バガヴァーン・シャンカールは、布の上に座って**グル・ギーター**を唱える人は、貧乏になると言っています。ここで貧困は外面的な意味ではなく、**グル・ギーター**を唱えることは、執着からの解放をもたらすと言っています。

石に座っている人は、マインドが創り出した病を振り払うでしょう。床に座っている人は、あらゆる心配事を免れます。木材に座っている人の行う**ジャパ**は、無益です。それは果実を実らせるけれど、外側の**プンニャ**ではなく、むしろ内側の**プンニャ**です。ここで**バガヴァーン・シャンカール**

は、外側の現実ではなく、内側の現実について話しているのです。

それで、彼は人がどの敷物の上に座っているか、つまりマインドがどの敷物の上に座っているかを考えながら唱えたりするなと言っているのです。人はよく**サーダナ**を行いながら、その想念を座っている敷物などに向けて無駄な時を過ごし、その座にふさわしい、望み通りの**プンニャ**を手に入れるであろうと考えます。ここで**バガヴァーン・シャンカール**は、あなたが座る敷物のことなど心配するなと言っています。あなたのハートにいる**グル**に集中しなさい。このようにしてあなたはすべての**プンニャ**を手に入れるでしょう！　でも注意力が外側に向いていると、何の果実も実らないことでしょう。ここで**バガヴァーン・シャンカール**は、**グル・ギーター**の朗読が、特別な場所で行われる必要はないと言っています。

グル・ギーターを読むために、ある決まった方角に向かって座る必要はありません。特別な敷物を用いる必要もありません。ただ唯一心に抱く献身の念だけが利益をもたらします。それが**グル・ギーター**を読むために必要なただ１つのものです。いつ**グル・ギーター**を読もうと、いつ**グル**の名を唱えようと、また、いつ**グル**を褒め讃えようと、常に心を静かに見つめていなければなりません。**グル・ギーター**を読むことを、外側の状況に結びつけるならば、外側にあるものは、外側のものしかもたらさないからです。

――――第１３８節――――

kṛṣṇājine jñanasiddhir
mokṣaśrī vyāghracarmaṇi
kuśāsane jñānasiddhiḥ
sarvasiddhistu kambale

クルシュナージネー・グニャナシッディール
モークシャッシュリー・ヴィヤーッグラチャルマニ
クシャーサネー・グニャーナシッディ
サルヴァシッディストゥ・カムバレー

「人が黒い鹿皮に座って唱えると、知識を得る。虎皮に座ると、救済の富を得、**クシュ**、葦（あし）、いぐさの敷物に座ると、知識を得、毛布に座ると、あらゆる成果を授かる」

しかし、もし人が伝統的な座法を目標とし、真に、より高度な完成に向けて励むのであれば、黒い鹿皮の敷物に座って**グル・ギーター**を唱えてください。人が黒い鹿皮の敷物に座ると、知識を手に入れます。ここで**バガヴァーン・シャンカール**は「知識を得たいのであれば、黒い鹿皮の敷物に座れ」と言っています。

ですから「**プンニャ**、救済の富を得たいのであれば、虎の皮の敷物に座れ」と言っています。もちろん殺された虎ではなく、自然に死んだ虎の皮です。ここでは単に**プンニャ**のため、特殊な目的のためであることを理解してください。

バクタの目的は何でしょう？　もし**バクタ**がただ知識を求めているのであれば、この種の瞑想、この種の**ジャパ**がいいでしょう。そして**バクタ**が救済の富を求めているのであれば、虎の皮の敷物に座ると、助けになるでしょう。

バガヴァーン・シャンカール、**シヴァ**はここで、人が**ブランマー・ジャーン**、真の知識を得たいのであれば、**クシュの草**の上に座るべきだと言っています。

人が自己に関する真の知識を得たければ、**クシュの草**、または葦の敷物の上に座るべきです。

そしてあらゆる願望を満たしたかったら、毛布の上に座るべきです。最後に挙げたものは簡単に準備することができ、考えられるあらゆる目的に達することができます。人は**グル**が簡単な方法を用いることを知っています。人が常に何を求めようと、ただ毛布の上に座りなさい。これは簡単で、またそれで充分です。

あなたにもわかるように、人間の目的は様々です。すべての人が**グル・ギーター**とその解説に同意するわけではありません。ある人達は言うでしょう。「ああ、これは単なるお喋りに過ぎない。単なるお話に過ぎない」しかし、この話にはもっと深い意味があるのです。

ヴィヤーサが**グル・ギーター**を書いた入念なやり方を見てください。彼は特定の人間のために書いたのではなく、多くの異なった人々のために書いたのです。そして誰もがそれぞれの水準にふさわしい理解の仕方をするでしょう。たとえある人が非常に低い波動に生きていたとしても、その人はその人なりに理解するでしょう。彼らはそこに自分自身の一部を見出すことでしょうから。したがってそれも彼らに影響を与えるでしょう。このようにして**ヴィヤーサ**は、その人がどこに、どのように存在していようと、低い段階から、より高い霊的な段階へと導いていきます。彼は「誰もが歓迎される！　救済は皆のものである！　それは決まった人達だけのものではなく、皆のもの、人類すべてのものである」と言っています。この理由から彼は様々な手段を与えているのです。

――――第１３９節――――

kuśairvā dūrvayā devi
āsane śubhra kambale

upaviśya tato devi
japedekāgra mānasaḥ

クシェイルヴァー・ドゥールヴァヤー・デーヴィー
アーサネー・シュッブラ・カムバレー
ウパヴィッシャ・タトー・デーヴィー
ジャペーデーカーッグラ・マーナサハ

「おぉ、女神よ！　**グル・ギーター**は、白い布で覆われた葦、あるいはいぐさの敷物に座り、ひたむきな献身の念をもって唱えるべきである」

なぜ**バガヴァーン・シヴァ**は、**グル・ギーター**のこの部分で、座るものについてこれほど強調するのでしょう？　座る場所は大変重要です。**クリシュナ**ご自身、**バガヴァッド・ギーター**で、**アーサナ**、座について話しています。**アーサナ**は座るために置き、「これはいい！　これは楽だ」と言うような、ただのクッションではありません。違います。**アーサナ**はあなたの波動、あなたのエネルギーを保存します。ですからあなたの**アーサナ**が置いてある場所には、誰も座るべきではありません。

私がすでに**ギーター**のコースで言ったように、それはここでは通用しません。寺院には司祭や**グル**のため以外に決まった座席はありません。それ以外の場所は**バクタ**のためのものです。これは公のものですから、皆のものです。

しかし家では、**サーダナ**をするとき、自分の座を確保することがとても大切です。あなたの**アーサナ**には、誰も、あなたの妻、あるいはあなたの夫さえ座るべきではありません。あなたのすべての波動がそこに集まっているからです。人が**アーサナ**に座って瞑想すると、**サーダナ**を行ったときに生み出されたエネルギーは常にその場所にあります。人が実際そこにいなくても、**アーサナ**はそのエネルギーを保ち、エネルギーの流れは常にそこにあります。人が戻ってきて、また**アーサナ**に座ると、再びこのエネルギーに結びつきます。ですから自分自身の**アーサナ**を持つこと、自分自身の席を持つことは大切です。この理由から、**バガヴァーン・シャンカール**はここで、座がどんなに大切かを述べているのです！　ある非常に物質的な人間がやってきて、虎の皮の上で**サーダナ**を行うと想像してみてください。次に神への献身を求めるあなたが来て、同じ場所に座ります。すると何が起こるでしょう？　あなたは混乱し、あなたの霊的な目的は物質的な目的と交換されるでしょう。人はこれすらその**アーサナ**から受け取るからです。

だからこそ、自分の**アーサナ**を見分け、それを手放さずにいることは、とても大切です。この理由から、**シヴァ**は座る場所の大切さについて話しているのです。

「**クシェイルヴァー・ドゥールヴァヤー・デーヴィー、アーサネー・シュッブラ・カムバレー**」は「おお、女神よ！　**グル・ギーター**は、ひたむきな献身の念をもって唱えるべきである」そして人が完璧な**神実現**、**グル・ギーター**の真の知識、**グル・ギーター**の真の理解を得たいのであれば、「白い布で覆われた**クシュの草**に」座るべきです。そこで彼は**クシュの草**の敷物を白い布で覆って、その上に座るようにと言っています。

しかし、この節で強調されているのは、ひたむきな献身です。私が前にも言ったように、人が**グル・ギーター**を小説を読むように唱えても、よい成果は得られません。すると人は自分に問います。「この**スワミ**はいったい何を言っているのだろう？　**ヴィヤーサ**は何を書いたのか？　**シヴァ**は何を話しているのか？」もしあなたがひたむきな献身の念をもって、マスターのおみ足にマインドを向け、**グル・ギーター**を唱えると、初めて自らの努力の成果を得ることでしょう。

――――第１４０節――――

dhyeyaṁ śuklaṁ ca śāntyarthaṁ
vaśye raktāsanaṁ priye
abhicāre kṛṣṇavarṇaṁ
pītavarṇaṁ dhanāgame

ディエーヤム・シュックラム・チャ・シャーンティヤルタム
ヴァッシェー・ラクターサナム・プリエー
アビチャーレー・クルシュナヴァルナム
ピータヴァルナム・ダナーガメー

「おお、愛する者よ！　白い座は平和を得るために適している。赤い座は他人を感動させる芸術のため、黒い座は悪霊を追い払うため、黄色い座は富を得るためによい」

ここで**バガヴァーン・シヴァ**は**パールヴァティー**に言います。「おお、愛する者よ！　サダック（**サーダナ**を実践する人）への色の影響について話そう」

なぜならば、座る場所だけではなく、着ている服の色も振動し、反応を呼ぶからです。誰かがとてもひどい緑色の服を着ているのを想像してごらんなさい。それが皆の注意を引くことは間違いありません。誰も何も言わないでしょうが、皆内心では「ぞっとする！」と思うことでしょう。このように色彩は実際、人に影響を与えます。

バガヴァーン・シャンカールは言います。「おお、愛する者よ！　白い座は平和を得るのに適している」ですから**サーダナ**をするときは、白を着ることが大切です。それは穏やかです。攻撃的ではありません。

「赤い座は他人を感動させる芸術のためである」女の人が真紅の口紅をつけて現れるところを想像してごらんなさい。皆振り向いて見ることでしょう。そして言うでしょう。「彼女の口紅を見た？」これは本当です。これは色彩が作用するということです。ここで彼は、赤には魅了する力があると言います。あなた達は赤い薔薇についてよく知っているでしょう。赤い薔薇は何を意味していますか？　白い薔薇は友情の印として贈られると言われています。でも赤い薔薇を贈ることにはそれ以上の意味があります。赤には魅了する作用があります。ですからヴァレンタインの日の薔薇はどこでも赤いのです。

「黒は悪霊を追い払う」人々はよく黒を何かネガティブなものと考えています。そうではありませんか？　ここで**バガヴァーン・シャンカール**は「違う」と言います。黒は**カーララートゥリ**（**女神ドゥルガー**の７番目の姿）です。昨日、マハー・バガヴァティは黒を召されていました。〔**スワミジ**は2014年に**シュリー・ピータ・ニラヤ**で行われた**ナヴァラートゥリ**の祝祭を指しています〕

クリシュナは黒です！　**バガヴァーン・クリシュナ**と**カーララートゥリ・デーヴィー**は黒です。昨日私達は、彼女がいかに恐ろしい、身の毛のよだつ存在であるかを見ることができました。でもハートの開いている人にとっては、優しい聖母様です！　そこには何も怖れるものはありません。しかし、人が悪い性格を持っていると、この性格に対して、彼女は大変野蛮で恐ろしい姿を見せます。このような理由から、人々は彼女を見ると、よく怖れおののきます。しかし、**カーララートゥリ**とその暗い外見による反応は、暗いものが自分の内側にもあることを表しています。もし内側に光があれば、外側にも光だけを知覚するでしょうから。

ここで**バガヴァーン・シャンカール**は、**クシュの草**の敷物に置く黒い色は悪霊を追い払うのに役立つと言っています。黒い布に座って瞑想し、**グル・ギーター**を唱えると、すべてのネガティブな霊を追い払います。

黄色い布に座っての瞑想は富をもたらします。ここで**バガヴァーン・シャンカール**は、再びいろいろな種類の人間に話しかけます。彼は物質的な目的を持つ人は、黄色い布の上で**サーダナ**を実践し、**グル・ギーター**を唱えるべきだと言っています。いずれにせよ、布の下には常に**クシュの草**の敷物を置くべきです。

――― 第141節 ―――

uttare śānti kāmastu
vaśye pūrvamukho japet
dakṣiṇe māraṇaṁ proktaṁ
paścime ca dhanāgamaḥ

ウッタレー・シャーンティ・カーマストゥ
ヴァッシェー・プールヴァムコー・ジャペー
ダクシネー・マーラナム・プロークタム
パシュチメー・チャ・ダナーガマハ

「北へ向かって**グル・ギーター**を唱えると、平和を得る力が与えられる。東に向かって唱えると他人を魅了し、南に向かって唱えると敵を殺し、西に向かって唱えると富を得る」

これまでの節で私達は**グル・ギーター**について瞑想すると、色がどのような影響を与え、またどのような本質を得ることができるかを聴きました。ここで**バガヴァーン・シャンカール**は続けて、**グル・ギーター**について瞑想する人にとって、それぞれの方角の影響がいかに大切であるかを**パールヴァティー**に説明しています。

「北へ向かって**グル・ギーター**を唱えると、平和を得る力が与えられる」北へ向かって**グル・ギーター**（**グル**の素晴らしさ）を唱えると、人は平和な人生を送るでしょう。

東へ向かって座を占めることで、人は他人を感動させるようになるでしょう。つまり東へ向かって瞑想し、**グル・ギーター**を唱えると、人は輝き出し、他人にもそれなりの影響を与えるようになるでしょう。光が放たれ、輝き始めることでしょう。**グル**の光が**バクタ**から輝き出し、人々は自動的にこの輝きに引き寄せられることでしょう。

霊的な人には、他の人達から区別されるある種の輝きがあります。特に外の世界で、人々が霊的な人物に出会うと、彼らは自動的に「この人は少し変わっている」と考えます。それはマインドにとって風変わりなことだからです。それは彼らがこの瞬間、その人物にある種の輝きを感じ取り、それを自分の理解力なりに、それ相応の解釈をするからです。外側の世界の感覚で、彼らは何か変わったものとして、神の輝きを感じ取ります。ところが、人が放つこの光は**グル**そのものです。それは帰依者に輝き、人々を魅了する**グル**の光です。「**プールヴァムコー・ジャペー**」は、それがただ輝くだけではなく、人々が自動的に感知することを意味しています。それは帰依者、**バクタ**が放つ、人を説得する輝きです。それはただのありきたりな輝きではありません。それは人々に影響を与える特別な光です。

南に向かう座は、ある決まった敵を殺す力を与えます。でもあなたの最大の敵はあなたの外側にあるのではなく、あなたの内側にあることを知ってください。それはアハンカーラ、すなわちプライド、そしてエゴです。これが一番の敵です！　**シヴァ**は南に向かって**グル・ギーター**を唱えたり、瞑想したりすると、敵を抹殺すると言っています。しかし、時には、外部の敵もまた重要です。外部に敵がいると、常に落ち着きがなくなります。そうではありませんか？　ですからもうそれに集中せず、それから解放されるために、マインドのレベルで手放すのはいいことです。

西に向かって座に就くことによって、人は霊的、また物質的な富を得ることができるでしょう。ここで**バガヴァーン・シャンカール**は、**グル**が霊的、そして物質的な富の両方を与えると告げています。

したがって、この４つの方角に向かって**グル・ギーター**を唱えると、人は特別な祝福を受け取ります。

実際にはこれは**シヴァ**のテストです。人がこの教えの構造 —— 特別な座と特別な方角に向かって瞑想すること —— を知ると、**シヴァ**がこの主張によって、それぞれの目的を定義していることがわかります。霊的な成長を求める人はこのようなカテゴリーには当てはまりません。**グル**を愛する人はそのようなものを求めません。私がすでに第121節のコメントで説明したように、彼はサハスラーラに座っている**グル**に、ビンドゥ、青いパールに集中しています。そしてこれはいかなる方角にもつながっていません。それは方角を超越しています。それは常に**バクタ**の上にあります！これで**バクタ**の目的、彼らが実際何を望んでいるかがはっきりします。真の**バクタ**はこのようなことに心をとらわれません。「それはこうでなければならない、ああでなければならない」と教義のみにこだわる度量の狭い人は、**シヴァ**が今述べたカテゴリーに属します。

このような本質をもとに、**グル**がどのようにして**バクタ**に真の天性を示し、彼らを試すかを明らかにしている、ある素敵なお話があります。

ずっと昔「**ヴェーダ**の大海」という意味を持つ、ヴェーダサーガラという名前の**リシ**がいました。彼は聖典**ヴェーダ**、**プラーナ**のマスター、そしてもちろんカヴェリ河に面する**アシュラム**のマスターでした。彼は大変有名でした。彼はカヴェリ河に沿った、この素晴らしい、静かな場所に座って、弟子に**シャストラ**を教えていました。彼は**バクタ**達にこの教えを施していましたが、大変注意深く、誰もがこの真の知識の扱い方を心得てはいないこと、そしてただ１人の帰依者だけに教えるべきであるとわかっていました。なぜそれをどのように扱ったらいいかわからない人に、また授かる価値のない人に与えなければならないのでしょう？　きっと彼はその教えをどこかで売りに出すことでしょう。そのため彼は弟子を取ることに関して非常に慎重で、まずは試験を受けさせました。

ある日のこと、２人の生徒（シーシャス）がやってきました。彼らの名前はラーマシャルマとクリシュナシャルマでした。彼らは兄弟でした。彼らはヴェーダサーガラの所へ来て、彼が生徒として取ってくれるかと訊きます。ヴェーダサーガラは答えます。「いいだろう！　でも試験が終わって、私が決めるまで、**アシュラム**にいなさい」

学ぶためには、試験に合格しなければなりません。そうでしょう？　それはあなたが非常に有名な大学へ行きたいときと同じです。入学するには、試験を受けなければなりません。そして試験に合格して初めて、入学することができます。それは大学に栄誉をもたらす可能性があるということだからです。大学に不名誉をもたらす人を受け入れたところで、何の意味があるでしょう。入学試験を受けもせず、ハーヴァード大学に入学を申し込むことを想像してごらんなさい —— 決して入学許可が与えられることはないでしょう。試験に落ちて「私はハーヴァードに行った。でも私は合格しなかった。これが私の成績書だ！」と言うのを想像してごらんなさい。それに何の意味があるでしょう？　人々は「このハーヴァード大学は本当に恥さらしだ！」と言うでしょう。この理由から彼らは最も優秀な学生を得るために、学生を試します。彼らは世界的に最も優秀な学生を入学させ、他の学生について「他の大学が彼らを入学させるだろう」と言います。それと同じように、ヴェーダサーガラは彼らに言います。「**アシュラム**で待っていなさい。入学試験を受けて、その結果を見よう」

第１の課題として、彼は次の**マントラ**を与えます。

gurur brahmā gurur viṣṇur

gururdevo maheśvaraḥ
guru sākshāt parabrahma
tasmai śrī gurave namaḥ

グルー・ブランマー・グルー・ヴィシュヌ
グルーデーヴォー・マヘーシュワラハ
グルー・サークシャート（ゥ）・パラブランマ
タッスメイ・シュリー・グラヴェー・ナマハ

彼は細部にわたって説明します。「**グル**は創造者であり、**グル**は維持者であり、**グル**は破壊者である。**グル**は**サークシャート（ゥ）・パラブランマ**として、**トゥリムールティ**の上に立っている」そして彼は「わかるかね？」と訊きます。すると彼らは「はい、わかりました」と答えます。

それはある**エーカーダシー**の日のことでした。**エーカーダシー**とは月に1日、時には2日にわたる断食日を表しています。特に**ヴァイシュナヴァ**にとって、少なくとも**エーカーダシー**の日に断食することは、とても大切です。なぜなら主は**エーカーダシー**の日に断食する者を好むからです。

その日は**エーカーダシー**で、ヴェーダサーガラは朝早く生徒を起こします。彼は「今日は**エーカーダシー**で、この**エーカーダシー**は、**マハー・ヴィシュヌ**にとっても、**シヴァ**にとっても大変深い意味がある」と言います。この日に人は厳格な断食をすべきであり、何も食べません。（**エーカーダシー**はいつも同じではありません。ある**エーカーダシー**の日には、ある決まった物を食べることができますが、他の**エーカーダシー**の日には何も食べることができません）さて、そのときの**エーカーダシー**には、何も飲食しないことがとても大切でした。またそれに加えて、ヴェーダサーガラは、この日は聖なる山の周りを歩くこと、パリクラマをすることがとても大切だと話します。そこで彼らに「丘の周りを回って、日の沈む前に帰ってきなさい！」と言います。2人は「わかりました」と答えます。

聖なる山は近くではなく、遠く離れた所にありました。彼らは最終的に巡礼地のデーヴァーラヤムに達するまで、歩いていきました。彼らは寺院を一回りし、とても疲れていました。インドは大変暑く、しかもこの暑さの中で、少しばかりの水さえ飲むことが許されていなかったのです。彼らは汗をかき、喉が渇いて、疲れていました。あなた達も皆、このような状態になると、不機嫌になることは知っているでしょう。彼らはパリクラマの後で寺院に入り、プージャーリーに会います。プージャーリーは彼らに**プラサード**と**ティールタム**、水を勧めます。この瞬間ラーマシャルマは、**グル**が言ったことを思い出します。**グル**は「この日は非常に大切で、何も食べてはいけない！　あなた達は完全に断食し、日没前に帰ってきなさい！」と言います。それで彼は**プラサード**と**ティールタム**を受け取るのをためらいます。寺院の司祭は、ラーマシャルマ、そしてクリシュナシャルマが、何かとびくびくしているのを見て、言います。「私はあなた達が遠慮しているのがわかる。でも今は難しいときだ。**グル**の命令に従うことはない。どうして**グル**にあなた達が言うことを聞かなかったなどとわかるのか？　彼はあんなに遠くにいるではないか。さあ、取って食べなさい！」

クリシュナシャルマはとてもお腹が空いていました。彼の胃はあらゆる言語を発し、もうそれ以上、我慢することができませんでした。司祭が「**グル**に何が知れるだろう」と言った途端に、彼はもうそれ以上ためらわず、喜んで水を飲み、食べ物を受け取ります。ところがラーマシャルマは、**グル**の言った通りにします。彼は**プラサード**を手に取って言います。「もし**グル**がいいと言ったら、私も食べる」彼らは**アシュラム**に戻り、**グル**にはもちろん何が起こったかわかっていましたが、何も言いませんでした。彼は何も気づいていなかったかのように、全く普通に振る舞っていました。

ある日のこと、**グル**はいくつかの教訓を与えます。彼らは突然**アシュラム**の周囲に広がる火に気づきます。火は彼らの周りの至る所にあり、ただ1つの逃げ道は、人間を2人だけ乗せることのできる小さなボートの助けを借りることでした。ヴェーダサーガラは躊躇することなく、自分の生徒に言います。「2人でボートに乗って逃げなさい！　あなた達は私の加護を受け入れたので、あなた達の世話をすることは、私の義務（カルタヴィヤ）だ。私はここに残る。それがどうしたというのか？　私はもう年だ。誰が気にかけるか？　あなた達はまだ若い。こんなに若くして死ぬのは、あまりにも悲しいことだ」クリシュナシャルマはこれを聞いて、ボートに急ぎます。**グル**がこう言うと、彼は稲妻のように素早くボートに飛び乗り、ラーマシャルマを待ちます。この瞬間、ラーマシャルマは**グル**に向かって頭を下げて言います。「**グルデーヴ**、お許しください。私は今あなたの指示に従うことができません。あなたは、**ディヴォーティー、バクタ**の最高の目標は、**グル**に仕え、**グル**を守ることだと教えてくださいました。何が起ころうとも、**バクタ**は常に**グル**を守るべきです。これは私達の**ダルマ**です。**バクタ**の一番大きな**ダルマ**は、常に**グル**に仕え、**グル**を守ることです。私は行けません！　あなたが行ってください！　私が死んで、社会はいったい何を失うでしょう？　私は何も貢献していません。それに反して、あなたは崇拝されるべき聖者です。あなたが死ねば、社会は私よりもずっと貴重な人物を失うことになるでしょう。どうかボートに乗ってください、**グルデーヴ**！」　こう言いつつ、ラーマシャルマは**グル**をボートに押しやります。すると**グル**がボートに触れた途端、火が消えます。

すべては自分の生徒達を試すために、ヴェーダサーガラ自身が創造した幻影です。彼は生徒の献身ぶりを試したかったのです。彼らがどれほど自分を捧げているか見たかったのです。それから彼は言います。「**エーカーダシー**の日の寺院のプージャーリーは私だ」こうして彼はすでにこの機会に彼らを試したことを告げます。そしてラーマシャルマは**アシュラム**にとどまることができます。でもクリシュナシャルマは家に戻されます。ヴェーダサーガラは「唯一ラーマシャルマは**グル**への献身に適している」と言います。そしてもちろんこのような**バクタ**は**グル・バクティ**の恩恵を受けます。**グル**からだけでなく、至高の神ご自身からも。

第１４２節

mohanaṁ sarva bhūtānāṁ
bandha mokṣakaraṁ bhavet
deva rāja priyakaraṁ
sarva loka vaśaṁ bhavet

モーハナム・サルヴァ・ブーターナーム
バンダ・モークシャカラム・バヴェー
デーヴァ・ラージャ・プリヤカラム
サルヴァ・ローカ・ヴァシャム・バヴェー

「**グル・ギーター**を唱えることによって、人はすべての創造物と世界を魅了する力を得る。そして神々とマスターの寵児となり、すべての拘束から解放される」

シヴァは毎日**グル・ギーター**を唱える人は、人間や周囲の環境だけでなく、より下等な生物にも影響を与えると言っています。それは側にいる動物も**グル・ギーター**の祝福を授かることを意味しています。それだけではなく、三界とも、**パタル・ローカ**（地下界）、**ブー・ローカ**（地上界）、そして**スワルガ・ローカ**（天界）これも**グル・ギーター**を唱える人によって祝福されます。

人は神々に愛されます。それは**グル**の祝福があると、神々も**デーヴァ**も自動的に現れてくるからです。そして最終的に、毎日**グル・ギーター**を唱える人は、人生の最後に救済を得ます。彼らはすべての**カルマ**の拘束から解放されます。マスターの恩恵とは、このようなものです。マスターの愛とは、このようなものです。

第１４３節

sarveṣāṁ stambhanakaraṁ
guṇānāṁ ca vivardhanam
duṣkarma nāśanaṁ caiva
sukarma siddhidaṁ bhavet

サルヴェーシャーム・スタムバナカラム
グナーナーム・チャ・ヴィヴァルダナム
ドゥシュカルマ・ナーシャナム・チェイヴァ
スカルマ・シッディダム・バヴェー

「**グル・ギーター**は力を与え、敵意ある人間の力を奪い、よい本質を養い、育て、悪い行いを無効にし、所業を完璧に導く」

「**グル・ギーター**は力を与え、敵意ある人間を無力にする」例えば、ある人、あるいは動物が攻撃されているとします。**グル**に集中することで、**グル**はエネルギーをその人に、またはその動物に与えます。無力とはこの場合、人間や動物を麻痺させることではなく、彼らの力を取り去ることです。彼らの動機を消し去ることです。ライオンがあなたを攻撃するとします。あなたが目を閉じ、**グル**に集中することで、ライオンの動機は自動的に変わり、逃げていくでしょう。マスターに集中している人はよい資質を育て、養うでしょう。**グル**に自らを捧げている人は、自動的に変化し、よい本質は常に強さを増し、あらゆる悪い本質を中和するでしょう。すべての行為は浄化され、神聖なものとなるでしょう。

――――― 第１４４節 ―――――

asiddhaṁ sādhayet kāryaṁ
navagraha bhayāpaham
duḥsvapna nāśanaṁ caiva
susvapna phala dāyakam

アスィッダム・サーダイェー・カーリャム
ナヴァッグラハ・バヤーパハム
ドゥスヴァップナ・ナーシャナム・チェイヴァ
ススヴァップナ・パラ・ダーヤカム

「それは不可能な仕事を成し遂げ、９つの惑星の有害な影響に対する怖れを取り去り、悪夢を終わらせ、すべてのよい夢の成果をもたらす」

グル・ギーターは「不可能な仕事を成し遂げ」ます。**グル**を信じる人には、マインドにとって不可能なことも、すべて可能になるでしょう。

「それは９つの惑星の有害な影響に対する怖れを取り去る」惑星が人間に影響力を持っていることは、よく知られています。でも**グル**に従順な人は、**グル**が守ってくれるので、惑星の影響を恐れる必要はありません。

常に不均衡をもたらすラーフ、ケートゥ、そしてシャニ（土星）*という３つの惑星があります。これはその惑星の位置によって、人間に７年もの間、苦痛を与えることがあります。人はシャニ・カール、ラーフ・カール、またはケートゥ・カールを通り抜けます。すると司祭は「これを祈りなさい、あれを祈りなさい」と言います。それによって、惑星の影響を和らげ

*：ラーフ、ケートゥ、シャニは、インド神話あるいは、インド占星術が扱うナヴァ・グラハ（9つの天体）のこと。

ます。祈る瞬間には何が起こるのでしょう？　言うならば、人は、**マントラ**、信仰によって、惑星の介入を防ぎ、状況を好転させます。

シヴァは、毎日**グル・ギーター**を唱え、**グル**について瞑想する人には、惑星の影響が有利な結果をもたらすと言っています。この行為は、惑星のネガティブな影響を止めます。

「それは悪夢を終わらせ、すべてのよい夢の成果をもたらす」惑星が人間に作用を及ぼすことは、一般に知られています。満月には体内に多くの変化が起き、特にマインドは精神的なレベルでこの時期にはとても活動的です。また満月の期間には、体内の水分が増すので、食べ過ぎないようにと言われています。これは海も同じです。満月には海水は満ち潮となります。人間の身体は65パーセントが水なので、満月の期間には影響があるわけです。満月が水の元素に影響を与えるように、自動的に身体にも影響を与えます。そして身体に影響を与えるということは、マインドにも影響を与えます。それで満月には**オーム・チャンティング**をすることが勧められています。**オーム・チャンティング**は満月のときに、大変いい効果があるからです。**オーム・チャンティング**をすると、何が起こるのでしょう？人は宇宙の響きを取り入れ、自分の身体のすべての細胞を宇宙の響きに振動させます。気がおかしくなる代わりに、自動的に気持ちが落ち着きます！　人は静かな、瞑想的な気分に浸ります。このようにして、**オーム・チャンティング**はすべてにポジティブな効果をもたらします。

そこで**シヴァ**は次のように言います。「あなたが毎日**グル・ギーター**を読み、**グル**について瞑想すれば、この惑星があなたに影響を与えることはないだろう」満月であろうとなかろうと、あなたはいつも守られているでしょう！　土星があなたの星の間を走り抜けようと、そうでなかろうと、あなたに影響を与えることはないでしょう。**グル**の守護は常に彼の弟子に向かっていることでしょう。

第１４５節

sarva śānti karaṁ nityaṁ
tathā vandhyā suputradam
avaidhavya karaṁ strīṇāṁ
saubhāgya dāyakaṁ sadā

サルヴァ・シャーンティ・カラム・ニッティヤム
タター・ヴァンディヤー・スプット（ゥ）ラダム
アヴェイダッヴィヤ・カラム・スト（ゥ）リーナーム
ソバーッギャ・ダーヤカム・サダー

「それはすべての状況に平和をもたらし、子供を産む力のない女性に息子を授け、既婚の女性が未亡人とならないことを保証して、彼女の幸福を維持し、幸運をもたらす」

「それはすべての状況に平和をもたらし」子供のない女性に「息子を授け」家族の「幸福を維持し」女性が「未亡人にならないよう」に保証します。それは女性が先に死んで、家族の幸せが維持されるという意味です。

あなた達は、ヒンドゥー教の伝統では、5000 年前に**ヴィヤーサ**がこれを書いたとき、夫が妻より先に死ぬと、それが呪いとなったことを知っておかなければなりません。今日ではそれに意味はありません。時代は変わり、今は離婚することで、そのようなこともなくなりました。でもかつては、女性が男性に先立つことは祝福でした。その裏には秘密があります。なぜかというと「もし夫が先に死ぬと、男の家族はこの女性に対して、非常に恐ろしい態度を取り、彼女に罪を着せます。特に義理の母親が存命だと、こんなふうに言ったりします。「あんたは魔女で、私の息子を食べてしまった！」かつてはこのようなことが言われていたのです。気の毒な女性にとって、人生は地獄となります。それで夫より先に死ぬことは、この苦しみから免れるので、女性にとって祝福だったのです。そうでなければ、彼らは彼女の人生を、特にインドでは、地獄よりひどいものにしたでしょう。今日でもある村では、まだこのようなことが起こっています。しかし社会は向上し、子供が親に先立つ以外はこのようなことはそれほど頻繁に起こらなくなりました。これは誰かが罪を着せられるわけではありませんが、それでも親にとっては呪いとなります。

そこで**バガヴァーン・シャンカール**は「これは**グル**に自分を捧げている者には起こらない。**グル**の恩恵を得た者は、いつであろうと、**グル**が保護するであろう」と言っています。

――――第１４６節――――

āyurārogyamaiśvarya
putra pautra pravardhanam
akāmataḥ strī vidhavā
japān mokṣamavāpnuyā

アーユラーローッギャマイシュヴァリャ
プット（ゥ）ラ・パウット（ゥ）ラ・プラヴァルダナム
アカーマタ・スト（ゥ）リー・ヴィダヴァー
ジャパーン・モークシャマヴァーップヌヤー

「それは長い人生、健康、富、力、子供と孫を保証する。
もし未亡人が何の願望もなく、**グル・ギーター**を唱えるなら、救済を得る」

グル・ギーター、**グル**への讃歌、**グル**の歌は「長い人生、健康、富、力、子供と孫」を保証します。ここで彼は、人は若くして死ぬことなく、孫を見られるくらい、もしかしたら玄孫（やしゃご）まで見られるくらい、充分長く生きると言っているのです。

シヴァは続けて「もし未亡人が何の願望もなく、**グル・ギーター**を唱えるなら、救済を得る」と言っています。彼女は聖者達の仲間に入るでしょう。

——— 第１４７節 ———

avaidhavyaṁ sakāmā tu
labhate cānyajanmani
sarva duḥkha bhayaṁ vighnaṁ
nāśayecchā pahārakam

アヴェイダッヴィヤム・サカーマー・トゥ
ラバテー・チャーニャジャンマニ
サルヴァ・ドゥッカ・バヤム・ヴィッグナム
ナーシャイェッチャー・パハーラカム

「彼女が願望を持って**グル・ギーター**を唱えると、次世は未亡人にならない。それはすべての苦しみ、怖れ、障害を取り除き、呪いから解放する」

もし未亡人が、ある決まった心の願いを持って、**グル・ギーター**を唱えると、「次世は未亡人にならない」と言われています。ここで**マントラ**は、未亡人の存在について語っていますが、文字通りの未亡人ではなく、むしろ苦しい、悲しい人生について語っているのです。人間は常に自分の心配ごとにかまけて、自由になれません。

バガヴァーンは常に**グル・ギーター**を唱える者は、次の世は安楽で、幸福を光り輝かせるであろうと言っています。

「**グル・ギーター**は、すべての苦しみ、怖れ、障害を取り除き、呪いから解放する」ここで**グル・ギーター**は人を守り、真の幸福を約束します。それは呪いさえ取り除きます。呪いとは人が「ああ、何ということだ！　これは悪い人間だ。彼は呪うべきだ！　次世は犬として生まれてくるがいい！」というような発言をすることではありません。そうなることもありますが、この節では「**サルヴァ・ドゥッカ・バヤム・ヴィッグナム、ナーシャイエッチャー・パハーラカム**」自己憐憫を脱ぎ捨て、自ら背負い作り上げたすべてのものを取り除くことを意味しています。それ以外にも、これは嫉妬から守ります。例えば人が何か持っていて、他の人がそれをとても欲しがると、その人が望もうと、望むまいと、自動的に嫉妬心が生まれます。そしてこの嫉妬心は全人生を破壊することができます。嫉妬とはこうしたものです。嫉妬には非常に破壊的な力があり、それは人が気づかないほど、微妙なものです。人はこうも言えます。「それは私の頭をよぎった考えである」しかし、嫉妬はとても深いもので、それはハートから来ています。人が何か欲しくて嫉妬すると、それが他の人のものであれば、ある種の闇が自分からその人の所へ向かいます。何かよいことがあなたの人生に起こったと想像してみてください。長い間、あなたはそれを自分のうちに秘めて、誰にも言いません。ところがある日、あなたはそれを一番の友人に話します。するとその友人は「おお、それは素晴らしい！　本当に素晴らしいことだ！」と言います。そうです！　これがあなた達の「素晴らしい」旅の終わりです！　もし他人がそれを認めなくても、彼のマインドは「私はやきもちをやいている」と言います。この人がその瞬間に放つ反応、エネルギー、波動によって、この平和と幸福は自動的に失われます。あなたは、私がどれだけの人達がこの嫉妬のために挫折するのを見たと思いますか？　もちろん嫉妬を感じるほうも、また、このエネルギーを受け取るほうも双方が**カルマ**を背負わなければなりません。嫉妬している人は、それを受け取る人より、余計に乗り切らなければなりません。それゆえ嫉妬心は大変微妙なものです。人は自分から出てくるものに、非常に注意深くあるべきです。

バガヴァーン・シヴァは、自らを捧げ、毎日**グル・ギーター**を唱える者は、何も怖れることはないと説いています。**グル**の守護がその人と共にあり、**グル**の恩恵がすべての呪いから守ってくれているのですから。

――――第１４８節――――

sarva bādhā praśamanaṁ
dharmārtha kāma mokṣadam
yaṁ yaṁ cintayate kāmaṁ
taṁ taṁ prāpnoti niścitam

サルヴァ・バーダー・プラシャマナム
ダルマーッルタ・カーマ・モークシャダム
ヤム・ヤム・チンタヤテー・カーマム
タム・タム・プラーップノーティ・ニシュチタム

「それはあらゆる障害を乗り越え、４倍の願望を満たす。
公正、富、喜び、救済、崇拝者の望みは満たされる」

グル・ギーターは「あらゆる障害を乗り越え、４倍の願望」を満たします。なぜなら**グル・ギーター**は、「公正、富、喜び、救済」を授けるからです。

人は人生において４つの異なる時期を通過すると言われています。人生における最初の時期は、**ブランマチャリヤ**です。人がすべての学びの時期を通過すると、あなたは徳を、確かな水準に達する知識を習得します。

人生における２つ目の時期は**グリハスタ**です。**グリハスタ**としての人生に自らを捧げる人は、家族の世話をしなければなりません。この時期の本質は富です。

３つ目の時期は**ヴァーナプラスタ**です。この時期に人は霊性に向かって変化し、他人に仕えること、神に仕えることに大きな喜びを見出します。今日、これが大抵退職後に起こるのは、人にもっと時間ができるからです。ですから、彼は「あなたは退職したら、主に仕えることに喜びを見出せ」と言っているのです。

４つ目の時期は最後の**サンヤース**で、すべてを手放し、自らを主のおみ足に捧げることを意味しています。これは救済をもたらすでしょう。**バガヴァーン・シャンカール**は、この４つの賜物「徳、富、喜び、救済」は、**グル**のおみ足、**グル**の姿、**グル**の名、そして**グル**の素晴らしさについて歌うことによって得られると言っています。それはマスターに仕えることによってのみ与えられます。

「崇拝者が何を望もうと、満たされるであろう」ここで**バガヴァーン・シャンカール**は、**グル**に自分を捧げている者は、深い内面の願望が満たされる、と言っています。これは**バクタ**がどれほど進歩しているかによって違います。もし**バクタ**が自分を破滅させるような欲望を抱いているとしたら、それは決して叶えられないでしょう。しかし、その願いが救済に導かれるものであれば、**グル**は完全な祝福を与えることでしょう。

――――第１４９節――――

kāmitasya kāmadhenuḥ

kalpanā kalpa pādapaḥ

cintāmaṇiś cintitasya

sarva maṅgala kārakam

カーミタッスィヤ・カーマデーヌー
カルパナー・カルパ・パーダパハ
チンターマニシュ・チンティタッスィヤ
サルヴァ・マンガラ・カーラカム

「**グル・ギーター**は、心に願望を抱いて唱える人にとって、すべての願いを叶えてくれる牛、**カーマデーヌー**である。想いの豊かな人にとって、それは願いを叶える木であり、考え深い人にとって、それは願いを叶える宝石である。それはいろいろな面で、人々の幸せに役立つ」

「**グル・ギーター**」**グル**への讃歌は「すべての願いを叶えてくれる牛」です。ここで彼は、**グル**への讃歌は**カーマデーヌー**、すべての願いを叶える牛だと言っています。

「想いの豊かな人にとって、それは願いを叶える木であり、考え深い人にとって、それは願いを叶える宝石である。それはいろいろな面で、人々の幸せに役立つ」１つの決まった願いを持った人は、**グル**の恩恵によって叶えられます。物質的なものを望む人は、物質的なものを得るでしょう。霊的な向上を求める人は、霊的な向上を授かるでしょうし、富を望む人は、富を得るでしょう。このようにして、**グル**はすべての人に、その献身と意識の段階にふさわしいものを与えます。

――――第１５０節――――

mokṣa hetur japennityaṁ
mokṣa śriyam avāpnuyāt

bhoga kāmo japedyo vai
tasya kāma phala pradam

モークシャ・ヘートゥール・ジャペーンニッティヤム
モークシャ・シュリヤ・マヴァーップヌヤート（ゥ）
ボーガ・カーモー・ジャペーッディヨー・ヴェイ
タッスィヤ・カーマ・パラ・プラダム

「自由を得るために、規則的に**グル・ギーター**を唱える者は、解放されるであろう。喜びを求めて唱える者には、願いが叶えられるであろう」

「自由を得るために、規則的に唱える者は解放される」救済を望む者には、**グル**が**ヴァイクンタ**である、真の**モークシャ**を告示することでしょう。

「喜びを求めて唱える者には、願いが叶えられるであろう」ここで**バガヴァーン・シャンカール**は、**グル・ギーター**は、帰依者が人生の真の願いは最終的に何であるかを認識するまで、その世俗的な願いをも叶え、恩恵をもたらすと言っています。

――――第１５１節――――

japecchāktaś ca sauraś ca
gāṇapatyaś ca vaiṣṇavaḥ
śaivaś ca siddhidaṁ devi
satyaṁ satyaṁ na saṁśayaḥ

ジャペーチャークタシュチャ・ソーラシュチャ
ガーナパッティヤシュチャ・ヴァイシュナヴァハ

シェイヴァシュチャ・スィッディダム・デーヴィー
サッティヤム・サッティヤム・ナ・サムシャヤハ

「**シャクティ**、太陽、**ガナパティヤス**、**ヴァイシュナヴァス**、**シヴァ**の信奉者を崇拝する者に**グル・ギーター**を唱えさせよ。これが達成と成就をもたらすことに何の疑いもない」

「**シャクティ**、太陽、**ガナパティヤス**、**ヴァイシュナヴァス**、**シヴァ**の信奉者を崇拝する者に**グル・ギーター**を唱えさせよ」ここで**バガヴァーン・シャンカール**は、ヒンドゥー教のこの５つの側面を崇拝する者は、**グル・ギーター**を読むようにと言っています。

それはどの伝統でも同じです。そのどれもが**グル**の存在の貴重さに基づいています。それは**グル**なしにどこへも導きません。ヒンドゥー教のこの５つの道は、どれも１人ひとりの人生におけるマスターの重要性を強調しています。そしてすべての祈りの前に、ガナパティへの祈りの前にさえ、マスターに捧げる祈りは必須です。

「これが達成と成就をもたらすことに何の疑いもない」ですから、もし霊的な成功と達成を望むのなら、**グル**のおみ足に自らを捧げなければなりません。

もし人々が、**グル**は大切ではなく、１人でその目的に達することができると考えているのであれば、その考え方はまったく間違っています。この間違った考え方は自分だけでなく、他人をもおとしめることになります。そして他人をおとしめることは、最も重い罪の１つです。

——— 第１５２節 ———

atha kāmyajape sthānaṁ
kathayāmi varānane
sāgare vā sarittīre
athavā hariharālaye

アタ・カーッミャジャペー・スターナム
カタヤーミ・ヴァラーナネー
サーガレー・ヴァー・サリッティーレー
アタヴァー・ハリハラーライェー

——— 第１５３節 ———

śakti devālaye goṣṭhe
sarva devālaye śubhe
vaṭe ca dhātrīmūle vā
maṭhe vṛndāvane tath

シャックティ・デーヴァーライェー・ゴーシュテー
サルヴァ・デーヴァーライェー・シュベー
ヴァテー・チャ・ダーット（ゥ）リームーレー・ヴァー
マテー・ヴリンダーヴァネー・タター

——— 第１５４節 ———

pavitre nirmale sthāne

nityā nṣṭānato'pi vā
nirvedanena maunena
japametaṁ samācaret

パヴィット（ゥ）レー・ニルマレー・スターネー
ニッティヤー・ヌシュターナトー'ピ・ヴァー
ニルヴェーダネーナ・マウネーナ
ジャパメータム・サマーチャレー

「おお、麗しきものよ！　心にその願望を持つものが**グル・ギーター**を唱えるべき地について話そう。それは海辺で、河岸で、**シヴァ**、**ヴィシュヌ**、**シャクティ**に捧げられた寺院で、馬小屋で、すべての聖なる寺院で、**アシュラム**で、バニャンやチョウセンアサガオの樹の洞（ほら）の中で、あるいは**ヴリンダーヴァン**で唱えることができる。人は純なる、清潔な場所で、規則正しく、静かに、明確に、落ち着いた気持ちで、それを唱えるべきである」

「おお、麗しきものよ！　心にその願望を持つものが**グル・ギーター**を唱えるべき地について話そう」前の節で**バガヴァーン・シャンカール**は、すでに座の重要性について、その色や材質について話しています。そして今、彼は場所の貴重さについて、特定の目標を持つ人達が、充分利益を得るように説いています。

「それは海辺で、河岸で、**シヴァ**、**ヴィシュヌ**、**シャクティ**に捧げられた寺院で唱えることができる」ここで彼は「海辺で、河岸で」と言って、流れていく水に注意を促しています。流れる水の動きは、**バクタ**の内面に平安を生み出します。海辺や河岸で瞑想すると、水の元素、その流れは、心を落ち着かせる効果があるため、自動的に深い瞑想状態に入るのに役立ちます。

そのため、僧院や**アシュラム**は常に河岸に建てられます。第１に河岸の土地は豊穣であり、第２にそこには常に水があり、第３に河岸近くのエネルギーはとても穏やかだからです。さらに、**アシュラム**は常に一般に役立つ目的、農耕のために建てられます。

それで彼は、このような地で瞑想すると、同じように落ち着きと平和を得ると言っているのです。

寺院で瞑想し、**グル・ギーター**を唱えるときは、そこは**シヴァ**か**ヴィシュヌ**、あるいは**シャクティ**の絵で祝福されているべきです。これはヒンドゥー教の伝統で崇拝されている、３人の主要な神々です。**デーヴィー**、**シヴァ**、それに**マハー・ヴィシュヌ**の３人です。**マハー・ヴィシュヌ**は**ラーマ**や**クリシュナ**、そして他のすべての**マハー・ヴィシュヌ**のアヴァターを自分の中に持っています。**シヴァ**も同じく、**カールティケーヤ**、**スッブラマンニャ**、**ガネーシャ**、サントシ、その他を自分の中に持っています。そしてもちろん**デーヴィー**も、すべての**デーヴィー**の側面を自分の中に持っています。

ナーラーヤナが**クリシュナ**として地球に現れるのを決めたとき、彼が**ヨーグマーヤー**にヤショーダ家に顕現するように頼んだのを覚えていますか？　あのとき**マハー・デーヴィー**は「主よ、私はあなたに仕えるためにここにいるのです。あなたの望みは、私にとって命令です」と答えます。すると、**ナーラーヤナ**は**デーヴィー**を祝福して言います。「この世の人間は、あなたも私と同じように多くの寺院を持つべきだと祈っている。あなたの所にやってくる**バクタ**の望みをいつでも満たせるように、あなたの名はいつもそこに掲げられていなければならない」これがなぜゴーピー達が**クリシュナ**を自分のものにするために、カティヤヤーニの所へ行ったかの理由です。そしてありがたいことに、カティヤヤーニが祝福してくれたおかげで、**クリシュナ**は彼らとラスを踊ることを承諾したのです。**クリシュナ**は続けます。「馬小屋で、すべての寺院で、**アシュラム**で」牛はヒンドゥー教の伝統ではとても神聖です。それで彼女は常に与え、面倒を見る母親として扱われています。このようなわけで、**クリシュナ**は特に牛を可愛がっています。

「バニャンの樹の洞で」**シヴァ**は、この**マントラ**のあらゆる利点を手に入れるために、バニャン、あるいはチョウセンアサガオの木の洞の中で唱えるようにと言っています。

でも何より効果があるのは、**ヴリンダーヴァン**で唱えられる**グル・ギーター**だということです。そしてこれは、モークシャダム、**ヴァイクンタ**・ダム、**ヴリンダーヴァン**・ダムと言われています。でも**ヴリンダーヴァン**で唱えられる**グル・ギーター**は、ここに挙げられたどれよりも一番よいということです。**ヴリンダーヴァン**で**グル・ギーター**を唱え、**グル**について瞑想する人は、**クリシュナ**ご自身が言うように、**グル**と主の間には何の違いもないので、間違いなく至高の神に達することでしょう。

でも彼は**ヴリンダーヴァン**へ行くことのできない人は「純なる、清潔な場所で、規則正しく、内面で」献身の念をもって「穏やかな、落ち着いたマインドで」それを唱えるべきであると言っています。ここで**バガヴァーン・シャンカール**の言うことに注意するのは、とても大切です。彼は、**グル・ギーター**は静寂のうちに唱えられるべきだと言っています。ということは、彼は**グル**の素晴らしさについてだけでなく、**グル・マントラ**についても話しているのです。**グル・マントラ**はただ静寂のうちに唱えられるべきで、決して声に出して唱えてはなりません。これが**グル・マントラ**が自らの内に、ひそかに持っている秘密です。

グル・マントラを唱える人は「静かな、落ち着いた気持ちで」唱えるべきです。人は調和の取れた状態で、決して取り乱した状態や、まして怒った状態で唱えるべきではありません。ここで**シヴァ**は、**グル・マントラ**が唱えられるべき方法について説明しています。無愛想で、性急なやり方ではなく、彼は**グル・マントラ**を唱えるのに**ヴリンダーヴァン**へ行くことができなかったら、ただ**ヴリンダーヴァン**を自分のもとに呼び寄せればいいだけだと言っています。ではどのようにして、**ヴリンダーヴァン**を自分のもとに呼び寄せるのでしょう？　それは自分の内面に入って、**ヴリンダーヴァン**に座っていると想像すればいいのです。すると自分のハートの中で、**グル・マントラ**が静かな状態で唱えられます。

——— 第１５５節 ———

śmaśāne bhayabhūmau tu
vaṭamūlāntike tathā
siddhyanti dhauttare mūle
cūtavṛkṣasya sannidhau

シュマシャーネー・バヤブーマウ・トゥ
ヴァタムーラーンティケー・タター
シッディヤンティ・ドッタレー・ムーレー
チュータッヴルクシャッスィヤ・サンニドウ

「**シッディ**は火葬場で、ぞっとするような場所で、バニャンやチョウセンアサガオの木の洞の中で、あるいはマンゴーの木の下で唱えることによって、得ることができる」

ここで**バガヴァーン・シャンカール**は、火葬場で**グル・ギーター**を唱えることによって、特別なギフトを得ることができると言っています。ただ**シッディ**は人の霊的な成長に応じて目覚めることに注意してください。でもマスターを筆頭に置かず、ただ**シッディ**を得ることに励み、それを維持するためにあらゆることをする人達にとっては、それが障害になることもあります。ただ**シッディ**を持っているだけでは、それは何の意味もありません！　多数の**シッディ**を持って生まれてくる人もいますが、それはその人が素晴らしい人間であるということではありません。人間を素晴らしくするのは、その人の愛と献身です。

バガヴァーン・シャンカールは、人がマスターに愛と献身の念を抱き、マスターのおみ足に自らを捧げると、そこには様々な種類の**シッディ**が目覚めると言っています。そして多数の**シッディ**がマスターから弟子へと流れていきます。大切なのは、この能力の意図するものが何であるか自分にはっきりとわかっていることです。もしそれを個人的な利益のために利用したり、他人の害になるようなことをした場合は、その結果の責任を負わなければなりません。

もし**グル・ギーター**が幽霊などがいる「ぞっとするような場所」で唱えられると —— 例えば悪霊に取り憑かれた家など —— その場所は**グル**の恩恵によって、再び解放されることでしょう。

もし**グル・ギーター**がバニャンやチョウセンアサガオの木の洞の中で、あるいはマンゴーの木の下で唱えられると、人は様々な種類の**シッディ**、あるいは才能を授かります。例えばバニャンの木の中、あるいはその木の下で**マントラ**を唱えると、癒しの力が与えられます。またマンゴーの木の下で唱えると、巧みな弁舌の恩恵を授かります。

あまりよくないエネルギーを感じる場所で**グル・マントラ**、あるいは**グル・ギーター**を唱えれば、その場所は浄化され、マスターの恩恵によって変容されます。でも次のことを考えてください。**グル・マントラ**は決して声を出して唱えず、常に静寂のうちに唱えてください。

第156節

guruputro varaṁ mūrkhaḥ
tasya siddhyanti nānyathā
śubha karmāṇi sarvāṇi
dīkṣā vrata tapāṁsi ca

グルプット（ゥ）ロー・ヴァラム・ムールカー
タッスィヤ・シッディヤンティ・ナーニャター
シュバ・カルマーニ・サルヴァーニ
ディークシャー・ヴラタ・タパームスィ・チャ

「**ディークシャー**、誓い、苦行のような行いは、たとえ愚か者であっても、信心深く、**グル**に従順であれば、よい結果をもたらすであろう。帰依する者だけが成功する」

ここで**バガヴァーン・シャンカール**は、マスターのおみ足に自らを捧げ、完全にマスターの意思に従う**バクタ**であることが、どんなに大切かを説いています。このような帰依者は、これ以上のことをする必要もありません。マスターの姿に集中し、瞑想することによって、また彼の名を唱えることによって、すべてを授かるでしょう！　帰依者として**グル**に自分を捧げる人は、人生において成功するでしょう。

ここにトゥロタカチャリヤの物語があります。彼の名はギリといいます。ギリは**アーディ・シャンカラーチャーリヤ**の謙虚で従順な弟子でした。彼に与えられた役割は**アーディ・シャンカラーチャーリヤ**の衣服を洗うことでした。

アーディ・シャンカラーチャーリヤは毎日決まった時間に**シャストラ**、**ヴェーダ**、**プラーナ**、その他の聖典について話す習慣がありました。ある日、この授業が始まったとき、ギリは**アーディ・シャンカラーチャーリヤ**の服を洗っていました。**アーディ・シャンカラーチャーリヤ**の弟子と帰依者は皆急いで講義を聴きにいきました。彼らは教室に向かって歩きながら、ギリのことを嘲笑い、馬鹿にして言います。「君はなんて馬鹿なんだ！　マスターが話しているのに、彼の服を洗っている」**アーディ・シャンカラーチャーリヤ**は何が起こっているか気がつきます。ギリが服を洗っていると、彼のマインドが突然、聖典の知識に照らされます。これは**アーディ・シャンカラーチャーリヤ**がギリに乗り移った恩恵によって起きたのです。ギリは初め何が起こったのかわかりませんでした。なぜ彼はこんなに急に聖典を再現することができたのでしょう？　彼は**アーディ・シャンカラーチャーリヤ**の足元に急ぎました。彼が口を開いた瞬間、今**グル**が説明したすべての節がひとりでに、彼の口から湧き出てきます。一番難しい節でさえ、彼は簡単に再現することができたのです。他の生徒達はこれを見て、唖然とします。「どうしたんだろう？」この瞬間、彼らは**グル**に捧げる**セーヴァー**が何よりも大切なことを理解します。もし**グル**が誰かに何か頼んだとしたら、その人は**グル**が頼んだ以外のことは何も考えるべきではありません。

カビールの人生にも似たような物語があります。これは彼の弟子達が一緒に座っていて、彼に質問をしたことから起こります。「**マハーラージ**、どうか、誰があなたの一番の帰依者か言ってください」**カビールジ**は自分の息子を指して「カマルが私の一番の**バクタ**、真の弟子だ」と言います。各自が自問します。「なぜ**カビール**は、こともあろうにカマルを自分の一番優れた弟子だと言うのだろう？」**カビール**は彼らの考えを読んでしまいます。それは太陽の輝く明るい日でした。彼は息子に頼みます。「カマル、私は今縫っていた針を落としてしまった。それを探すのにランプを持ってきてくれないか？」カマルはすぐに立って、ランプを取りに行き、**グル**に渡します。**カビールジ**は黙っています。その後で彼は息子に頼みます。「今日は**バクタ**、帰依者が何人か訪ねてくる。**プラサード**を少し用意しておきたいから、急いで甘いラドスをいくつか作ってくれないか。でも砂糖の代わりに、1握りの塩を入れて作っておくれ」カマルは何1つ質問することもなく、他の人達は、彼が**グル**の言うことに従うのを観察しています。**カビール**は帰依者達のほうを見て言います。「君達は、彼が私の指示を馬鹿げていると考えなかったと思うのか？　甘く調理すべき食べ物に塩を入れたら、それを台無しにすることを知らなかったと思うのか？　君達は、彼が太陽が輝いていて、私がちゃんと見ることができるのを知らなかったと思うのか？　それにもかかわらず、彼は何の質問もせずに、**グル**の言いつけに従った」

人が瞑想していて、何も訊かずに**グル**の用命を受け入れると、それは真の瞑想となります。神は**グル**に対するこのような**バクタ**の献身ぶりを目の当たりに見て、自ら**ダルシャン**を授けられます。

これがたとえ愚か者であろうと、**グル**に心から献身の念を捧げると、すべてを手に入れることができるのを表している２つの物語です。大したことをしない人でも、マスターに対する大きな崇拝の念によって、すべてを授かることでしょう。

――― 第１５７節 ―――

saṁsāra mala nāśārthaṁ
bhava pāśa nivṛttaye
guru gītāmbhasi snānaṁ
tattvajñaḥ kurute sadā

サムサーラ・マラ・ナーシャールタム
バヴァ・パーシャ・ニッヴルッタイェー
グル・ギータームバスィ・スナーナム
タット（ゥ）ヴァッグニャ・クルテー・サダー

「真実を知る者は、俗世界の不純さを洗い落とし、この世の誘惑と罠から解放されるため、絶え間なく**グル・ギーター**の水で沐浴している」

ここで**バガヴァーン・シャンカール**は、**女神パールヴァティー**に、**グル・ギーター**の水で沐浴する者は —— ここで言う「沐浴」は、人のマインドが自らを捧げ、**グル**の愛に浸っていることを意味しています —— もし人のハートが、**グル**の愛の海に完全に浸っていると、その人はすべての不純さから、またこの世の誘惑から解放され、救済を得るでしょう。**シヴァ**は「**グル**に献身の念を抱いていたら、それは何と簡単なことか！　心に愛を抱き、いかなる疑問も持たずに、**グル**の指示に従うのは、何と簡単なことか？　このように献身の念を抱く者は、間違いなく、従順の最高の状態に達するであろう！」と言っています。これはベイ・マンジを試す**グル**・アルジャンの物語でも同じです。

ベイ・マンジは裕福な男でした。彼は自分の所有である村に住んでいました。彼の信心深い勤めは、サキ・サルヴァールという名の聖者である、彼の**グル**の**サマーディ**の世話をすることでした。その他には何もありませんでした。**グル**は彼に**ディークシャー**を与え、彼は自分の**グル・マハーラージ**以外のものは何も知りませんでした。

ある日、シク・**グル**の１人である**グル**・アルジャンが彼の村にきて、**サットサンガ**をします。ベイ・マンジはこの**サットサンガ**に大変惹かれ、**グル**・アルジャンの所に行って、**ディークシャー**を受けたいと言います。**グル**・アルジャンは内面にビジョンを見て —— 彼は全知全能でした —— ベイ・マンジに現在どの聖者に従っているのかと訊きます。ベイ・マンジは「私はサキ・サルヴァールに従っています。私の毎日の勤めは、彼の墓の世話をすることです」と答えます。すると**グル**・アルジャンは、彼の献身ぶりを認めて、「**ディークシャー**を授けよう」と言います。

グルは死ぬと、時々弟子のために、彼らをより高い霊的な段階に導くために、さらにその先にある扉を開きます。霊性の道で、人はいつも同じレベルにとどまることはできず、常に前進しなければなりません。マスターは弟子を実際いるべき場所へと導くために、ある特定の状況を作り出します。この場合もそれと同じでした。

グル・アルジャンは言います。「あなたに**ディークシャー**を授けよう。でもまずあなたがしなければいけないことは、家に帰って、**プージャー**をする部屋から自分を解放すること、そうしたら、また戻ってきなさい」**プージャー**の部屋は「古いもの」でした。人は新しいものが来られるように、古いものを手放さなければなりません。そうでしょう？　もし古いものを手放さなかったら、どのようにして新しいものが活動できるでしょう？　それはできません！　キリストは古い酒樽に新しいワインを入れたりしないと言いませんでしたか？　これもそれと同じです！　樽をすっかり空にして、綺麗にしなければなりません。そうして初めて「新しいワイン」を注ぎ入れることができます。

ベイ・マンジはマスターの忠告を聴いて、急いで家に帰り、祭壇を取り壊し始めます。彼がそうしている間、周りの人達はそれをやめさせようとします。そしてやる気を失わせようとして言います。「おお、何ということだ！　何をやっているんだ？　あなたはこの祭壇を壊したら、もう決して自由になれない。あなたは呪われる」そして今度は言葉を使って哀れみを表し始めます。「私達はあなたの立場には置かれたくない！」でもベイ・マンジは、自分は喜んで**グル**の忠告に従い、すべての責任を負う覚悟であると答えます。彼のマインドとハートは完全に**グル**・アルジャンを自分の**グル**として受け入れます。これがなぜ彼が再び生きている**グル**から**アーデーシュ**（指示）を授かったかの理由です。生きている**グル**から授かる**アーデーシュ**は、死んだ**グル**に従うよりも力があります。生きている**グル**は、常に死んだ**グル**の意識で活動します。彼らは手に手を取って行動します。死んだ**グル**はベイ・マンジを現在のレベルまで導いてくれ、今の

グルは、彼を次のレベルまで導いてくれるでしょう。ベイ・マンジは、マスターの忠告に探りを入れたりせず、素直に従うことがどんなに大切かわかっていたのです。

彼は祭壇を取り壊した後、**グル・**アルジャンのもとへ帰っていきます。**グル**は祝福を与え、神の名を伝授します。ベイ・マンジは最初のテストに合格しましたが、**グル・**アルジャンはさらにテストを行います。まもなく彼の馬が死に、それからじきに牛が死んでしまいます。また家に強盗が入って、何もかも持っていってしまいます。人々はこの災難を見て言います。「だから君に言ったではないか？　私達は警告したよ！　君は祭壇を壊して、呪われたんだ」そして彼らは「家に帰って、祭壇を建て直せ」と忠告します。でもマンジは少しも取り乱さず、皆に、**グル**は彼にとっても、皆にとっても、何が一番いいかわかっていると言います。何１つとして彼の**グル**に対する信念を揺り動かすものはありませんでした。まもなく彼は度重なる不幸によって、すっかり破産してしまいます。昔は村の地主だった彼も、そうこうするうちにまったく落ちぶれて、たくさんの請求書を払うこともできなくなります。遂に人々は村から離れていくように言います。一方何人かの「友人達」は、彼の状態がよくなるように、前の場所に祭壇を建て直すよう懇願します。誰もが同じことを言います。「君の**グル**は何もわかっていない！　君が悩んでいるこの問題、この苦しみは皆、君が犯した非行からきている。君がこの**グル**の言うことを聞いたからだ」皆は彼の気を落とし、心を乱そうとします。

このようなことが起こっても、彼は**グル**に従う決心をし、家族と共に別の村へ移ります。かつて仕事をする必要のなかった、裕福な男にも、何かを学び働きにでて、生活するためのお金を稼がなければならない時がやってきます。そこで彼は草を刈って、売り始めます。

何ヶ月か後に**グル・**アルジャンは弟子の１人に次のような指示を与えて、ベイ・マンジに１通の手紙を届けるように頼みます。「彼が 20 ルピー払ったら、この手紙を渡しなさい」弟子がベイ・マンジの家に着くと、マンジは**グル**から送られてきた手紙を見て、愛と喜びに包まれます。でも手紙を持ってきた弟子に、まず20ルピーを渡すように言われても、彼はどこからこの20ルピーを出せたでしょう？　マンジはただの1銭も持っていませんでした。そこで彼は奥さんの装身具を売り払ってしまいます。彼は全部売って、ちょうど20ルピーを手に入れます。マンジは弟子に20ルピーを渡して、手紙を受け取ります。彼は**グル**から送られた手紙を手に取った瞬間、深い恍惚状態に陥ります。

ところが**グル**はさらに彼を試すため、1人の弟子を送って、彼に来るように、そして**アシュラム**で暮らすようにと伝えさせます。マンジはこれを聞くと、家族を連れて**アシュラム**に急ぎ、**グル**・アルジャンのもとに加護を求めます。彼らに割り当てられた仕事は、調理場の容器を洗うことと、焚き木を集めることでした。

何日か後、**グル**・アルジャンはマンジを試すことに決めて言います。「彼は**セーヴァー**をしている。だがその代金として食事を受け取っている。だが真に**セーヴァー**をする者は、その代償となるものをいっさい受け取るべきではない」マンジは**グル**のこの言葉を聞いて、彼の妻に、自分に計り知れない貴重な宝である**グル・マントラ**を授けてくれた、この愛する**グル**への奉仕には何のお返しも欲しくないと言います。

ベイ・マンジにとって、この**グル・マントラ**がどんなに大切な意味を持っていたか想像してみてください。彼には**グル・マントラ**の大切さがわかっていたのです。**グル・マントラ**は簡単に与えられる**マントラ**ではなく、人が**グル・マントラ**を受け取ることによって授かるものは、お金で買えるようなものではありません。**聖者ミーラーバーイー**は「私の**グル**は最も高価な宝石を**マントラ**の形で与えてくれた」と言っています。

この日から、マンジは夜、森で木を切って、自分と家族を養うために、これを売り始めます。昼間は家族と共に**アシュラム**の調理場で、続けて**セーヴァー**を行いました。

ある夜、激しい嵐がやってきます。風がとても強く、すべてを吹き飛ばしてしまいます。激しい風に吹き飛ばされて、マンジは切った木材と一緒に、近くにあった井戸に墜落します。**グル**・アルジャンは森で何が起こったかをちゃんと知っていて、何人かの弟子に板と綱を持ってくるように言いつけ、自分について一緒に森へ来るように言います。彼らが森に来ると、**グル**は弟子に言います。「ベイ・マンジはこの井戸の底にいる。彼に板につないだ綱を降ろすから、と言ってやりなさい。彼はこの板につかまって、私達がそれを引き上げるのだと説明しなさい」**グル**はまだマンジを試したかったので、弟子の１人に親しげに言葉をかけます。次にその弟子は井戸の側に足を踏み出して呼びます。「ベイ・マンジ、まだそこにいるか？まだ生きているか？」しばらくして、彼らは「まだ生きている」という声を聞きます。彼らがそれを聞くと、例の弟子が言います。「板につないだ綱を降ろすから、それにしっかりつかまるんだよ。僕達はそれを引っ張りあげるから」これに加えて、その弟子が言います。「兄弟よ、君は何という情けない状態にあることか。これはみんな**グル**が君にひどい扱いをしたからだ。彼は君をまったく残酷なやり方で扱った。それで君はこんな状態にあるんだ。こんなことをする**グル**は忘れてしまえ。これは悪い**グル**だ。彼はそれはひどいことをたくさんした。彼は残酷なやり方で君を試した。彼は悪い**グル**だから君は彼を忘れるべきだ！」

井戸の底から上に向かって、ベイ・マンジは答えます。「そんなことは絶対にない！　言っておくが、君は恩知らずだ。これからはもう決して僕の前で**グル**についてそんな失礼なことを言わないでほしい。このように恥知らずな言葉を聞くのは、とても心が痛む」**グル**にまったく従順であったベイ・マンジは、尊敬の念のない言葉１つ、**グル**に対する冒涜の言葉１つ、我慢することができなかったのです。今日では、人々は一緒に座って**グル**の悪口を言い、皆はそれに賛成するだけでなく、コメントさえ付け加えます。もし１人がやってきて、「おお、君の**グル**はああで、こうで…」と言うと、彼らは注目して、耳を傾け「ああ、彼は本当にそうなんだ」と言います。これは**カリ・ユガ**（悪の時代）の愚かな面です。

マンジはこの尊敬の念のない言葉にとても心を痛め、またその言葉を発した弟子にとても腹を立てます。

すると今度は別の弟子がマンジに板につかまるように言いますが、彼はまず木を引き上げるべきだと主張します。マンジが井戸に落ちたとき、木も一緒に落ちたからです。したがってまず自分が出ていく代わりに彼は言います。「だめだ。まず私が**グル**の調理場のために集めた木を引き上げてくれ。それは**グル**の調理場のためで、私はそれが濡れて、使えなくなるのを怖れている」

最終的にベイ・マンジは井戸から引き上げられます。彼は出てくると、**グル・**アルジャンの目の前に立ちます。**グル・**アルジャンは彼に言います。「愛する者よ、あなたはこんなにもたくさんの試練を通り抜け、そのすべてに勇気、信仰、そして献身の念をもって、**サットグル**に立ち向かっていった」ここで**グル・**アルジャンは彼を褒めます ―― 彼は弟子に、彼がやり通したことは、すべて単なるテストであったこと、**サットグル**に対する信頼の念、勇気、そして献身の念が試されたことを告げます。**グル・**アルジャンはマンジに促します。「私に贈り物、あるいは祝福を乞いなさい。何でもあなたの欲しいものを言いなさい。私はそれを叶えてあげよう。あなたはそれを受ける値打ちがあるのだから、受け取るべきだ。あなたの願うものすべてを与えることが、私をとても幸福にするだろう」こんなとき、もし他の人間だったら、たくさんのものを願ったことでしょう。違いますか？　でもその代わりに、ベイ・マンジは愛するマスターの前で跪き、あふれ出る涙に頬を濡らして言います。「私にはあなたの祝福を得ること以外、何の望みもありません。私はあなた以外に何も欲しいと思いません。私の興味をそそるようなものは他に何もありません」このような心からの言葉を真のバクタ、真の弟子から聞いて、**グル**はベイ・マンジを抱きしめ、そしてこう言います。「マンジは**グル**の最愛の人だ。そして**グル**はマンジの唯一の愛だ」**グル**が自分の弟子にこんなふうに言えるということは、どんなに素晴らしいことでしょう。

グルと同じように、マンジは間違いなく、人々を生と死の海を越えて導くようになるでしょう。**グル**の恩恵によって、マンジは**グル**と同じレベルに引き上げられます。**グル**自身、彼に次のように言います。「あなたは私のようにあるべきだ。人々を生と死の海を越えて、確実に導いていきなさい」完全に自分を捧げる者に、**グル**の与える恩恵はこうしたものです。この**グル・**アルジャンとベイ・マンジのお話は、真の**バクタ**が**グル**の試練でさえ、すべてを喜んで受け入れることを物語っています。マンジはただの一度も「なぜ私はこんなに苦しむのだろう？　なぜ私はこんなに数多くの困難に出会うのだろう？」などと質問したことはありませんでした。そして**グル**が自分に祝福を乞うように促したときでさえ、彼の唯一の願いは、自分の**グル**に仕えることで、それ以外に何もありませんでした。これは**グル・**アルジャンとベイ・マンジの —— 私が考えるに、17 世紀に起こったお話です。

聖者**カビール・**ダスには、次のように祈る習慣がありました。「私に献身の念を与えてください、おお、私の**グル**よ。私には日夜あなたに仕えること以外、何の望みもありません。」

イエスもまた「もし誰かが私を愛し、私の指示に従うなら、彼は確かに私の真の弟子である」と言っています。これがキリストの言ったことです。違いますか？　これが**グル**から弟子への伝授、イニシエーションです。**グル・ギーター**も弟子がいかにあるべきかについて述べています。完全に自らを捧げた弟子は、自分はさておき、常に**グル**を第一に行動すべきです。

これについては第 156 節でも述べられています。愚か者であろうと、読み書きができなかろうと、マスターのおみ足に加護を見出したなら、それは真の知識となり、人から聞いた知識や、本を読んで得た知識ではなく、マスターから弟子へと自然に流れていくでしょう。

このような事件は、ラガヴェンドゥラ・**スワミ**の人生にも、彼がある羊飼いに出会ったときに、起こりました。この羊飼いはラガヴェンドゥラ・**スワミ**のことを聞くと、彼のもとに急ぎ、ラガヴェンドゥラ・**スワミ**の前でお辞儀をします。彼は立ち上がるのを助けてやり、訊きます。「愛する者よ、何をお望みかね？」羊飼いは答えます。「私はあなたに自分を捧げたいけれど、字が読めないために、読み書きもできません。どのようにしてあなたに仕えることができるでしょうか？」ラガヴェンドゥラはこれを聞くと、目を閉じ、微笑みながら、羊飼いに**グル・マントラ**を与えます。それは「**ラーマ**と**クリシュナ**の名を唱えよ」というものでした。この瞬間から彼は弟子になり、ラガヴェンドゥラは指示を与えます。「ここにとどまりなさい！　そして牛に仕えなさい。これがあなたへの祝福だ。私はあなたと一緒にいる」こうして、羊飼いは毎日牛が草を食べるように連れ出し、ラガヴェンドゥラ・**スワミ**に集中し、**グル・マントラ**を唱えます。

ある日、蒙古人に占領されていた時代に、南インドのアンドゥラ・プラデシュで統治していた国王が馬に乗ってやってきます。この国王は非常に尊大で傲慢でした。彼は羊飼いを見て、嘲笑います。「おお、このインド人達は皆、字が読めない！」彼は羊飼いをからかって、従者達に言います。「彼を笑い者にしてやろう」そして馬でそこへ乗り込みます。彼は、特に他の宗教を信仰している人達に対して、とても残酷なことで有名でした。彼は羊飼いに１枚の紙を渡して、彼を嘲り始めます。「お前が読めなかったら、頭をぶっ飛ばしてやるぞ」羊飼いは震え始めて、答えます。「私は学校へ行ったことがありません。私は読むことも書くこともできません。あなたは私が**サンスクリット語**で書いてある、この手紙を読むことを要求なさるのですね。それは無理です！」この瞬間、羊飼いは目を閉じて、**グルデーヴ**のことを想います。彼はラガヴェンドゥラのことを考えて、繰り返します。「**オーム・シュリー・ラガヴェンドゥラーヤ・ナマハ**」彼が言ったのはこれだけです！　そして手紙を開くと、彼はその内容を完璧な**サンスクリット語**で読むことができ、学者達より立派に説明することができたのです！　国王はびっくりし、大変驚きます。「どうなっているんだ？　この文字が読めない羊飼いが学者より見事にこの手紙の内容を解釈できるとは。間違いなく私はだまされたのだろう！」そこで彼は羊飼いに訊きます。「なんだ、お前は読めるのではないか！　お前は立派な学者だ！　お前は一体何者だ？」でも羊飼いは答えます。「いいえ、私は何も知りません。私があなたに言ったことは本当です！　私は今まで何も読んだことがありません！　これはすべて私の**グルデーヴ**の祝福からきているのです。唯一、ラガヴェンドゥラ・**スワミ**の祝福に感謝するだけです！」

同じく蒙古に占領されていた時代に、**ジーヴァ・ゴースワミ**は２人の弟子を持っていました。この２人の弟子は、以前、国王アクバールの宮廷で働いていたイスラム教徒でした。そこの人達には彼らは顔見知りで、大した知識もない、非常に単純な人間だということがわかっていました。でもその後この２人の男性は**ジーヴァ・ゴースワミ**と知り合って、変わってしまいます。彼らは自分達が属する霊的な道に関する真の知識を獲得します。指揮官長はこれを聞いてとても怒ります。彼は「この男共は我々の仲間を改宗させてしまう。奴らを殺さなければなるまい」彼らは馬に乗って、**ヴリンダーヴァン**に着きます。**ジーヴァ・ゴースワミ**の２人の弟子は軍隊全体がデルフィから**ヴリンダーヴァン**へ行く途中だと聞いて、言います。「私達の**グル**に害を与えてほしくないし、**グル**に苦しんでほしくない。それでは先頭に立っていこう！」そこで彼らは何をしましたか？　彼らは**ジーヴァ・ゴースワミ**の祝福を受け、城門に陣を構えます。そしてそこで「もし必要とあれば、命を捨てよう」という態度で待ちます。

兵士達が到着したとき、彼らは立派な学者も連れてきていました。これに反して、２人の弟子は、きちんとした教育も受けていない、単純な男達と思われていました。最初、兵隊達は彼らに昔からの宗教を納得させようとします。そして非常に哲学的で、また聖典に基づいた、大きな論争が始まります。有能な学者達は２人の弟子に数多くの質問を投げかけます。そして答えはすべて、彼らの口からひとりでに湧き出てきます。最終的に学者達は納得して言います。「我々はこの２人を知っている。彼らは何も学んだことがない。それなのに、優秀な学者達にさえ、今まで可能でなかった、すべての質問に答えることができた。これほどの弟子を持つ彼らの**グル**はどんな人であろうか？」彼らは**ヴリンダーヴァン**に真のマスターがいることを知って、アクバールの宮廷に戻り、起きたことを告げようと決めます。アクバールは非常に感動した様子で、大臣のビルバルに相談します。やはり**ジーヴァ・ゴースワミ**の弟子 —— もちろん内密の —— であるビルバルは言います。「聞いてくれ、アクバール、**ジーヴァ・ゴースワミ**は**バガヴァーン**ご自身の友達だ。彼はラーダー・クリシュナが一体化した**チャイタニヤ・マハープラブ**の友達なのである。このような人物の祝福を受けると、口のきけない人でさえ話せるようになり、目の見えない人は見えるようになり、字の読めない人は大きな知識を得る」マスターへ完全に自分を捧げた者への恩恵はこうしたものです。

この節「**サムサーラ・マラ・ナーシャールタム、バヴァ・パーシャ・ニッヴルッタイェー**」で**バガヴァーン・シャンカール**は「真実を知る者」に関して述べています。この真実とは何でしょう？　真実とは、何も訊かず、マインドに何の疑いも持たず、マスターに自分を捧げなければならないということです。すると人は真の帰依者、真の弟子になるでしょう。

———— 第１５８節 ————

sa eva ca guruḥ sākṣāt
sadā sadbrahma vittamaḥ
tasya sthānāni sarvāṇi
pavitrāṇi na saṁśayaḥ

サ・エーヴァ・チャ・グル・サークシャート（ゥ）
サダー・サッド（ゥ）ブランマ・ヴィッタマハ
タッスィヤ・スターナーニ・サルヴァーニ
パヴィット（ゥ）ラーニ・ナ・サムシャヤハ

「第一に絶対者を知る者は、正に**グル**である。彼はどこに住んでいようと、そこが聖なる地であることに疑いはない」

「第一に絶対者を知る者は、正に**グル**である」この節で**バガヴァーン・シャンカール**は、たとえ彼が何も知らないかのように見えても、実際には至高神の最もよき友であると言っています。彼は至高神を愛する人として見ています。もし彼が至高神を知っているなら、彼は至高神とよい関係にあります。「彼はどこに住んでいようと、そこが聖なる地になることは疑いない」ここで彼は、**グル**がどこにいようと、そこは聖地であると言っています。それは、**グル**のいる所には、彼の愛する人も共にいるからです。そして愛する人が彼と共にあると、それは神が存在し、**グル**のいる所が聖地となって、祝福されることを意味しています！　このエネルギーに浸る人は、祝福を授かります。それはかつて聖アウグスティンが「聖者に属する何ものかに触れる者は、その聖者と同じ神聖さによって満たされるであろう！」と言ったことです。

―――第１５９節―――

sarva śuddhaḥ pavitro'sau
svabhāvādyatra tiṣṭhati
tatra devagaṇāḥ sarve
kṣetre pīṭhe vasanti hi

サルヴァ・シュッダ・パヴィット（ゥ）ロー´ソウ
スヴァバーヴァーディヤット（ゥ）ラ・ティシュタティ
タット（ゥ）ラ・デーヴァガナー・サルヴェー
クシェーット（ゥ）レー・ピーテー・ヴァサンティ・ヒ

「どこであろうと、最高に純な、汚れなき**グル**のいる所には、自然にその地域、あるいは住居全体に神々が群をなして住んでいる」

ここで**シヴァ**は、**グル**の住む所、**グル**のいる**アシュラム**には、**グル**は1人でいるのではないと言っています。**グル**はすべての神々を引き寄せる極（訳註：磁石のように引き寄せるの意味）となります。彼は神と神意識を求める、また、マスターの恩恵を求める、すべての人々の極となります。彼はこの変容が**バクタ**の中だけでなく、周囲の至る所で起きると言っています。その地域自体が変わってしまいます。例えば、ここシュプリンゲンで、私達が6年前に初めて来たとき、通りで人を見かけるということがありませんでした。時には1匹の蝿すら見ることがありませんでした。ところが今日では至る所で人を見かけます。どの時間でも、時には夜中の2時でも、人が往き来しているのを見ます。

グルが住んでいる地には普通の人間は住まず、代わりに**バクタ**や帰依者が住んでいます。そして帰依者はマスターの祝福を運ぶ人となり、彼らの行く所はすべて聖地になります。今日あなたがシュプリンゲンへ行くと、そこは退屈ではなく、とても活気があります。神々の群さえ引き寄せられて、集まってきます。**マハー・デーヴィー**の遍在性は至る所にあり、私達は今ここで、彼女自身の**スワルーパ**（姿）による**ナヴァラートゥリ**をお祝いしています！（**スワミジ**は2014年のシュプリンゲンにおける**ナヴァラートゥリ**の祝祭に関連づけて話しています）**シュリー・クリシュナ**の**スワルーパ**によって、私達は**ジャンマーシュタミー**をお祝いします。このようにして、すべての神々は、**シュリー・ピータ・ニラヤ**に彼らの住居を構えています。彼らはそこに住んでいるのです。彼らはそこで生きているのです。

――――第１６０節――――

āsanasthaḥ śayāno vā
gacchaṁ stiṣṭhan vadannapi
aśvārūḍho gajārūḍhaḥ
supto vā jāgṛto 'pi vā

アーサナスタ・シャヤーノー・ヴァー
ガッチャム・スティシュタン・ヴァダンナピ
アシュヴァールードー・ガジャールーダー
スップトー・ヴァー・ジャーッグルトー'ピ・ヴァー

「肉体は座っていようが、横になっていようが、馬や象にまたがっていようが、寝ていようが、目覚めていようが、解脱した者は**グル・ギーター**を唱えることによって、聖なる存在となる。彼らは輪廻転生の法則から解き放たれる」

ここで**シヴァ**は、人がどの姿勢を取ろうと関係がない、と言っています。横になっていようが、活動していようが、歩き回っていようが、立っていようが、踊っていようが、車を走らせていようが、馬に乗っていようが、寝ていようが、起きていようが、常に**グル**について瞑想し、**グル・ギーター**を唱え、**グル**の素晴らしさを歌い、それについて瞑想し、内面の**グル**を想う人、この人達は悟っています。

マスターのおみ足に自らを捧げた人は、普通の人間ではないということが、あなた達にもはっきりわかっていなければなりません。マスターのおみ足に加護を見出した人は、ただのありきたりな人間ではありません。なぜなら普通の人間は外界のどこかに避難場所を見つけるでしょうから。**バクタ**や**ディヴォーティー**は、内面に何か偉大なものを抱えています。人がマスターのおみ足に加護を見出せるのは偶然ではありません。人がマスターのおみ足に加護を見出せるのは、前世からの大きな功徳と償い、何世にもわたる崇拝と献身の念のためです。これは**バクタ**や弟子がありきたりな人間ではないことを意味しています。彼らはある決まった祝福を運ぶ人です。それが彼らを引き寄せるのです。そうでなければ、彼らは引き寄せられていることを感じないでしょう。彼らの中には、自分はここに属しているという気持ちがあります。彼らの中には献身の念があるのです。そしてこれは偶然に起きるのではありません。ある朝、人はこんな考えを持って目覚めます。「ああ、すごい！　これから**アシュラム**へ行ってくるぞ！」そんなものではありません。長い間の償いが最後に人をマスターのおみ足に導くのです。**シヴァ**は言っています。「**スップトー・ヴァー・ジャーッグルトー'ピ・ヴァー**」マスターのおみ足に加護を求める者は、輪廻転生の法則から解き放たれる。

ある所に１人の男がいました。この男は完璧な**グル**を求めて、世界中を歩き回ります。彼はどこへ行っても、運が悪く、完璧な**グル**は見つかりません。皆欲が深かったり、愚か者だったり、気がふれていたり、という感じだったのです。

ある素晴らしい日のこと、やっとのことで、彼の期待にそった、すべての性格が彼の想像に合った、１人の**グル**が見つかります。すると彼のことをよく知っている、１人の友達が彼に訊きます。「どうして君の**グル**は完璧だとわかるんだ？」男は答えます。「彼と話して、そういう結論に達したんだ」もちろん友達は「彼らは一体どんなことを話したのだろう？」と考えます。そこで友達は訊きます。「聞かせてくれ、彼はどうやって彼が完璧な**グル**だと君を説得したのかね？」すると男は答えます。「つまり、彼は私が世界で一番いい弟子だと保証してくれたのさ！」

第１６１節

śuciṣmāṁśca sadā jñānī
guru gītā japena tu
tasya darśana mātreṇa
punarjanma na vidyate

シュチッシュマーッムシュチャ・サダー・グニャーニー
グル・ギーター・ジャペーナ・トゥ
タッスィヤ・ダルシャナ・マーット（ゥ）レーナ
プナルジャンマ・ナ・ヴィッディヤテー

「**グル・ギーター**を唱える者は、聖なる、賢き存在であり、彼を見るだけで、再生から解放される」

バガヴァーン・シャンカールは、今一度、女神に、**グル**に自らを捧げ、**グル**の讃歌を歌い、**グル**について瞑想する真の**バクタ**は、ありきたりの人間ではないことを思い出させています。それは世間一般の人達が見るように、変わった人間ではありません。彼らは愚か者ではありません。実際にはその反対です。この人達は真の賢者です。彼らはマスターのおみ足に対する献身を知っています。彼らはマスターの恩恵を運んでいます。したがって彼らに結びつく者は救われます。**バクタ**、真の弟子は、どこへ行こうと、常に祝福を運んでいます。そして**バクタ**のいる所には、**グル**が彼らを通して存在しています。ここで**バガヴァーン・シャンカール**は、世間は彼らが内に何を持っているか知らずに、彼らを蔑むであろうと言っています。

あるとき、**グル・ナーナクジ**の弟子であるゴーヴィンダ・シンが訊きます。「**グル**はどうして大切なのですか？」**グル・ナーナク**は答えます。「あなたが**グル**に自分を捧げれば、捧げるほど、わかってくるだろう。そして彼が誰であるか知るだろう」

グル・ナーナクジはゴーヴィンダ・シンに宝石を与え、彼の身につけさせます。「市場へ行って、いろいろな人に、この宝石にいくら払うか訊いてごらん。でも売ってはいけない！　また私の所へ持って帰ってきなさい！」ゴーヴィンダ・シンは最初に花屋へ行きます。彼は彼女に宝石を見せて訊きます。「これにいくら払う？」花屋はそれを見定めて言います。「そうだね。1 ルピー払おう」彼は「オーケー、いいよ！」と答えます。

次に果物屋へ行くと、彼は宝石に 3 つの林檎を提供すると答え、またじゃがいも売りの男は「私はこの宝石にじゃがいも 10 袋払う」と言います。最後に彼は宝石屋に行きます。宝石商は宝石を見て考えます。「この宝石は妻のために手に入れることができるな」そこで彼は言います。「あんたには 1000 ルピー払おう」でもゴーヴィンダ・シンは答えます。「駄目なんだ。売ることはできない。**グル**に返さなきゃいけないんでね」それから彼は町で一番の宝石商を訪ねることに決めます。この宝石商は宝石を見て、それを鑑定し、最後に言います。「あなたには 1 千万ルピー払おう！」**グル・ナーナク**の弟子はそれを聞いて、大変驚きます。ところが宝石商はこの宝石に大変感動し、王様の所へ出かけていって、こう言います。「市場に 1 人の僧侶が来て、非常に高価な宝石を売ろうとしたのですが、最終的には 1 千万ルピーでも売ろうとはしませんでした」王様は番兵を呼んで、この僧侶を連れてくるように命じます。ゴーヴィンダ・シンが王様の前に連れてこられると、王様は宝石に目をやって訊きます。「あなたは自分が何を手にしているかわかっているのか？　私は王国の半分をあなたにあげよう。この高価な石は金属を純金に変えることができる。あなたはこれをどこで手に入れたのか？」するとゴーヴィンダ・シンは答えます。「**グルデーヴ**が私に渡したのです。私が**グル**の大切さについて質問しました。すると彼は、私にこの宝石を渡して、市場でいろいろな人にその価値を尋ねるように言いました。そして**グル**は、この宝石を誰にも売らず、最終的には持って帰るように、指示しました」この瞬間、王様はこれが**グル**の弟子へのテストであることを認めて、言います。「行って**グル**のおみ足に加護を求めなさい！　この宝石を渡したあなたの**グル**が、あなたに与えたものは**グル**の恩恵に他ならない。これはお金で買うことができるものではない！」これは**グル**の与える**マントラ**が、お金では買えないほど価値のあるものだということを意味しています。そして**グル**が弟子に授ける恩恵がお金では買えないほど価値のあるものだということを意味しています。この節はそのために書かれています。

グル・ギーターを唱える者は、自動的に聖なる、賢い存在となり、他の人達の救済の源となります。彼らはこの「賢者の石」を自分の中に持っているからです。そして常にこの「賢者の石」に触れる者は、同じくこの恩恵に触れることでしょう。

――――第１６２節――――

samudre ca yathā toyaṁ
kṣīre kṣīraṁ ghṛte ghṛtam
bhinne kumbhe yathākāśas
tathātmā paramātmani

サムッド（ゥ）レー・チャ・ヤター・トーヤム
クシーレー・クシーラム・グルテー・グルタム
ビンネー・クムベー・ヤターカーシャス
タターット（ゥ）マー・パラマーット（ゥ）マニ

「水が大海に流れ込むように、ミルクとミルク、バターとバター、壊れた器の内側と外側のように、個人の魂は宇宙の存在と１つになる」

ここで**バガヴァーン・シャンカール**は、マスターのおみ足に自らを捧げる者は、また**グル・ギーター**について瞑想し、これを唱える者はマスターと一体になる、と言っています。彼がマスターに自分を委ねれば委ねるほど、マスターの光が彼を通して輝きます。マスターの祝福というのは、ただマスターが頭に手を乗せ、それでよし！　というようなものではありません。違います。マスターのエネルギーが弟子、**バクタ**、帰依者に伝わるということは、**グル**自身が常に自分の弟子の目前にいることを意味しています。ですから、弟子が祝福を与えても、実際には彼ではなく、マスターが祝福しているのです。これはキリストが弟子に与えた祝福です。キリストは弟子に「私の名で奉仕する人達の所にいる」と言っています。2000年前に、キリストはこの祝福を与えて言いました。「このパンを食べなさい！　これは私の身体だ。このワインを飲みなさい！　これは私の血だ。そしてこれを食べ、飲む者は、朽ちることがない！」この習慣が保たれるようにキリストは弟子を祝福します。これはマスターが祝福することによって、最終的に弟子と**グル**の間に何の違いもなくなるまで、彼は常に弟子の前を行くと同時に、彼らの中に存在することを意味しています。**グル・アルジャン**とベイ・マンジの物語は、このテーマを扱っています。

でもこれは時として難しく見えるかもしれません。それはこの段階に達するのに、完全な献身が要求されるからです。時には神眼を持つ人達でさえ、最終目的に達することができません。彼らがマスターの祝福の恩恵を認識しなければ、たとえ神ご自身が彼らにビジョンを授けたとしても、それは神に達するということではありません。主は恩恵により、過去世の体験によって、ビジョンを与えることがあります。でもそれには何の意味もありません。マスターの祝福がなければ、すべては役に立ちません。しかし、マスターの祝福があると、人はマスターのようになります。これが**バガヴァーン・シャンカール**の言っていることです。「**ビンネー・クムベー・**

ヤターカーシャス、タターット（ゥ）マー・パラマーット（ゥ）マニ」壊れた器の内側と外側のように、個人の魂は宇宙の存在と１つになる。このように、人はマスターの恩恵によって神に達します。これは聖者、ナムデーフ・**マハーラージ**の生涯における、次の物語にはっきり描かれています。

ナムデーフ・**マハーラージ**はマハーラーシュトラの有名な聖者で、**パーンドゥランガ・ヴィッタラ**の偉大な帰依者でした。彼は子供のときから、**パーンドゥランガ**のビジョンで祝福されていました。彼はよく**クリシュナ**と一緒に座って、話をします。このような幸運に恵まれて、彼はいつしか自分を特別な存在だと思うようになります。主は毎日彼の所へ来て話をし、食事をします。そのうちに彼は大変誇り高くなり、他の人間を見下すようになります。

ある日、**パーンドゥランガ**は彼を試したくなり、否定的な性向すべてを自分の愛する帰依者から取り除こうとします。彼が謙虚になり、**グル**の恩恵の大切さを認識することを望んだからです。そこで**バガヴァーン**は、ナムデーフ・**マハーラージ**が**グル**を必要としていると判断します。さてパンダルプールの村でお祭りが催され、それは陶工聖者のゴーラによって準備されます。ゴーラは盛大なパーティーを準備し、周囲の聖者達が招待され、彼らは皆ゴーラに試されます。

アランディ、マハーラーシュトラ出身のもう１人の聖者、ドゥニャネシュヴァールは、ゴーラに皆の陶器を見定め、誰の陶器が「至高の現実の知識」において「焼きあがっている」かを見るように頼みます。そこで招待された聖者は皆、長い列を作って座るように言い渡されます。皆が座ると、ゴーラはあちこち歩き回って、ステッキで皆の頭を叩き、それぞれが「よく焼けている」かどうかを試します。皆はこの取り扱いを謙虚に、うやうやしく受け入れます。ところがナムデーフは尊大な態度でこれを拒否します。彼は誇り高げに、ゴーラに打たれるのを拒絶します。彼は密かに考えたからです。「どうしてただの陶工に過ぎないゴーラが私を打ったりできるのだろう？」聖者達は彼に誇りがあるのを見て笑い始めます。「あなたは生焼けだ」彼らがこんなふうに彼のことを笑ってからかうと、ナムデーフはすっかり困惑してしまいます。

慰めを見出すため、彼はその後**パーンドゥランガ**のもとへ急ぎます。主は彼の前に現れ、彼を慰め、解脱を得ない限り、なぜ聖者が笑ったかわからないだろうと言います。ナムデーフは自分は特別だと思っていたので、これを聞いてショックを受けます。彼は常に自分は非常に賢く、また献身的だと思っていました。**パーンドゥランガ・ヴィッタラ**は言います。「あなたは解脱などしていない！　たとえあなたが主を見たとしても、それは解脱したという意味ではない」彼にはこの「解脱していない」ことのために、なぜ聖者達にからかわれたのか、わかりませんでした。

パーンドゥランガはナムデーフに、村の外れにある、**シヴァ**寺院に住んでいる、ヴィショーバ・ケーチャラという名の聖者を訪れるように言います。**ヴィッタラ**の勧めに従い、ナムデーフはその場所へ行きます。彼が寺院に入っていくと、そこで**シヴァ・リンガム**に足をのせて横になっている老人を見ます。「なんてふとどきな！」ナムデーフは尊大な態度で、老人を起こすために手を叩きます。ヴィショーバは目を覚まし、ナムデーフを見て言います。「おお、あなたが**ヴィッタラ**に送られてきたナムデーフだね、そうではないか？」ナムデーフはショックを受け、これは重要な人物に違いないと思います。彼も**ヴィッタラ・パーンドゥランガ**と話をしたからです。そして彼は訊きます。「あなたは確かに立派な人間に違いありません。でもあなたはなぜ足をリンガムの上に乗せて休んでいるのですか？」すると男は驚いて叫びます。「ええっ、足がリンガムに乗っているのか？」そこで彼はナムデーフに頼みます。「私のために足をそこからどけてくれ。私はとても疲れていて、足が持ち上がらないのだ」ナムデーフは老人の足を持ち上げて、他の場所へ置きかえます。ところが老人の足が床に触れた瞬間、その場所に**シヴァ・リンガム**が現れます。彼が老人の足をどこに置こうと、置いた所に**シヴァ・リンガム**が現れます。最終的にナムデーフは老人の足を自分の膝に乗せます。彼が足を自分の膝に乗せた途端、彼は深い**サマーディ**に入ります。そして**シヴァ**・タットヴァの状態に達します。この瞬間、彼は偉大な**バクタ**の知識を授かります。**シヴァ**は**ナーラーヤナ**ご自身の最も偉大な**バクタ**です。わかりますか？　彼はまず老人の足をあっちに置いたり、こっちに置いたりします。そして最後に、その足を**グル**として受け入れ、自分を捧げたのです。この瞬間、彼は初めて老人の足を自分の膝に乗せます。こうして解脱した者の足に加護を求めると、聖者は彼に触れ、解脱を与えます。彼は大したことをしていませんが、彼の誇りと傲慢さが姿を消し、初めて彼の中で真の解脱が目覚めたのです。

このことが起こった後、ヴィショーバ・ケーチャラは彼に言います。「村へ帰りなさい！」ナムデーフは家に帰り、そこにとどまります。ナムデーフ・**マハーラージ**がもう寺院に来ないのに気づいて、**主ヴィッタラ**ご自身が彼の様子を見にきて、尋ねます。「なぜもう寺院に来ないのか？」するとナムデーフは「主よ、あなたのいらっしゃらない所があるでしょうか？　そしてどんな方法にせよ、あなたから離れて存在することなどできるでしょうか？　そして私がこの解脱を得たのは、ただあなたの恩恵、**グル**の恩恵によるものです。あなたは寺院だけでなく、至る所に座っておいでです。そしてこのような解脱は、ただ主の恩恵によって、**グル**の姿でやってくるのです」

これが聖者ナムデーフがいかにして解脱を得たかというお話です。彼は聖者として生まれてきたにもかかわらず、**グル**を必要としたのです。

これはスカデーヴ・**マハーラージ**のお話に似ています。

スカデーヴは**ヴェーダ**、**プラーナ**、**シュリーマド・バーガヴァタム**、**ギーター**などの聖典を編集した**ヴェーダ・ヴィヤーサ**の息子です。スカデーヴはパリクシット王が蛇に噛まれて死ぬ前に、**シュリーマド・バーガヴァタム**を話して聞かせた人です。

ヴェーダ・ヴィヤーサの息子は前世の出生、**サムスカーラ**によって、大変知識の豊かな人間でした。彼は母親のお腹にいたときから、すでにあらゆる知識を持っていました。彼は子供のとき、父親の**アシュラム**に近い森でいつも瞑想していました。

聖者スカデーヴはまったく自由でした。ある日、彼が瞑想していると、**ヴァイクンタ**へ行って、**主ヴィシュヌ**に会いたいという願いが湧いてきます。そこで彼が**ヴァイクンタ**へ行くと、門番の**ジャヤ**と**ヴィジャヤ**が、**主ヴィシュヌ**に誰が訪ねてきたかを報告します。しかし**マハー・ヴィシュヌ**は彼に中へ入ることを許しませんでした。彼らは外に出てきて、スカデーヴに「残念ですが、**グル**のいない人は、絶対に**ヴァイクンタ**には入れません」と伝えます。**バガヴァーン・ヴィシュヌ**も門番達も、スカデーヴに**ヴァイクンタ**へ入ることを許さなかったのです。このように偉大な聖者の息子でさえ、また、このように素晴らしい**ヨーギー**でさえ、**ヴァイクンタ**に入ることは許されませんでした。それは彼に**グル**がいなかったからです。

スカは家に帰って、父親に何が起こったかを話します。彼には虚栄心があり、誇りがありました。彼は偉大な**リシ**の息子で、すでに何年も苦行を積み、**グル**など必要がないと思っていました。彼は非常に誇り高く「**グル**が何の役に立つのだ？　私はもうたくさん苦行をした。そして私は特別である。生まれたときから特別だった」という尊大な考えを抱いていました。ところが**バガヴァーン・ヴィシュヌ**ご自身が**グル**は必要だと言ったので、スカは**ヴィヤーサ・デーヴ**にどうしたらよいか、誰を自分の**グル**にしたらよいかと助言を乞います。父親の**ヴェーダ・ヴィヤーサ**は「あなたにとって唯一の**グル**は、ヴィデハの**ジャナカ王**だ」と言います。**ジャナカ王**は**シーター**の父親です。これを聞いてスカデーヴはショックを受け、父親に言います。「お父さん、あなたは理性を失ったのですか？　何が王と**サンヤーシン**を結びつけるのですか？」これは彼に打撃を与えます。彼は**サンヤーシン**であり、国王は国全体を治める義務があるため、拘束され、自由がありません。その国王がどのようにして、**サンヤーシン**を導いていけるのでしょう？　そして父親にこう言います。「お父さん、気でも違ったのですか？」スカは続けます。「どうやって彼を私の**グル**にするのです？」ところが**ヴェーダ・ヴィヤーサ**は「他にあなたの**グル**になれる人はいない」と言います。

ヴェーダ・ヴィヤーサは厳しく12回も、スカを**ジャナカ王**のもとに送りますが、彼は頭の中の疑いや怖れのために、まだそこへ着く前に、その場所に達する前に、12回とも戻ってきてしまいます。彼が一度その場所に行き着いたとき、その土地の富と多数の世俗的な人間の群れを見て、国王は官能的な享楽に溺れた人間に違いないと思い、その人を自分のマスターとして受け入れる準備ができなかったのです。

彼の頭にはさらに疑念や疑惑が湧き出てきます。人が自己実現をなした魂を疑えば、疑うほど、それはその人の障害になります。ですから、人は自己実現をなした魂を疑うことによって、その魂を傷つけているのではなく、実際には自分自身を傷つけているのです。**マハートゥマ**（偉大な魂）を疑ったり、傷つけたりすると、それは自分の**プンニャ**を破壊することになります。あなたは人間として生まれてきて、人間のレベルから、さらに神に到達することのできる大きな功徳を手に入れたのです。けれどもマスターを中傷したり、悪口を言ったりすると、人はすべての**プンニャ**を失い、より低い意識のレベルで破滅してしまいます。

スカが13回目に王のもとに送られると、聖者ナーラダは同情の念を感じます。**ナーラダ・ムニ**は**ブラーミン**に変装し、土の入った籠を頭にのせて運んでいました。彼は近くに流れていた小川に近づいて、その中に土を投げ入れると、それは水に洗い流されてしまいます。スカはこれを見ていて、彼に近づいていき、言います。「これを見てごらん、ご老人。まず川に棒を何本かまたがせて置き、その上に土の塊をのせ、そこに土を蒔いたらいいんだ。あなたがしているように、川にダムを造りたいのなら、こうしなければ、成功することはない」

するとナーラダが言います。「私はこの日の骨折りを失くしただけだ。でもここにいる若い男は、私より大きな愚か者だ。彼は**ヴェーダ・ヴィヤーサ**の息子の**スカ・デーヴァ**だ。彼は持っていた14の功徳のうち、すでに12を失くしてしまった」ここでナーラダは変装したまま、スカデーヴに言います。「あなたは愚かだ！　前世であなたは14の功徳、**プンニャ**を得た。ところが**ジャナカ王**を**グル**として受け入れなかったため、すでにそこから12の功徳を失ってしまった。功徳は後2つしか残っていない」スカは14の功徳のうち12を失ったと聞いて、ショックのため気絶してしまいます。気がついてみると、彼はひとりっきりでした。でもそこで老人の言葉を思い出し、国王の宮殿に向かって急ぎます。

まだ自分は**ヴェーダ・ヴィヤーサ**の息子であるという誇りが残っていたため、彼は国王がやってきて、道の途上で会えると思っていました。ところが誰も彼に会いにきませんでした。国王は彼の到着を聞いて、命令をくだします。「彼が今いる場所にそのまま立たせておけ」スカはちょうど宮廷のゴミが壁を超えて投げ捨てられる場所に立っていました。気の毒なスカ！　そして彼がすっかりゴミの下に埋まってしまうまで、そう長くはかかりませんでした。

このようにして4日が経ちます。そこで国王が訊きます。「私に会いにきたスカはどうしたかね？」「彼は同じ場所におります、**マハーラージ**」と召使が答えます。そこで国王は命令します。「彼をゴミの山から解放し、入浴させ、服を着せて、ここへ連れてきなさい」

ジャナカ王はスカがこの世を放棄したことを得意にしているのを知っていたので、ある幻想を創り出します。スカが部屋に入ってきたすぐ後、1人の召使いが町中が燃えているというニュースを持って走り込んできます。「それは皆神のご意思だ」と国王は冷やかに言います。しばらくして、国王の宮廷が灰に化したという次のニュースが入ってきます。国王は「それも神のご意思だ」と言います。次に国王ご自身の宮殿が燃えているというニュースが入ってきます。

「すべては神のご意思だ」と国王は繰り返します。スカは火事に対して何の対策も練らないとは、何と愚かな国王だろうと考えます。スカは鞄をつかみ、近づいてくる火から自分の身を守るために走って逃げようとします。しかし、スカが走り出すと、国王が言います。「どこへ行く？」そしてスカの腕をつかんで言います。「見なさい、私の富と所有物はすべて灰と化した。でも私はそれに対して何もしなかった。でも火が宮殿まで襲ってきた今、あなたは自分のこのちっぽけな所有物である包みを守ろうとして手に取った。最終的にあなたの持ち物にどれだけ価値があるのか？　さて、はっきり言って、誰がより大きな放棄者なのか。あなたか、私か？」スカは国王が真の放棄者であることを認め、彼から**ディークシャー**を求めますが、国王は「あなたにはその値打ちがない」と言って断ります。

さて、国王はスカのこの町への訪問の栄誉を祝って、大きな祝祭を催すように命令をくだします。祭事、舞踏、遊戯、そして様々な屋台が周囲に建てられます。すべてはスカを楽しませるためでした。準備が整うと、国王はスカに言います。「この場所を回って、あなたのために運ばれてきたすべてのものを楽しみなさい。でもこのミルクの壺は自分で手に持って、歩きなさい」それから兵隊に向かって、彼についていくように指図し、「スカを町の至る所へ案内しなさい。すべてを見せ、何も忘れないようにしなさい。でも、もし彼が１滴のミルクでもこのカップからこぼすようなことがあったら、私の命令はその場で彼の頭を切り落とすことだ」と言います。気の毒なスカ！

スカは兵隊と一緒に出かけ、夕暮れ時に戻ってきます。「確かに素晴らしい日だったことだろう？　どうやって、すべてを楽しんだかね？」国王はスカに訊きます。スカは言います。「おお、王様、私にわかったことは、何も見なかったということです！」国王は訊きます。「何だと、何も見なかったと言うのか？」そうです、スカは何も見なかったのです！　彼は頭を跳ねられることを怖れて、ミルクを運ぶことにすっかり集中していたのです。国王は「スカ、私はこの贅沢で大規模な生活の真っただ中で暮らしている。私が何も見ないのは、自分の命を失うことがないように、私のマインドは常に神に注がれているからだ」と言います。

何と素晴らしいことでしょう！　**ジャナカ王**のマインドは絶えず至高神そのものに集中していました。彼は国王としての義務を果たす傍ら、自らの生命を失うことを怖れて、マインドは常に神に注がれていました。それでキリストは「ラクダが針の穴を通過するほうが、金持ちが天国に入るより簡単である」と言ったのです。

ジャナカ王はここで「コップが死で、ミルクはあなたのマインド、そして祝祭は外界の享楽ときらびやかさであると想像してみるがよい。私はマインドを表すミルクがこぼれたり、泡立ったりしないように、注意してこの世を渡っていく。そしてすべての注意力は、常に至高神に注がれている。たとえ一瞬でも彼のことを考えずにいるのは、私にとって死を意味する」国王は今、スカの心からプライドが取り除かれ、**ディークシャー**を受ける準備ができたのを見届けます。そこでジャナカ王は彼に**ディークシャー**を与えます。

これは大変意味の深い物語です。**ジャナカ**は王としてすべてを持っていましたが、それにもかかわらず、彼のマインドはただ神にのみ向かっていました。それは決して目的から逸れることがなかったのです。

――――第１６３節――――

tathaiva jñānī jīvātmā
paramātmani līyate
aikyena ramate jñānī

yatra tatra divāniśam

タテイヴァ・グニャーニー・ジーヴァーット（ゥ）マー
パラムアーット（ゥ）マニ・リーヤテー
アイッキェーナ・ラマテー・グニャーニー
ヤット（ゥ）ラ・タット（ゥ）ラ・ディヴァーニシャム

「同じように、解脱した人間の人格は神に融合する。彼は日夜、どこにいようと、自己の至福に浸っている」

グル・ギーターは**バクタ**に主ご自身の味わいを与えています。それは**アムリット**、**グル**のネクターを呼び覚まし、日夜、人を至福状態にします。**グル**を思い出すということは、単に思い出すだけではなく、愛をもって思い出すことであり、人が愛をもって思い出すと、ただそうすることによって、真の至福が人の心の中に目覚めてきます。

――――第１６４節――――

evaṁ vidho mahāmuktaḥ
sarvadā vartate budhaḥ
tasya sarva prayatnena
bhāva bhaktiṁ karoti yaḥ

エーヴァム・ヴィドー・マハームックター
サルヴァダー・ヴァッルタテー・ブダハ
タッスィヤ・サルヴァ・プラヤット（ゥ）ネーナ
バーヴァ・バックティム・カローティ・ヤハ

第１６５節

sarva sandeha rahito
mukto bhavati pārvati
bhukti mukti dvayaṁ tasya
jihvāgre ca sarasvatī

サルヴァ・サンデーハ・ラヒトー
ムックトー・バヴァティ・パールヴァティー
ブックティ・ムックティ・ド（ゥ）ヴァヤム・タッスィヤ
ジヴァーッグレー・チャ・サラスワティー

「このように賢い者は至高の自由にあり、飽くことなく、深い献身の念をもって、神に仕える。おお、**パールヴァティー**よ！　彼は疑うことなく、自由を手に入れ、物質界の富を楽しむ。弁舌の女神、**サラスワティー**が彼の舌先に住んでいる」

「このように賢い者は至高の自由にあり」ここで**バガヴァーン・シャンカール**は、真の**バクタ**である賢い人は、また**グル**のおみ足に自らを捧げた帰依者は、子供のようになり、至高の自由にあると言っています。子供は何も気遣いません。子供の幸せを思うのは親のほうです。ここで彼は**バクタ**が至高の自由にあると言っています。なぜなら完全に自分を捧げる人は、今生の最後に解放されることが保証されているからです。

「このように賢い者は至高の自由にあり、飽くことなく、深い献身の念をもって、神に仕える。おお、**パールヴァティー**よ！　彼は疑うことなく、自由を手に入れ、物質界の富を楽しむ。弁舌の女神、**サラスワティー**が彼の舌先に住んでいる」ここで**バガヴァーン・シャンカール**は、**グル**に自らを捧げている帰依者には、**グル**の恩恵により、スピーチの女神ヴァグデーヴィー、**サラスワティー・デーヴィー**が舌の先に座っていると言っています。それでマスターのおみ足に自らを捧げている**バクタ**の言うことは、たとえそれが誰かに向けた呪いであっても、その呪いが実現する理由です。そしてもし彼らが誰かを祝福すれば、その人は祝福されるでしょう。なぜなら、**グル**に完全に自分を捧げた**バクタ**は、**グル**と一体になるからです。

――― 第１６６節 ―――

anena prāṇinaḥ sarve
guru gītā japena tu
sarva siddhiṁ prāpnuvanti
bhuktiṁ muktiṁ na saṁśayaḥ

アネーナ・プラーニナ・サルヴェー
グル・ギーター・ジャペーナ・トゥ
サルヴァ・シッディム・プラーップヌヴァンティ
ブックティム・ムックティム・ナ・サムシャヤハ

「祈りで**グル・ギーター**を唱える者は、皆間違いなくすべての**シッディ**、能力、喜び、富、自由を得るであろう」

献身の念と愛による祈りで「**グル・ギーター**を唱える者は、間違いなくすべての**シッディ**、恩恵、才能、能力、喜び、富、救済を得るであろう」**バガヴァーン・シャンカール**は、これを得ることを疑ってはいけないと言っています。**バクタ**の目的はマスターの恩寵、**グル・クリパー**を得ることです。**グル・クリパー**によって人は高められ、すべての才能、能力、富、そして救済すら手に入れます。

——— 第１６７節 ———

satyaṁ satyaṁ punaḥ satyaṁ
dharmyaṁ sāṅkhyaṁ mayoditam
guru gītāsamaṁ nāsti
satyaṁ satyaṁ varānane

サッティヤム・サッティヤム・プナ・サッティヤム
ダルミャム・サーンキャム・マヨーディタム
グル・ギーターサマム・ナースティ
サッティヤム・サッティヤム・ヴァラーナネー

「おお、麗しき者よ、私がいつも言っているのは、真の信仰、真の知識である。**グル・ギーター**に比べられるものがないことは、真実、正に真実である」

「おお、麗しき者よ、私がいつも言っているのは、真の信仰、真の知識である」ここで**シヴァ**は、真の信仰は**グル**のおみ足に捧げられると言っています。それは外側の世界にあるドグマには関係がありません。真の信仰はマスターのおみ足にあります。そしてこれは真の知識です。マスターのおみ足だけが自己の知識を与えるからです。

グルへの讃歌に比べられるものが何もないことは「真実、正に真実である」。マスターのおみ足に自分を捧げるよりも大きなものは何もありません。

——— 第１６８節 ———

eko deva ekadharma

eka niṣṭhā paraṁtapaḥ
guroḥ paratarаṁ nānyan
nāsti tattvaṁ guroḥ param

エーコー・デーヴァ・エーカダルマ
エーカ・ニシュター・パラムタパハ
グロー・パラタラム・ナーニャン
ナースティ・タット（ゥ）ヴァム・グロー・パラム

「神、信仰、信念は最も高度な苦行である。**グル**より高度なものはない。**グル**より価値のあるタットヴァはない」

シヴァによると、**バクタ**には、彼らの中に現れる**グル**自身の本質より高いものはありません。

存在するのは、ただ１人の神、ただ１つの信仰だけです。それは最も高度な苦行、最も高度な**サーダナ**、最も高度な自己実現です！　ただ自分の力でこの段階に達するのは、大変困難です。

人は自らを神の分身として見ないからです。そして自分が至る所に存在するのを知覚しません。一方**グル**は自分を肉体だけに限られた存在として見ていません。彼はありとあらゆるもの、至る所に存在するのが神であることを知覚しています。それで**シヴァ**は**グル**を「１人の神、１つの信仰、１つの信念」と呼んでいるのです。１つの信仰とは**ダルマ**であり、規律です。１つの信念とは従順と愛です。そしてただ１人の神とは**グル**の姿をした至高の自己です。

第１６９節

mātā dhanyā pitā dhanyo
dhanyo vaṁśaḥ kulaṁ tathā
dhanyā ca vasudhā devi
gurubhaktiḥ sudurlabhā

マーター・ダンニャー・ピター・ダンニョー
ダンニョー・ヴァムシャ・クラム・タター
ダンニャー・チャ・ヴァスダー・デーヴィー
グルバクティ・スドゥルラバー

「**グル**に忠実に帰依する息子の母親、そして父親は幸せである。彼の家族は、また、彼の先祖も祝福されている。おお、女神よ、彼が足を踏み入れる地は満たされている。**グル**への献身の念は非常に稀にしか見出すことができない」

「**グル**に忠実に帰依する息子の母親は幸せである」**バクタ**はありきたりな人間ではなく、弟子もただ普通の人間ではありません。**シヴァ**は「この弟子の母親は祝福されている」と言っています。そしてマスターのおみ足に、完全に自分を捧げている子供の父親もまた幸せです。両親にこのような子供が生まれるのは、前世からの善い**プンニャ**を表しています。このような魂は普通の人間のもとには生まれてきません。

バガヴァーン・クリシュナは、**ギーター**（第６章、第42節）で、人は皆前世の**プンニャ**にふさわしい母親のもとに生まれてくると言っています。**サットヴィック**な性質を持っている人は、その功徳が**サットヴィック**であるため、自然に霊的な道を進みやすく、また神に到達する道をたどりやすい家庭に生まれることになります。

さらに彼は「彼の家族は、また、彼の先祖も祝福されている」と言っています。ここで彼が言っているのは、祝福されるのが、霊的な道を歩み、生涯を**グル**のおみ足に捧げた人だけではなく、彼の両親をはじめ、家族も、先祖も、同じく祝福を受けると言っています。このようにして、全世代が解放されます。それで私達が**ピンダ**（先祖供養）を行うときは、私達に近しい人達、また、私達が知っている人達だけでなく、全世代の人達の名を呼ぶのです。それによって、私達の世代に属さない人達、代々の家系もまた、この祝福を授かります。

「実際、彼の先祖は祝福されている。おお、女神よ、彼が足を踏み入れる地は満たされている。**グル**への献身の念は非常に稀にしか見出すことができない」ここで彼は、**グル**に献身の念を捧げる真の**バクタ**は非常に稀な存在であると言っています。これがキリストには帰依者が大勢いたけれど、弟子は12人しかいなかったと言われる理由です。そしてこの弟子の中でさえ、彼に心から自分を捧げていたのは、ただ1人だけでした。ですからここで**バガヴァーン・シャンカール**が話していることは、正しいと言えます。実際、**グル**が完全に自分を捧げた弟子を持つことは、大変稀なことです。それはただ見せかけだけの献身というものがよくあるからです。**バガヴァーン・シャンカール**は、マインドも、心も、完全に捧げられていなければならないと言っています。

――― 第１７０節 ―――

śarīram indriyaṁ prāṇāś
cārthaḥ svajanabāndhavāḥ
mātā pitā kulaṁ devi
gurureva na saṁśayaḥ

シャリーラ・ミンド（ゥ）リヤム・プラーナーシュ

チャールタ・スヴァジャナバーンダヴァーハ
マーター・ピター・クラム・デーヴィー
グルレーヴァ・ナ・サムシャヤハ

「おお、女神よ、**グル**が肉体であり、五感であり、**プラーナ**であり、最も貴重な富であり、近しき、愛しき人であることに何の疑いもない。事実、彼は父であり、母であり、家族全体である」

ここで**バガヴァーン・シャンカール**は、人が**サットグル**に出会うと、彼はあなたにとってすべてになると言っています。彼はあなたの母親、父親、そして家族になります。彼はあなたの身体になります。**サットグル**自身があなたの呼吸、あなたの五感になります。事実、あなたは**グル**が完全にあなたの中にいることを知覚すべきです。

それで私は**グル・ギーター**の初めに（第35節のコメント参照）もし人がインドで「あなたのお父さんは誰ですか？」と訊かれたら、特に霊的な道にいる人は、常に自分の**グル**が父親であると、また母親であると、また家族であると答えるべきだと言ったのです。なぜなら**グル**以外に、あなたを神のもとに導いてくれる人は、母親にしろ、父親にしろ、その他の誰にしろ、存在しないからです。

母親はあなたに肉体を与えることができます。母親は他に何ができますか？　あなたの面倒を見ることですか？　これは親の義務です。この義務を避けることはできません。父親の義務は家族を養うことです。でも**グル**はあなたを最高の段階に導くことができます。母親はあなたに神意識を与えることはできません。これは父親にもできません。**グル**だけがあなたにこれを与えることができます。**グル**だけがあなたに神の恩寵を与えることができるのです！　それで**グル**はすべてを捧げた者の母となり、父となるのです！　その人にとって**グル**はすべてです！

――――第１７１節――――

ākalpa janmanā koṭyā
japavrata tapaḥ kriyāḥ
tat sarvaṁ saphalaṁ devi
guru santoṣa mātrataḥ

アーカルパ・ジャンマナー・コーッティヤー
ジャパッヴラタ・タパ・クリヤーハ
タット（ゥ）・サルヴァム・サパラム・デーヴィー
グル・サントーシャ・マーット（ゥ）ラタハ

「おお、女神よ！　太古の昔から何百万回と繰り返される出生に伴って、**マントラ**の詠唱、断食、節制、その他の霊的な規律から得るすべての功徳は、**グル**を喜ばせるだけで、簡単に手に入れることができる」

ここで**シヴァ**は、人生において人は多くの苦行を積み、犠牲を払い、様々な形の規律を重んじることができるが、ただグルを喜ばせることによって、すべての功徳を得ると言っています。

あるところに**グル**を訪ねていった男がいました。彼は自分の人生に関するいくつかの教えを乞いに行ったのです。**グル**は「それはあなただ」と言います。**グル**は皆こう言います。そうでしょう？　「それはあなただ。最高の存在だ」でも男はこの言葉に満足しなかったので、他の**グル**を探すことに決めます。今度の**グル**は男を見て、彼のマインドにあるすべての願望を読み取ります。**グル**は男がどのレベルにいるかを見ます。そこで**グル**は言います。「私はそんなに簡単に忠告を与えることはできない！　あなたはそれでどうするのだ？　ある種の**ディークシャー**を受けるためには、しっかり学ばなければならない。そしてこの**ディークシャー**を受けるのにふさわしくなければならない」このとき、男は**グル**の言うことをすべて行う準備ができていました。**グル**の指示は「12年間、牛の糞を始末する」というものでした。それだけです。12年経つと、**グル**自ら弟子を呼び、最初の**グル**が言ったのと同じことを言います。「それはあなただ」でも今回は、**グル**が「それはあなただ」と言うと、1回目のときとは違って、「それは」に完全に満たされます！　彼は完全な神意識に満たされます。彼は目覚め、神を知覚し、自分の中に神を実現し、即座に神実現を果たします。

ですから準備ができていることは、とても大切です！　完全にマスターのおみ足に自らを捧げている人は、自分のことなど考えていません。彼らの目的は自分を満足させることではありません。彼らのすることは、すべてマスターに対する愛のためです。

それで**シヴァ**はこの節で、アーカルパ・ジャンマナー・コーッティヤー、ジャパッヴラタ・タパ・クリヤーハ、タット（ゥ）・サルヴァム・サパラム・デーヴィー、グル・サントーシャ・マーット（ゥ）ラタハ「何千年もかけて、人が数多くの人生、何千回もの断食、苦行によって得るものを、**グル**はたったの一瞥（いちべつ）で与えることができる」と言っているのです。これはまったく真実を語っています！

第１７２節

vidyā tapo balenaiva
manda bhāgyāśca ye narāḥ
gurusevāṁ na kurvanti
satyaṁ satyaṁ varānane

ヴィッディヤー・タポー・バレーナイヴァ
マンダ・バーギャーシュチャ・イェー・ナラーハ

グルセーヴァーム・ナ・クルヴァンティ
サッティヤム・サッティヤム・ヴァラーナネー

――――第１７３節――――

brahma viṣṇu maheśāś ca
devarṣi pitṛ kinnarāḥ
siddha cāraṇa yakṣāś ca
anye'pi munayo janāḥ

ブランマ・ヴィシュヌ・マヘーシャーシュ・チャ
デーヴァルスィ・ピット（ゥ）ル・キンナラーハ
シッダ・チャーラナ・ヤクシャーシュ・チャ
アニェー'ピ・ムナヨー・ジャナーハ

「おお、麗しき者よ！　**グル**に仕えぬ者は、いかに彼らに苦行と強さによって得た知識があろうと、真に憐れむべきである。**ブランマー**、**ヴィシュヌ**、**シヴァ**、神の預言者達、祖先の霊、**キンナラス**、**シッダ**、**ヤクシャス**、チャーラナ、そして他の聖者達は、皆それぞれの段階を**グル**への献身によってのみ、手に入れることができたのである」

ここで**バガヴァーン・シヴァ**ご自身が、すべての**トゥリムールティ**、すべての**キンナラス**、すべての**シッダ**、すべての聖者達、**リシ**達、賢者達は、**グル**の恩恵によって、それぞれの段階に達したと言っています。**シュリーマン・ナーラーヤナ**としての**グル**の恩恵によって、彼らはそれぞれの段階に達することができたのです。彼らは皆マスターの恩恵のもとにあります。それでは**グル**に仕えない人達はどうなるのでしょう？　彼らはいかに憐れむべき存在であることでしょう！　何とみすぼらしい人生であることでしょう。たとえ彼らがよく学び、すべての知識を持っていたにしても、その知識は書物による知識に過ぎません。そしてこのような知識は彼らを深い、さらに深い幻想の森に引き込んでしまいます。ここで**バガヴァーン・シヴァ**は、**グル**に奉仕する人達は祝福されていると言っています。彼らは多くのことをする必要がないからです。**グル**が彼らの面倒を見ます！**グル**が彼らに仕えるのです！　**グル**は彼らの幸せを案じます。**グル**は神だけをその弟子のために得ようと努力します。

――― 第１７４節 ―――

guru bhāvaḥ paraṁ tīrtham
anyatīrthaṁ nirarthakam
sarva tīrthāśrayaṁ devi
pādāṅguṣṭhaṁ ca vartate

グル・バーヴァ・パラム・ティールタム
アニャティールタム・ニラルタカム
サルヴァ・ティルターシュラヤム・デーヴィー
パーダーングシュタム・チャ・ヴァルタテー

「**グル**に対する献身は最も聖なる場所である。他のすべての聖地に意味はない。おお、女神よ、巡礼の旅のすべての目的は、実際**グル**のおみ足にある。いや、彼のおみ足の１本の指にある」

グル・バーヴァ・パラム・ティールタムとは「**グル**に対する献身は最も聖なる場所である」という意味です。**バクタ**にとって最も聖なる地は、**グル**のおみ足にあります。**シュリーマン・ナーラーヤナ**が住む、最も聖なる地は**グル**のハートにあります。

アニャティールタム・ニラルタカム、サルヴァ・ティルターシュラヤム・デーヴィー、パーダーングシュタム・チャ・ヴァルタテー「他のすべての聖地に意味はない。おお、女神よ、巡礼の旅のすべての目的は、実際**グル**のおみ足にある。いや、彼のおみ足の１本の指にある」ここで**バガヴァーン・シヴァ**は、すべての巡礼の地はマスターのおみ足にあると言っています。それから彼は、それがおみ足ではなく、おみ足の指１本がすべての巡礼地を支えていると言っています。ですからマスターと一緒に巡礼の旅をすると、どんなことになるか想像してごらんなさい！　それによってどんなに多くの**プンニャ**を勝ち得ることができるでしょう。

――――第１７５節――――

japena jayamāpnoti
cānanta phalamāpnuyāt
hīnakarma tyajan sarvaṁ
sthānāni cādhamāni ca

ジャペーナ・ジャヤマーップノーティ
チャーナンタ・パラマーップヌヤー
ヒーナカルマ・ティヤジャン・サルヴァム
スターナーニ・チャーダマーニ・チャ

「**グル・ギーター**を繰り返し唱えることは、永遠の報いと勝利をもたらす。しかしこれを唱える者は、すべてのふさわしからぬ行為、また忌まわしい場所を避けるべきである」

バガヴァーン・シヴァは、前に**グル・ギーター**を唱える場所は静かであるべきだと指示しています。(第152節から第154節のコメントを参照）人が**グル・ギーター**を唱え、**グル**について瞑想するために腰を降ろしたら、この行為の完全な成果と祝福を得るために、ある種の規律を重んじるべきです。人は思考をコントロールし、あちこちさまよわせないことを身につけるべきです。**グル・ギーター**を唱えるときは、**グル**だけが**バクタ**の心に存在すべきです！　**グル**への讃歌だけが**バクタ**の口に昇るべきです！　そして**バクタ**のどの呼吸も**グル**の名を響かせるべきです。

――― 第１７６節 ―――

japaṁ hīnāsanaṁ kurvan
hīnakarma phala pradam
guru gītāṁ prayāṇe vā
saṅgrāme ripusaṅkaṭe

ジャパム・ヒーナーサナム・クルヴァン
ヒーナカルマ・パラ・プラダム
グル・ギーターム・プラヤーネー・ヴァー
サングラーメー・リプサンカテー

――― 第１７７節 ―――

japañ jayam avāpnoti
maraṇe muktidāyakam
sarva karma ca sarvatra
guruputrasya siddhyati

ジャパン・ジャヤ・マヴァーップノーティ

マラネー・ムックティダーヤカム
サルヴァ・カルマ・チャ・サルヴァット（ゥ）ラ
グルプット（ゥ）ラッスィヤ　シッディヤティ

「ふさわしくない場所や座で行う**ジャパ**、またありふれた行為は、みすぼらしい成果しかもたらさない。これに反して、旅先や、戦場で敵に威嚇され、危険に向き合っているときに、**グル・ギーター**を唱え続けると、困難を克服することができる。人がこれを死に際に唱えると、救済を得、人がどこにいようと、すべての努力は実を結ぶであろう」

ここで**バガヴァーン・シャンカール**は、ふさわしくない**アーサナ**（座）で行う**ジャパ**は「みすぼらしい結果」しかもたらさないことを思い出させています。**グル**について瞑想するときの精神状態は、とても大切です。心がうわの空であったり、きちんと座っていなかったり、くつろいでいなかったり、集中していなかったりすると、それに応じた結果となるでしょう。これと反対に、**グル・ギーター**の詠唱に深く浸っていると、人は祝福を授かるでしょう。人は常にその人に適した種を収穫するでしょう。

「旅先や、戦場で敵に威嚇され危険に向き合っているときに、**グル・ギーター**を唱え続けると、困難を克服することができる」これはもちろん戦場で**グル・ギーター**を唱えるためにその本を取り出すということを言っているのではありません。そうではなく、**グル・ギーター**は**グル**と結びつく**グル・マントラ**のことです。この**グル**の祝福はいつもあなたと共にあります。どんなに危険な目に遭おうと、**グル**はあなたの側にいます。

バクタは「死に際にそれを唱えると、救済される」のです。人が肉体を離れるとき、**グル・マントラ**を唱えると、その人は間違いなく救済を得るでしょう。それは確かです！

「人がどこにいようと、すべての努力は実を結ぶであろう」**グル**の恩恵によって**グル・ギーター**を唱える者は、どこにいようと、**グル**はその人のハートに座しています。**グル**は決して真の**バクタ**から遠く離れていません。**グル**は皆のハートに住む永遠の観察者です。サティヤ・ナラヤンダスはこれを「チトラグプタ、隠しカメラ」と呼んでいます。「隠しカメラ」は外側ではなく、内側にあります。そして内面の**グル**も同じように、外ではなく、あなたの中にいます。

第１７８節

idaṁ rahasyaṁ no vācyaṁ
tavāgre kathitaṁ mayā
sugopyaṁ ca prayatnena
mama tvaṁ ca priyā tviti

イダム・ラハッスィヤム・ノー・ヴァーッチャム
タヴァーッグレー・カティタム・マヤー
スゴーッピヤム・チャ・プラヤット（ゥ）ネーナ
ママ・ト（ゥ）ワム・チャ・プリヤー・ト（ゥ）ヴィティ

「私の愛しき唯一の者よ！　今、私が解き明かした神秘を誰にも告げるな。この秘密を守るように努めよ」

ここで**バガヴァーン・シャンカール**は、この秘密を誰にも告げるなと言っています。**グル**の秘密は**バクタ**、弟子だけに定められていますが、それは入念に守られるべきです。それを授かる価値のない人には、決して告げるべきではありません。**バガヴァーン・クリシュナ**は、**バガヴァット・ギーター**で**アルジュナ**に似たような忠告を与えています。彼は「私はあなたにこれまで誰も授からなかった最高の知識を与える。これを守り、誰にも渡してはいけない」と言っています。これはこの知識の大切さがわからない人に**グル・ギーター**を与えても意味がないことを言っているのです。それは時間の無駄になります。また無意味な努力です。キリストも聖書で「豚に真珠を与えるな。彼らはその価値を認めず、踏みにじることだろうから」と言っています。

バガヴァーン・シャンカールは「この秘密を漏らすな！　これを理解せず、この目的を持たぬ者に告げるな。心の中ではもう知っているにもかかわらず、変えようとしない人達に渡すな。それを秘密として守っているほうがいい。それを授かる価値のある者だけに告げよ」と注意しています。

―――― 第１７９節 ――――

svāmi mukhya gaṇeśādi
viṣṇvādīnāṁ ca pārvati
manasāpi na vaktavyaṁ
satyaṁ satyaṁ vadāmyaham

スワーミ・ムッキャ・ガネーシャーディ
ヴィシュヌヴァーディーナーム・チャ・パールヴァティー
マナサーピ・ナ・ヴァックタッヴィヤム
サッティヤム・サッティヤム・ヴァダーッミャハム

「これを**カールティケーヤ**、**ガネーシャ**、**ヴィシュヌ**、あるいは最も位の高い私の召使いに授けようとするな。私が言ったことは真実である。確かな真実である」

シヴァは「おお、**パールヴァティー**よ、私があなたに与え、告げている、その秘密と深さは、あなたの息子の**ガネーシャ**、**カールティケーヤ**にすら教えてはならない。神々にも告げるな」なぜ**シヴァ**はこのような命令を下すのでしょう？　彼は彼らが至高の神の直接の帰依者なのでこう言います。彼らは**グル**の意味を理解しないでしょう。彼らは自ら**グル**として生まれたスヴァヤム・**グル**だからです。彼らは**グル**として顕現したのです。賢者自身**グル**として顕現したので、それを理解しないでしょう。彼らより高い位置にいて、導く者はありません。これに反して**シヴァ**は**バクタ**なので、この秘密を理解しています。この理由から、彼は絶えず**ナーラーヤナ**のおみ足について瞑想しています。

――― 第１８０節 ―――

atīva pakvacittāya
śraddhā bhakti yutāya ca
pravaktavyam idaṁ devi
mamātmā'si sadā priye

アティーヴァ・パックヴァチッターヤ
シュラッダー・バクティ・ユターヤ・チャ
プラヴァックタッヴィヤ・ミダム・デーヴィー
ママーット（ゥ）マー'スィ・サダー・プリイェー

「おお、愛する者よ、あなたは私自身である。成熟した精神を持ち、私に対する畏敬と献身の念に満ちた者だけに秘密を告げよ」

バガヴァーン・シャンカールは「この秘密は皆にではなく、『精神の成熟した者に』つまり、その準備ができている者に、また**グル**に対する完全な愛と献身の念を持つ者のみに告げよ」と言っています。ただ彼らだけがこの恩恵に値します。人が何を与えようと、彼らはそれを実行に移すからです。一方、他の人達にとって、あなたが何を話そうと、それは彼らの耳に素晴らしく響くことでしょう。そして彼らは言うでしょう。「そうです、そうです、**スワミ**！　素晴らしいことです！」でもそれ以上、何も起こらないでしょう。

それはこうです。キリストが弟子に言ったように、人が種を蒔くと、そのうちのいくつかは石の上に落ちて芽を出さないでしょう。またいくつかは不毛の地に落ちて、育っても、枯れてしまうでしょう。でも豊穣な地に落ちた種は育ち、たくさん実を結び、増えていくでしょう。

ここで**バガヴァーン・シヴァ**は同じことを言っています。この知識を皆に渡さず、心に**グル・バクティ**を抱く者だけに分け与えよ！」ここでもまたあなた達の多くがそれを聞きましたが、本当に理解したのはわずかな人達です。何人かの人達はそれを聴いて、寝入ってしまいます。彼らは理解しませんでした。彼らにはまだその準備ができていません。でもその真髄を心に取り入れた人達にとって、それは疑いもなく実を結ぶことでしょう。

――――第１８１節――――

abhakte vañcake dhūrte
pāṣaṇḍe nāstike nare
manasāpi na vaktavyā
guru gītā kadācana

アバックテー・ヴァンチャケー・ドゥールテー
パーシャンデー・ナースティケー・ナレー
マナサーピ・ナ・ヴァックタッヴィヤー
グル・ギーター・カダーチャナ

「**グル・ギーター**を神を信じない者、詐欺師、堕落した悪人、偽善者、あるいは無神論者に与えることを、あなたの最も深い心の奥底でも考えてはならない」

バガヴァーン・シヴァはたしなめて言います。「この知識は決して偽善者に渡してはならない。それは役に立たないであろうから。そして**グル**への奉仕を信じない者に渡すな。また神を信じない者に与えるな」かつてキリストも「聴く耳のある者に聴かせよ、目のある者に見せよ」と言っています。

第１８２節

saṁsāra sāgara
samuddharaṇaika mantraṁ
brahmādi deva muni
pūjita siddha mantram
dāridrya duḥkha bhava
roga vināśa mantraṁ
vande mahābhayaharaṁ
guru rāja mantram

サムサーラ・サーガラ
サムッダラネイカ・マント（ゥ）ラム
ブランマーディ・デーヴァ・ムニ
プージタ・シッダ・マント（ゥ）ラム
ダーリッド（ゥ）リヤ・ドゥッカ・バヴァ
ローガ・ヴィナーシャ・マント（ゥ）ラム
ヴァンデー・マハーバヤハラム
グル・ラージャ・マント（ゥ）ラム

「私を**サムサーラ**の海、家族、そしてこの世から救うことのできる唯一の**マントラ**、真言に崇拝の念を捧げる。そして**ブランマー**、神々、偉大な**リシ**達の崇拝する**マントラ**、この世のすべての苦しみ、貧困、悩みの治療薬である**マントラ**、すべての**マントラ**の中でも最高のもの、すべての悪質で強い恐怖心の破壊者である**マントラ**に崇拝の念を捧げる」

「私を**サムサーラ**の海から救うことのできる唯一の**マントラ**、真言に崇拝の念を捧げる」この**マントラ**は**グル**の名前です。救いを与える**マントラ**は**アーデーシュ**、つまり、**グル**の言葉と指示です。救いを与える**マントラ**は**グル**への献身です。それは幻想の海から人を救い「家族とこの世から」解放します。

「**ブランマー**、神々、偉大な**リシ**達の崇拝する**マントラ**、この世のすべての苦しみ、貧困、悩みの治療薬である**マントラ**、すべての**マントラ**の中でも最高のもの、すべての悪質で強い恐怖心の破壊者である**マントラ**」この**マントラ**は**グル**の名前です。この**マントラ**は**グル・マントラ**です。この**マントラ**は**グル**に焦点を当てます。

iti śrī skanda purāṇe

イティ・シュリー・スカンダ・プラーネー

ここで**グル・ギーター**が終わります。

uttara khaṇḍe
īśvara pārvatī saṁvāde gurugītā samāptā

ウッタラ・カンデー
イーシュワラ・パールヴァティー・サムヴァーデー・グルギーター・
サマーップター

これは**シヴァ**と**パールヴァティー**の対話として**スカンダ・プラーナ**の最後の部分に見出されます。

Śrī Gurudeva Mahāvatāra Bābāji caraṇārpaṇamastu
Śrī Gurudeva Rāmanujācārya caraṇārpaṇamastu
Śrī Gurudeva Rāṅgarāja Bhaṭṭarācārya caraṇārpaṇamastu

シュリー・グルデーヴァ・マハーヴァターラ・ババジ・
チャラナールパナマストゥ
シュリー・グルデーヴァ・ラーマーヌジャーチャーリヤ・
チャラナールパナマストゥ
シュリー・グルデーヴァ・ラーンガラージャ・
バッタラーチャーリヤ・チャラナールパナマストゥ

これはすべての**グル**、**マハヴァター・ババジ**、**シュリー・**ラーマーヌジャーチャーリヤ、そして**シュリー・**ラーンガラージャ・バッタルアーチャーリヤのおみ足に捧げられています。

Satguru Maharaj Ki... Jai! Satgurudev Sri Swami Vishwananda Mahaprabhu Ki... Jai!

サットグル・マハーラージ・キ…ジェイ！

サットグルデーヴ・シュリー・スワミ・ヴィシュワナンダ・マハー
プラブ・キ…ジェイ！

これは「**グル**の歌」**グル・ギーター**、**グル**に捧げる182節の讃歌です。**スカンダ・プラーナ**は400節ありますが、他の節はそれほど重要ではありません。ここに再現されている節はすべてを語っています。後はあなたがそれをどう扱うかにかかっています。

ジェイ・グルデーヴ！

用語解説

【ア行】

アーサナ　āsana — ① 座または玉座。② 肉体と精神を浄化するヨーガの体位。

アーチャーリヤ　āchārya — 自らを手本として教える、優れた宗教的な教師、霊的な指導者。霊的な知識を求める者が理解できる言語で伝える。ヴァイシュナヴィズムでは、アーチャーリヤが教えを説き、至高神への献身的な奉仕を伝授する。

アーディ・シャンカラーチャーリヤ、シュリー　ādi shankarāchārya, srī — 8世紀に生まれたヴェーダーンタの偉大な哲学者。1000年にわたる仏教の影響の後、彼はインドでアドヴァイタ・ヴェーダーンタを修復する。32歳の若さで、今日もなお存在する修道院の組織を設立する。彼の法外な文学的貢献は、ブランマー・スートラ、ウパニシャッドの主要部、そしてバガヴァッド・ギーターのコメントに及ぶ。またヴィヴェーカチューダーマニのごとき独自の哲学的文献（識別力の宝庫)、そしてウパデーシャサーハスリーを著述する。これに加えてアーディ・シャンカラーチャーリヤは賛歌、祈祷、そしてヴェーダーンタ哲学に関する様々な従属的な作品を残す。

アーディシェーシャ　ādhishesh — 蛇の王でカドゥルとリシ・カシュヤプの長男。アナンタシェーシャ、シェーシュナックとも呼ばれている。ヴァースキは彼の弟。通常1000の頭がある巨大な、とぐろを巻く蛇として描写されている。彼はミルクオーシャンに浮かび、その上でマハー・ラクシュミーがマハー・ヴィシュヌのおみ足をマッサージし、憩いの場を提供している。プラーナによれば、アーディシェーシャはその頭部にすべての惑星を抱きかかえ、1000の口から、休みなく主の栄光を歌っていると述べられている。アーディシェーシャは主の延長として、主が地上に降臨するたびに、その永遠の伴侶として顕現すると考えられている。主がラーマ、クリシュナ、チャイタニヤ・マハープラブとして現れたとき、アーディシェーシャはその都度、ラクシュマン、バララーマ、ニティヤナンダの役割を果たしている。シュリー・ラーマーヌジャ・アーチャーリヤ、マナヴァラ・マムニガル、そしてパタンジャリも、同じくアーディシェーシャの顕現体と見られている。

アーデーシュ　āadesh — 教え、指示。

アートマ　ātma — 自己あるいは個人の魂。変わることなく、永遠の、常に自由な、生き物の光輝く本質。神の閃光、パラマートマの一部分。1本の木の種がそのすべての本質を携えているように、アートマも至高の自己、至高の神のすべての本質を携えている。

アートマ・クリヤ・ヨーガ　ātma kriya yoga —「アートマ」は「自己あるいは個人の魂」、「クリ」は「行為」、そして「ヤ」は「意識」を意味する。クリヤ・ヨーガは 21 世紀において、マハヴァター・クリヤ・ババジの指示により、2007 年、パラマハンサ・ヴィシュワナンダが再びこの世にもたらす。真の自己の認識を助けると同時に、内面の神の愛を呼び覚ます。それは瞑想を含む一連のテクニック、プラーナーヤーマ、アーサナ、ムードラ、ジャパ、それに om チャンティングから成っている。

アートマ・クリヤ・ヨーギー　ātma kriya yogī — アートマ・クリヤ・ヨーガを実践する人。

アートマ・ジャーン　ātma jyaan — ブランマー・ジャーンの項を参照。

愛　love — 神聖なる愛の項を参照。

アヴィッディヤー　avidyā — 言葉通りの意味 は「無知、幻惑、無学、愚かさ」、ヴィッディヤーの反対語。多くの場合、真の知識に欠けることを意味する。

アシュラム　ashram — 聖者または神実現を果たした霊的なマスターの住居。その僧院的な雰囲気の中で霊的な実践や研究に専念する。

アスラ　asura — 悪魔。

アダルマ　adharma — ダルマの反対語。人間と神の法則に調和しないすべてのもの。美徳に欠け、不正、不徳、悪、不道徳、罪、悪徳にあること。

アディティ　aditi — ダクシャ・プラジャーパティの長女でリシ・カシュヤプの妻。アディティヤス、半神達、及びマハー・ヴィシュヌの 10 の化身の 1 人であるヴァーマナ・アヴァターの母。（ダシャヴァターの項を参照）

アパラ・プラ クリティ　apara prakriti — 五元素の儚い物質がゆえに、グナ、五感、理性、知性、エゴを包括する主の低い本質の顕現体。（パラ・プラクリティを参照）

アブソルート　absolute, the — 至高の、属性なき、限界なき神。顕現、または非顕現によって変化することのない至高神。また「それ」、ブランマー、バガヴァーン、ナーラーヤナ、パラマートマ、パラブランマー「至高の自己」としても表される。

アムバリーシャ、国王　ambarīsha, king — シュリーマド・バーガヴァタムによれば、イクシュバク王朝の誠実な国王で、ナーラーヤナ神の熱狂的な帰依者。その権力、富、名声にかかわらず、彼のマインドは常に主に向けられている。主に対する純な愛と完璧な献身によって、主は王を賢者ドゥルヴァーサの怒りから救う。

アムリット　amrit — ① 泡立つミルクオーシャンから生じる、不死身をもたらす神のネクター。② 深い瞑想、あるいはケチャリ・ムードラ（アートマ・クリヤ・ヨーガのテクニック）をマスターすることによって、脳の下垂体（Hypophyse）から分泌される液体。③ 神像からも顕現される。

アルジュナ　arjuna — 5人のパンダヴァス兄弟の1人。パーンドゥとクンティー の3番目の息子。シュリー・クリシュナの友人で、従兄弟。パーンドゥがある賢者から、愛の行為のうちに死ぬと呪われた後、クンティーは賢者ドゥルヴァーサに与えられた、半神を呼び寄せて子供を授かるという特別なマントラを用いる。アルジュナはインドラとクンティーの間に生まれる。クリシュナは壮大なマハーバーラタ叙事詩におけるクルクシェートラの戦いの直前に、アルジュナの御者の姿で、自己の知識、シュリーマド・バガヴァッド・ギーターを告示する。

アルタ　artha — 裕福、財産。ヒンドゥー教の人間の生活における4つの伝統的な目標の1つ。アルタ artha（裕福）の他には、ダルマ dharma（義務）カーマ kama（願望、欲求）モークシャ moksha（救済）がある。

アルダナリーシュワリ　ardhanarīshwari —シヴァ神とその伴侶、パールヴァティーの男女両性を表す姿。半分男性、また半分女性として示されている。大抵右側に自らのシンボルを掲げた男性シヴァがいる。

意識　consciousness — 顕現されたすべての実体は、神意識、宇宙エネルギーの最も純粋な形であり、普遍的な生命の表現である。多くの場合、この「意識」という言葉は、自分自身の存在（思考、感情、感覚）に対する認識である「自己意識」とも呼ばれる。グルの指導のもとで霊性の道をたどると、人は間違いなく自分の真の本質と、あらゆるものの根底にある霊的な天性をより一層意識するようになる。人間のマインドの条件づけられた思考過程は超越され、神の愛が目覚め、最終的により高い意識、神意識に達することができる。

イーシュワラ　īśvara — アブソルートの同義語。アブソルートの項を参照。

インドラ　indra — ① 雨を降らす半神。半神の王。スワルガ・ローカ（天界）の支配者。② 天の8つの方角を守る神の1人。東を守る神。③ アディティとリシ・カシュヤプの息子達である、12人のアディッティヤス、太陽神の1人。（アムシュマナ、アリャマ、バガ、ダタ、ミトゥラ、パルジャンヤ、プシャ、トゥヴァシュタ、ヴァルナ、ヴィシュヌ、ヴィヴァスヴァン）

インドラ・ローカ　indra loka — インドラの住処。

ヴァイクンタ　vaikhunta — ヴァイクンタ・ローカまたはヴィシュヌ・ローカともいう。至高神ナーラーヤナ・クリシュナの住処。（ゴーローカの項を参照）

ヴァーナプラスタ　vānaprastha — ヴェーダのシステム、ヴァルナシュラマ・ダルマにおける人生の第3期。完全なる放棄の段階であり、サンヤースに備えて、家庭を離れ、森や聖なる巡礼の地に赴く。

ヴァーハナ　vāhana — 神の乗り物。

ヴァイシュナヴァ　vaishnava — マハー・ヴィシュヌへの献身の道に従う、ヴァイシュナヴィズムの信奉者。

ヴァイシュナヴィズム　vaishnavism — シャイヴィズム、スマーティズム、シャクティズムに並ぶヒンドゥー教の主なる分派。

ヴァシカラン　vashikaran — 人を惹きつけ、魅了する能力。

ヴィジャヤ　vijaya — ブランマーのマインドから生まれた4人の王子のうちのクマーラに、地上での生涯を呪われた、ヴァイクンタの門番の1人。（ジャヤの項を参照）

ヴィシュヌ　vishnu — ① よくマハー・ヴィシュヌとも呼ばれ、至高神ナーラーヤナのチャトゥールブジャ（4本腕）の姿で表される。② ヒンドゥー教のトゥリムールティの神、守護神であり、維持神である。③ アディティとリシ・カシュヤプの12人の息子アディティヤス、または太陽神の1人。

ヴィシュヌ・マーヤー　vishnu māyā — マハー・マーヤーの項を参照。

ヴィシュヌ・ローカ　vishunu loka — 主ヴィシュヌの住処。（ヴァイクンタの項を参照）

ヴィッタラ　vitthala — ヴィトーバ、パーンドゥランガとも呼ばれる。主クリシュナの顕現体。よく色の浅黒い少年として描かれ、両手を腰に当て、肘を張って、煉瓦の上に立っている。彼の伴侶はルクミニーで、パンダルプール、マハラシュトゥラで崇拝されている。

ヴィヤーサ　vyāsa — ヴェーダ・ヴィヤーサの項を参照。

ヴェーダ　veda —「知識」または「知恵」を意味する。もともとはブランマーの告示した、至高神の言葉と見なされる、世界最古の聖典。最終的にこの知識はブランマーからヴェーダのリシ達に与えられる。（サプタ・リシ、ヴェーダ・ヴィヤーサの項を参照）近代では4つのヴェーダ（リグ、サーマ、ヤジュール、アタルヴァ）があるとされているが、ウパニシャッドにはそのうちの3つ（リグ、サーマ、ヤジュール）だけが挙げられている。どのヴェーダも4つの部分に分けられている。サムヒタス（特定の神々に捧げられたマントラと賛歌）、アランニャカス（儀式、式典、供物についてのテキスト）、ブラマーネン（儀式、式典、供物についてのコメント）、そしてウパニシャッド（瞑想、哲学、霊的な知識に関するテキスト）。

ヴェーダ・ヴィヤーサ　veda vyāsa — 4人のデーヴァ・リシの1人。マハー・ヴィシュヌの化身と見なされる。ヴェーダを編集し、プラーナ、ブランマー・スートラ、シュリーマド・バーガヴァタム、マハーバーラタ（シュリーマド・バガヴァッド・ギーターを含む）を書く。

宇宙の響き　cosmic sound — オームの項を参照。

宇宙の母　mother of the universe — 聖母の項を参照。

ウッダヴァ・ギーター　uddhava gītā — 友人であり、従兄弟であるウッダヴァに告げられた、主クリシュナの最後の教え。彼が地上を離れる前に示した、バクティ・ヨーガを優先する悟りと至高の様々な道。これはバーガヴァタ・プラーナとしても知られるシュリーマド・バーガヴァタムの一部。

ヴリンダーヴァン　vrindāvan — ① 5000年前、主クリシュナが幼年時代を送った、ヤムナ河西岸の村。② 至高神の最上級の、神秘的な住処。(ゴーローカの項を参照)

エーカーダシー　ekādashī — ヴァイシュナヴァ派の人達が、通常、穀物と豆で断食し、神の名を唱えたり、他の献身的な奉献を行って、主への想いを高める日。満月また新月の11日目に当たる。

オーム　om — aumとしても知られている。最も古いビッジ・マントラ。天地創造の原初の響きで、他のすべての響きを含む。宇宙全体がオームのエネルギーの振動から生まれる。オームはチベット人の聖音「ハム」、イスラム教の「アーミン」、エジプト人、ギリシャ人、ローマ人、ユダヤ人、キリスト教徒の「アーメン」に相当する。オームに調和すると、内面の平和、明晰な精神、解放感、身体の健康が促進される。この穏やかな波動は、調和のとれた平和な環境、人間と自然の一体性を生み出す。(宇宙の響き、オーム・チャンティングの項を参照)

オーム・タット・サット　om tat sat — 主クリシュナがシュリーマド・バガヴァッド・ギーターで究極の意識の振動として描いている、聖なるヴェーダの3音節。周知のごとく、究極の真実を示す3要素を表現する。

オーム・チャンティング　om chanting — マハヴァター・クリヤ・ババジが弟子のパラマハンサ・シュリー・スワミ・ヴィシュワナンダを通して、再びこの地上にもたらした、古代のグループ・チャンティングのテクニックで、宇宙の振動オームを使って人類、母なる地球を癒す。

オーム・ナモー・ナーラーヤナーヤ　om namo nārāyanāya — このマントラは「私は神々の中の神であるナーラーヤナに崇拝の念を表す。彼は創造物のすべてに存在し、すべての創造物は彼の中に存在する」を意味する。「アシュタカラ（8音節の）・ビッジ・マントラ」とも呼ばれ、マインドを沈め、神の愛を目覚めさせ、唱える人々を解放する力を持っている。シュリー・ラーマーヌジャ・アーチャーリヤは愛と慈悲の心からこの力強い、秘密のマントラを世に公開する。アートマ・クリヤ・ヨーガの実践者は、シャクティパートを通して、ジャパ・クリヤでこのマントラを伝授される。

恩恵　grace — ① すべての人間の内に生きていて、常に存在し、徐々にこの意識に上昇するため、進化と体験の段階に導いていく純なる神意識。② 神、聖母、またはグル（マスター）から与えられる特別な祝福。それは即座に顕現されるときと、実現への霊的な進歩をたやすくするために、決まった期間にわたって展開していくときがある。この場合、恩恵は授かるにふさわしくあらねばならない。それはサーダナの実践による、信心深く、真面目な努力の結果として与えられる。

【カ行】

カーティヤーヤニー　kātyāyanī — ナヴァラートゥリの期間に崇拝されるドゥルガー・デーヴィーの６つ目の姿。黄金のように明るい皮膚をして４本の手を持っている。上方の右手は恐れを知らぬジェスチャー（アバヤハスタ・ムードラ）を示し、もう一方の手は祝福を与えるポーズを取っている。上方の左手には刀を持ち、もう一方の手には１輪の蓮の花を持っている。彼女は女神ガウリーから贈られたライオンに腰掛けている。この女神を崇拝することは、再生のサイクル中に犯した罪から自分を解放する助けとなる。（ナヴァラートゥリの項を参照）

カーマ　kāma — 「欲望」「願い」「喜び」を意味する。心と肉体の願望を指す。ヒンドゥー教では、アルタ、ダルマ、カーマ、モークシャと呼ばれる人間の生涯における４つの伝統的な目的の１つ。

カーマデーヌ　kāmadhenu — ミルクオーシャンの撹拌から生まれ出た、望みを叶える牛。スラビとも呼ばれる。

カーララートゥリ　kālarātri — ナヴァラートゥリの期間に崇拝されるドゥルガー・デーヴィーの７番目の姿。皮膚は黒く、流れる滝のような髪の毛は結ばず、稲妻のように明るい光を放つ花輪を下げている。その恐ろしい３つ目は火を放っている。彼女には手が４つあり、上方の右手はすべての人に恩恵を与えるポーズを示し、下方の右手は、大胆不敵さを表している。また上方の左手には鉄の短剣を持ち、下方の左手には鎌を持っている。その恐ろしい外見にもかかわらず、彼女は思いやりのある母親として、守り、恐れを追い払い、救済を与える。（ナヴァラートゥリの項を参照）

カールティケーヤ　kārtikeya — スッブラマンニャ、あるいはスカンダとしても知られている。主シヴァとパールヴァティーの息子で、ガネーシャの弟。デーヴァ軍の最高司令官であり、その主なる象徴はヴェル（神の槍）。ヴァーハナ（神の乗り物）は孔雀。

カイラシュの山　mount kailash — シヴァ神とその伴侶、パールヴァティーの住処と見なされるヒマラヤ山脈の頂上。非常に高い霊性を表す。

カター　kathā — 聖なる物語や宗教的なテーマについての敬虔な説話、談話、討論をいう。

ガナパティヤス　ganapatyas — 主ガネーシャの帰依者。

ガネーシャ　ganesha — 象の頭をしたパールヴァティーの息子。障害を取り除き、ネズミをヴァーハナ（神の乗り物）とする。また知恵の神でもあり、霊的、かつ物質的な成功を与える。同じくマハーバーラタを書き下ろしたヴェーダ・ヴィヤーサの書記でもある。

カビール　kabīr — バクティ運動に強い影響を及ぼした15世紀インドの聖者、神秘主義者、詩人。イスラム教の家庭に育ち、スワミ・ラーマナンダからラーマの名を伝授される。シーク教の人達の間ではグル・ナーナクの前任者として認められているが、シーク教の先駆者ではない。彼の著書は、人がヒンドゥー教の神の名を歌おうと、イスラム教の神の名を歌おうと、すべてを創造するただ1人の神が存在するだけであると強調している。彼が死んだとき、ヒンドゥー教とイスラム教の帰依者達は、最後の儀式について争ったと言われている。ところが彼らが遺体を覆っていた布を取り除くと、そこには花しか見つからなかった。そこでイスラム教徒は花の半分を地に埋め、ヒンドゥー教徒は残りの半分を燃して灰にしたのである。ある伝説では彼がプリーの海の水を止めて、インドゥラダーマン王がシュリー・ジャガンナータジの寺院を建てることができたと語っている。

神の、神聖な、神のような　divine — この語はよく「神」と置き換えられる。

神の王国　kingdom of god — キリストの教えの大切な要素の1つを表す比喩、つまり神の王国は、「愛」というただ1つのものからできている。

神の光　divine light — 聖典における神とグルの比喩は同じである。それは絶対的な真実、真の知識、純なる愛、そして最高の至福を表している。解脱した者や自己実現をなした者はグルと神の光を反射する。この光は暗闇、無知、盲目、不正に対して正反対の比喩を作り出している。

神の名　divine names — 聖典は神と神の名の間には何の違いもないこと、そして神の名はその姿よりも力強いことを述べている。

神実現　god-realisation — 究極の実現。自己実現よりも上にある。バクタが完全に神の愛に浸り、絶えず神意識にあり、主への奉仕に心、マインド、肉体のすべてを捧げた状態。同じく神も常に彼らの内にあり、彼らは変わることなく、永遠で、いかなるときも神と1つに結ばれている。彼らは至る所に神だけを知覚し、自分は存在しないことを認識する。実際に神だけが彼らの内にあり、すべてを成している。聖人トゥカラムがいつも「トゥカって誰？ トゥカなんていないよ。おお、主よ、いるのはあなただけです」と歌っていたように。

神々　gods — デミゴットの項を参照。

カリ・ユガ　kali yuga — 文字通り「カリ（悪魔）の時代」「悪の時代」を意味する。これはヒンドゥー教の聖典に記述されている４つのユガの最後である。サッティヤ・ユガ、トゥレーター・ユガ、ドゥワパラ・ユガ、そしてカリ・ユガ。この４つを合わせてチャトゥール・ユガ、あるいはマハー・ユガと言い、永遠に続く時の輪を作り出している。

カルパタル　kalpataru — 望みを叶える木。またの名をカルパヴリクシャという。

カルマ　karma — 私達を物質界、輪廻転生に結びつける、すべての肉体的、精神的な行為。

ガンジス河　gangā — ①ヒマラヤ山脈の頂上からベンガル湾に流れるインドの聖なる河で、それに触れるすべての人を浄化する。② 女神ガンガーは主ヴィシュヌのおみ足から流れ出し、バギラータの祈りによって、先祖（聖者カピラの怒りに満ちた視線に舐め尽くされた、サガラ王の６万人の息子達）の遺灰を清めるために地上に降りてくる。彼女が天界から流れ落ちるとき、シヴァ神はその降下の力から地球を守るために、自分の頭で水を受け止める。彼女はシャーンタヌ王と結婚し、ビーシュマを産む。

ガンダルヴァ　gandharva — 天界の踊り子、歌人、そして楽人である神（デーヴァ）。

ギーター　gītā — シュリーマド・バガヴァッド・ギーターの項を参照。

キールタン　kīrtan — キールタンはキールタナム、またはサンキールタンとも呼ばれ、バクティの道における祈りの実践の１つである。歌のリーダーが短いマントラ、またはいくつかの神の名を、簡単なメロディーで歌うと、グループがそれを繰り返す。この呼びかけと応答は歌詞、メロディー、リズムが簡単であることが必要である。通常、歌はハーモニウム、タブラ、ムリタンガ、ハンドシンバルのような楽器に合わせて演奏される。これはマインドを鎮めるための最も簡単な方法の１つである。それはサンガ（他人との交友）を生み出し、グループの結束した献身を通して、全員を高めていく。キールタンはバジャンの性格を取ることができ、バジャンに関しても、同じことが言える。（バジャンの項を参照）

ギヤーナ　jyaana — 知性、理解、知識。

究極の存在　the ultimate — アブソルートの項を参照。

キンナラス　kinnaras — 天界の音楽家達。

クシュ・グラス　kush grass — ヒンドゥー教の儀式に使われる特別な種類の草。ヤグナの行われる場所の周囲に置かれ、儀式を行う者の薬指にも結ぶ。悪魔のヒランヤークシャと戦ったとき、ヴァラーハ・アヴァターの体から落ちた毛は、マハー・ヴィシュヌの髪の毛と見なされている。したがってクシュ・グラスは神力を持ち、非常に強い浄化の特質を備えている。また絶縁体であるため、瞑想に理想的なアーサナ（座）として勧められている。

グナ　gunas — サーンキャ哲学によれば、プラクリティは３つの根本的な本質を持っている。それは３種の物質的な性質とも呼ばれ、精神、肉体、意識の原理、または関係を操作する。彼らはサットヴァ（親切な、建設的な、調和のとれた）、ラジャス（情熱的な、活動的な、動揺した）、タマス（暗い、破壊的な、混乱した）と呼ばれる。その性質はこの世の人間及びすべての物質に、その規模は違うといえど、常に存在し続けている。このグナの相互作用が人、あるいは物の性格を定め、人生の進行を決定する。

主クリシュナ　krishna, Lord — 言葉通りには「濃い青色の者」または「皆を惹きつける者」を意味する。マハー・ヴィシュヌの８番目のアヴァターとして、5000年前、地上に現れる。彼がヴリンダーヴァン、マトゥラ、ドゥワルカで行った素晴らしいリーラーは、シュリーマド・バーガヴァタムやマハーバーラタで語られている。彼は最高のプールナー・アヴァター（神の化身)、至高神の完璧な顕現体、すべての人間の大いなる魂、純なる神の愛の化身と見なされている。彼は、誰もが彼との間に持っている関係を示し、神の愛を目覚めさせるためにやってくる。彼は自己に関する永遠の認識をシュリーマド・バガヴァッド・ギーターやウッダヴァ・ギーターで、アルジュナ、またはウッダヴァとの対話を通して説いている。

クリシュナ・タットヴァ　krishna tattva — 神意識、偉大な原理、宇宙の知力。宇宙におけるすべての顕現体の根源。

クリパー　kripā — 神の恩恵。（恩恵の項を参照）

グリハスタ　grihastha — ヴェーダのヴァルナーシュラマ・ダルマ体系における人生の第２段階を指し、家族を育てる世帯主の結婚生活のこと。

クリヤ　kriya — アートマ・クリヤ・ヨーガを参照。

グル　guru — そのハートに至高神が存在する霊的な教師、マスター。「グ」は「暗闇」を意味し、「ル」は「光」を意味する。したがってグルは人のマインド（エゴ／自我）の闇（無知）を追い払い、神意識の状態に導いてくれる人である。

グル・アパラード　guru aparādh — 宇宙の法則で、人がグルを傷つけると、宇宙のエネルギーにある、決まった呪いが自動的にこの人間の所へ行く。

グル・ナーナク　guru nānak — 15世紀～16世紀（シュリー・チャイタニヤ・マハープラブの年代）の聖者。サットグル・ナーナク、ババ・ナーナクとしても知られている。シーク教の創始者で、10人いたシーク・グルのうちの最初のグル。徒歩でインドを旅して周り、メッカ、メディナ、またトルコや中国も訪れる。すべてに、そして誰にでも宿る１人の神の永遠の真実を広め、平等、兄弟愛、善、美徳について教える。彼はイスラム教とヒンドゥー教の両方の表面的な構造を迂回する宗教的な道を確立し、彼の讃美歌はシーク教の聖典であるグル・グラント・サヒブの一部となる。

グル·パランパラー　guru paramparā —「パランパラー」はサンスクリット語の概念で、途切れることのない系列、継続の意味で、よく「弟子の継続」と訳される。グル・パランパラーは主なる「４人のグル」を含むグルの属する系統を指す。それはシュリー・グル（直接のグル）、パラム・グル（最高のグル）、パラートパラ・グル（年長のグル）、そしてパラメスティ・グル（系統の創設者）の４人である。

グル·マントラ　guru-mantra — 聖なる、力強い、グルの振動を伝えるマントラで、帰依者や弟子がグルの指示に従うときに、その想念や行動を浄化する助けとなる。

グルのおみ足　feet of the guru — 蓮のおみ足の項を参照。

クンダリニー　kundalinī — 言葉通り「巻く」または「蛇のようにとぐろを巻く」を意味し、霊的な実践によって活性化されるまで、脊柱の底にまどろんでいる生命力、シャクティのことを言う。

解脱　liberation — 生と死のサイクルにおける、条件付きの存在から自由になること。（モークシャの項を参照）

賢者の石　philosopher's stone — かつて錬金術師の最高の目的であった、魔術的な特質を持つ神話的な物質で、彼らは比較的安い金属を金に変えることができると信じ、それを錬金術の万能薬と見ていた。

賢人　sage — 聖人、または非常に敬われ、崇められる、賢い人物。

コーマラス　kaumaras — 主カールティケーヤの帰依者。

ゴーローカ　goloka — 言葉通りには「牛達の世界」を意味する。主クリシュナが、彼の素晴らしいバクタ達と余暇を楽しんだ永遠の住処。

【サ行】

サーダナ　sādhana — 霊的な実践。

サッチターナンダ　satchitānanda — サッチダーナンダとも呼ばれる。「永遠の意識と至福」「絶対的な意識と至福」または「実存の意識と至福」と訳される、絶対的あるいは至高の現実の主観的体験。

サットヴァ　sattva — ３つのグナのうち最も高度なもの。静寂、調和、善意、純潔、そして知恵を表す。

サットヴィック　sattvic —「サットヴァ」の性質を備えた、あるいはそれに影響された人。

サットグル　satguru — サットは真の、つまり真のグルを意味する。完全に自分を捧げた帰依者を同じ悟りの状態に導く能力のある、神実現を果たした霊的なマスター。サットグルはいくつもの人生を通して、魂を究極の解放へと導く。

サットサンガ　satsang —「サット」は「真の」、「サンガ」は「集まり」あるいは「共同体」。瞑想、祈り、献身にあふれた歌によって、自己実現への霊的な目的に向かい、お互いに自らを高めるための聖者、または他の霊的な探求者の集まり。

サードゥ　sādhu — 瞑想と熟考によって救済を達成することに専念する、禁欲的な生活を目的として、すべての執着を捨てた聖人、またはサンヤーシン（放棄した人）。

悟り　enlightenment — すべての幻影のヴェールが取り除かれ、この世の限界を超えて、自己の真なる本質に入り込むことのできる意識状態。（自己実現の項を参照）

サプタ・リシ　sapta-rishis — ブランマーの「マインドから生まれた息子達」と認められる７人の賢者（マーナサプトゥラ）で、アンギラス、アトゥリ、クラトゥ、マリーチ、プラハ、プラスティヤ、ヴァシシュタと呼ばれている。彼らは創造の頂点に存在し、それを管理し、この世のバランスを維持している。

サマーディ　samādhi — ヨーギー、アヴァター、または偉大な聖者の肉体的存在が根を下ろしている場所。その典型的な例は肉体が葬られている墓である。

サマーディ　samādhi — 瞑想によって達成される霊的な意識状態。究極の現実との同一性を体験する。サマーディには様々な種類がある。① サルヴィカルパ・サマーディでは瞬間的に人間としての意識を失う。思考や想念はいろいろな所から現れるが、人はそれに動かされない。② ニルヴィカルパ・サマーディでは知性はなく、永遠の至福だけが存在する。人は楽しみの対象、楽しむ人、楽しみそのものとなる。それは何時間、何日間か続くことがあり、魂が永遠に肉体を離れることがある。（マハー・サマーディ）③ サハディ・サマーディは最も高度な種類のサマーディで、人は内面的にはニルヴィカルパ・サマーディにあるが、粗雑な物質界で活動している。現実をマスターし、どの瞬間にも完璧に神を表現する。

サムサーラ　samsāra — 何度も繰り返される生と死のカルマのサイクルを言う。

サムスカーラ　samskāras — ① 意識、あるいは潜在意識に残っていて、昔の行いや経験によって今世、または前世に生み出され、人生の傾向を決定する印象。サムスカーラはカルマと密接につながっている。② 受胎から死に至るまで、準備され、浄化され、完成され、過去の状態から未来の状態への移り変わりを容易にするヴェーダの人生改善のための儀式。

サラスワティー　saraswatī — ① 知識、言論、知恵、学習、芸術の女神。主ブランマーの伴侶で、4本の腕を持ち、白い白鳥に座っている姿で描かれている。4つの手には、それぞれ本（ヴェーダ － 神の真の知識を表す）、楽器（ヴィーナ － 創造的な芸術を表す）、数珠（瞑想の力 － 内省を表す）、水差し（純粋さ － またはソーマ飲料を表す）② リグ・ヴェーダに述べられている、インドの聖なる河の1つ。プラヤグ（アラハバード）のトゥリヴェニ・サンガムの地下で、ガンジス河とヤムナ河に合流する、目に見えない神秘的な河。

三界　three worlds — スワルガ・ローカ（天界）、ブー・ローカ（地界）、パタル・ローカ（冥界）を指す。

サンスクリット語　sanskrit — 世界で最も古い言語。原始音で構成されているため、神の言葉と考えられている。インド古代の賢者の言語であり、ヴェーダ、インドの聖典、ヨーガ専門書の言葉である。

サンヤース　sannyās — ヴェーダ制度のヴァルナーシュラマ･ダルマ体系における人生の第4かつ最終段階のこと。 人は家族関係から解き放たれ、すべての活動は神に捧げられる。完璧なる放棄。

サンヤーシン　sannyāsin — 言葉通りの意味は「すべてを放棄する」。究極の現実を実現するために、すべてを手放した人生を受け入れる放棄の人、僧侶。神に仕え、神を讃えること以外に人生の目的を持たない人。（サンヤースの項を参照）

シーター　sītā — 主ラーマの伴侶。マハー・ラクシュミーの化身で、ヴィデハのジャナカ王のもとに現れる。（主ラーマの項を参照）

ジーヴァ　jīva — プルシャがプラクリティに結びついた状態。よく「アートマ」と変換されるにもかかわらず、実際には「個々の生き物」を表しているため、代わりによく「ジーヴァートマ」という語が使用される。

ジーヴァ・ゴースワミ　jīva goswami — ルパ・ゴースワミとサナタナ・ゴースワミの甥にあたり、チャイタニヤ・マハープラブの弟子である、ヴリンダーヴァンの6人のゴースワミの1人となる。彼はチャイタニヤ・マハープラブの教えを広めるための権限を与えられ、叔父のルパ・ゴースワミとサナタナ・ゴースワミに加わって、ゴーディヤ・ヴァイシュナヴィズムの編集、発表、宣伝に努める。後に彼は最も重要なゴーディヤ・サンプラダーヤの聖者、及び哲学者の1人として知られるようになる。ヴリンダーヴァンにラーダー・ダーモーダラ寺院を建てる。

ジーヴァートマ　jīvātma — ジーヴァの項を参照。

ジーヴァン・ムクティ　jīvan mukti — 生と死、輪廻転生の悪循環から解き放たれ

た状態。(モークシャの項を参照)

ジーヴァン・ムクタ　jīvan mukta — 解放されたジーヴァ。すでに解放されているが、まだ身体に生きる人。この世に生きてはいるが、この世に属さない人。

シヴァ・リンガム　shiva lingam — ①意味は「シヴァの象徴」。主シヴァをニルグン（姿形のない）として表す。ブランマーは三位一体の神として、サグン（姿形のある）の局面において、3つの部分からなるシンボルによって崇拝される。1番下がブランマー・バガ（創造者)、中間がヴィシュヌ・バガ（維持者)、1番上がシヴァ・バガ（破壊者）② 自然において、上昇する意識のエネルギーを表し、2つの部分からなる。A：ヨーニー（下の部分）はシャクティを表す。B：リンガ（上の部分）はシヴァを表す。これはプルシャとプラクリティ、男性と女性、昼と夜の両局面が組み合わさったものである。③ インド全土には、12の寺院で伝統的に崇拝されている有名なジョーティール・リンガ、シヴァ神の光の顕現体がある。

シヴァ・ローカ　shiva loka — シヴァの住処。カイラシュの山。

シヴァ神　shiva, Lord — ヒンドゥー教の三位一体の神の1人。破壊者で再生者。最も高度なレベルにおいて、純粋な意識、無限、超越、不変、無形と見なされる。（自己の項を参照）伝統的には次のように描写されている。① 全知全能のヨーギー、禁欲主義者、カイラシュの山で瞑想する者、神意識に根ざし、超越的な現実の至福を示す。② 伴侶パールヴァティーとの間に2人の息子、ガネーシャとカールティケーヤがいる。③ 怒りの姿で悪魔を殺す者。④ 主な象徴は、第3の目、青い喉、蛇のヴァースキ、三日月、絡まる髪から流れるガンジス河（ガンガーの項を参照)、トリシュラ（三叉槍)、ダマル（太鼓、宇宙の響き om を象徴する)、ヴァーハナとしてナンディ（雄牛）、その多くはリンガムの形で崇拝されている。

シヴォーハム　shivo 'ham — 意味は「私はシヴァである」。

自己　self— アートマの項を参照。

自己実現　self realisation — 神意識とその愛の純なる意識状態をいう。まず神を自己に見、次にすべての人間、すべてのものに見る。悟り、解脱とも言われる。

自然　nature — プラクリティの項を参照。

シッダ　shiddha — シッディの力を持つ者。

シッダ・ピータス　shiddha peethas — シッディをたやすく得られる特別な場所。

シッディ　shiddhi —「完璧」「功績」「達成」「成功」を意味する。それはサーダナ、瞑想、ヨーガによる霊的な進化の賜物である、精神的、超自然的、神秘的な力、能力、成果に関連している。

シャークタス　shāktas — デーヴィーを崇拝する帰依者。

シャーンティ　shānti — 内なる平和、落ち着き、静けさ、至福。

シャイヴァイト　saivite — シヴァ神の信奉者。

ジャガットグル　jagadguru — 宇宙の霊的なマスター。

シャクティ　shakti — ① すべてを顕現させるブランマーの創造力。② 様々な姿と形で表された、聖母の名で呼ばれる原始エネルギーの人格化。（マハー・デーヴィーの項を参照）

シャクティ・ピータス　shakti peethas — シヴァ神の伴侶、サティの祀られた地。あるとき、彼女の父親、ダクシャ・プラジャーパティは盛大なヤグナの儀式にシヴァ神を招待しない。彼女は1人で出かけていくが、その仕打ちに耐えられず、火の中に飛び込む。シヴァは怒って、サティの身体の残骸を手に取って、宇宙の至る所で、天の破壊の舞（ターンダヴァ）を踊る。彼を鎮め、破壊を止めるため、ヴィシュヌ神が現れて、サティの身体をチャクラで切ってしまう。この身体の様々な部分がインドのいろいろな地に落とされ、52のシャクティ・ピータスの名で残っている。

シャストラス　shastras — 言葉通りの意味は「規則」。ヒンドゥー教の聖典、すべての霊的な論文、聖書、神の威光を放つ作品。

ジャナカ王　janaka, king — 自己実現を果たした、ミティラの偉大な王。シーター・デーヴィー（主ラーマの配偶者）の父。

ジャパ　japa — 神の名を繰り返し唱えること。通常ジャパ・マーラ（数珠）を使って行う。

ジャヤ　jaya — ヴァイクンタの門番の1人。マハー・ヴィシュヌを訪れようとして、ヴァイクンタへ入ることを拒否され、4人のクマーラスから地上に転生するように呪われる。主は呪いを取り消すことはできなかったが、彼らに2つの選択肢を与える。① 彼の帰依者として7回転生する。② 彼の敵として3回転生する。この転生の後、彼らはずっと主のもとにとどまることができる。ジャヤもヴィジャヤもいち早く主のもとに戻れるように、敵としての転生を選ぶ。（ヴィジャヤの項も参照）

主シャンカール　shankar, Lord — シヴァ・サハスラナーマに現れるシヴァ神の名前の1つで、「すべてよきことを行う者」「永遠の幸福を与える者」また「すべての疑惑と無知を破壊する者」の意。

ジャンマーシュタミー　janmāshtamī — 5000年以上も前に地球に現れた主クリシュナの誕生を祝うヒンドゥー教の祝祭。クリシュナ・ジャンマーシュタミーとも呼ばれる。

シュラッダー　shraddhā — 信仰。

シュラッダー・プージャ　shraddhā puja — 先祖のために行うヒンドゥー教の儀式。

シュリー・ヴィッディヤー　srī vidyā — 聖母の神聖なる知識。

シュリー・グル・ギーター　guru gītā, srī — 言葉通りの意味は「グルの神の歌」。ヴェーダ・ヴィヤーサにより、スカンダ・プラーナの一部として書かれる。400節からなり、そのうちの182節は、主シヴァが女神パールヴァティーに、グルの神のごとき本質について語る、最も重要な部分として見なされている。

シュリー・チャクラ　srī chakra — シュリー・ヤントラの項を参照。

シュリー・ピータ・ニラヤ　shree peetha nilaya —「マハー・ラクシュミーの住居」の意味。ドイツ、シュプリンゲンのバクティ・マルガの中心となるアシュラム、パラマハンサ・シュリー・スワミ・ヴィシュワナンダの住居。

シュリー・ヤントラ　srī yantra — ヤントラの王、ラージャ・ヤントラとして知られている。そこには43万2000人の神々が存在し、それぞれの役目を担っている。それは知性、感覚をコントロールし、私達の現実を高いエネルギーの波動で新たに創造することを助ける。また惑星の悪影響を取り除き、周囲のネガティブなエネルギーを吸収し、ポジティブなエネルギーを放出する。（ヤントラの項を参照）

シュリー・ラーマーヌジャ・アーチャーリヤ　rāmānuja āchārya, srī　11世紀～12世紀のヒンドゥー教の聖者。アーディシェーシャの顕現体と考えられている。シュリー・ヴァイシュナヴィズムの主要な哲学者であり、よき論争者、社会改革者、シュリー・サンプラダーヤの創設者である。愛と慈悲の心から、聖なるマントラ「オーム・ナモー・ナーラーヤナーヤ」を人類に与える。シュリー・ヤムナチャリヤに続いて、ブランマー・スートラの解説書であるシュリー・バスィヤを完成させ、シュリー・アーディ・シャンカラーチャーリヤの哲学とは反対に、シュリー・ヴァイシュナヴィズムの一神教の原理を確立する。ヴィシシュタ・アドゥヴァイタ哲学の主要な提唱者となり、神への献身と降伏の教義を宣言する。彼はマハー・サマーディに入る前に、シュリー・ランガム寺院のムールティの1つに自分の生命力を注ぎ込む。

シュリーマド・バーガヴァタム　shreemad bhāgavatam — 至高神のリーラーが語られるこの書は、バーガヴァタ・プラーナとしても知られ、ヴェーダ・ヴィヤーサによって書かれたとされている。すべてのヴェーダーンタ文学の真髄であると見なされ、主チャイタニヤ・マハープラブは「最も純粋なプラーナ」として賞賛する。バクティによる救済への道が、至高神の様々な化身、特に主のプールナー・アヴァターである、主クリシュナに焦点を当てて明示されている。

シュリーマド・バガヴァッド・ギーター　shreemad bhagavad gītā —「神の歌」を意味する。バガヴァッド・ギーター、またはギーターとも呼ばれる。ヴェーダ・ヴィヤーサによって書かれた叙事詩で、マハーバーラタの一部である、ヒンドゥー教不朽の聖典。全18章に含まれる700節の詩句からなり、クリシュナ自身がクルクシェートラの戦争を目前にアルジュナに与えた講話。

シュリーマティ　srīmati — ① 敬うべき女性の肩書きとして用いられる、崇拝の念に満ちた表現。② 敬虔な信者がシュリー・ラーダーラーニに話しかけるときに、敬称として使う言葉。

シュリーマン　srīman — シュリー・ヴィシュヌ・サハスラナーマで述べられているように、主ヴィシュヌの1000の名の1つである。それは「その胸に常にマハー・ラクシュミー、宇宙の母が住んでいるお方」または「何よりも光り輝いているお方」を意味する。

シュルティとスムリティ　shruti and smriti — インドの聖典は、シュルティ（天啓）とスムリティ（聖伝）に分かれる。シュルティには「ヴェーダ」と「ウパニシャッド」、スムリティには「イティハーサ」と「プラーナ」がその代表的なものである。

神聖なる愛　divine love —「神の愛」とも呼ばれ、これは人間が愛と見なすものを遥かに超えた現実である。人間の愛は感情に基づき、条件に結びつけられている。個人的または集団の確信に影響されやすく、期待に満ち、人生のドラマチックな浮き沈みに特徴づけられている。神の愛は私達の真の天性であり、人生の究極的な目的である。そしてすべての生命あるもの、なきものを貫き、結びつけている真髄である。

真の自己　true self — アートマの項を参照。

真の知識　true knowledge — ブランマー・ジャーンの項を参照。

スーパーソウル　supersoul — 至高の自己／魂。（アブソルートの項を参照）

スーリャ・デーヴ　sūrya dev — 太陽神の名前の1つ。

スーリャ・ナーラーヤナ　sūrya nārāyana — 太陽神の名前の1つ。

スカンダ　skanda — カールティケーヤの項を参照。

スカンダ･プラーナ　skanda purāna — 主シヴァとパールヴァティーの息子、スカンダに捧げられた長編、マハー・プラーナ。（プラーナの項を参照）

スダルシャナ・チャクラ　sudarshana chakra — マハー・ヴィシュヌの力の特質であり、象徴である円盤の武器。

スッブラマンニャ　subramanya — カールティケーヤの項を参照。

スワミ　swami — 絶対的な自制という観念から「私は私のもの」を意味する。言葉通り「自己と一体である者」、「マスター」、または「主」と訳される。主ご自身が究極のスワミである。最終的な放棄の誓い（サンヤース）を立て、僧院に入会した僧侶の称号。

スワルーパ　swarupa —「自らの姿」自己の姿を意味し、真髄を表す。真の天性の啓示的な外観。

セーヴァー　sevā ― 無私の奉仕。

聖書　Bible , the ― キリスト教とユダヤ教の聖典を構成する古代文書の収集されたもの。それにはユダヤ人の聖典が収められている旧約聖書とキリストの誕生で始まる新約聖書が含まれる。聖書の主要なテーマは、彼がいかにして償い、信仰、愛によって我々を罪と霊的な死から解放するかという神の救済の計画にある。

聖母　divine mother ― 宇宙の母。聖母は女性的側面において神ではなく、神に仕える者、神の創造するシャクティである。彼女は神の意思によってすべてを顕現し、創造する。彼女がいかに多くの姿、側面で現れようと、存在するのはただ１つのシャクティ、パラシャクティである。彼女はマーヤー・プラクリティとも呼ばれ、これはその言葉通り「大いなる幻影」を意味する。(マハー・デーヴィーの項を参照)

【タ行】

ダクシナー　dakshinā ― ヒンドゥー教の伝統では、グルや教師にその教え、霊的な導きの時間に対して、バランスを取るものを与える習慣がある。それは生徒と教師、帰依者とグルの間の相互関係と交換の１つの形であり、敬意、尊敬、感謝を表す機会を与えてくれる。サンスクリット語の「ダクシャ」は「その権力のある、その立場にある」の意。

ダクシナームールティ　dakshināmūrti ― 至高の、超越した意識、理解、知識の人格化としてのシヴァの側面。この姿で彼はあらゆる種類の知識のマスターとなり、知恵の神として崇拝されている。

ダシャヴァター　dashavatar ―「ダシャ」は 10 を意味する。これは 10 人からなるマハー・ヴィシュヌの主なる化身を指す。マツヤ、クルマ、ヴァラーハ、ナラシンハ、ヴァーマナ、パラシュラム、ラーマ、クリシュナ、バララーマ、そしてカルキの 10 人。

ダシャラタ　dasharath ― イクシュヴァク王朝の偉大な王で、主ラーマの父。彼は妻の１人、カイケーイに２つの願いごとを約束したため、自らの言葉に拘束される。彼女はラーマを森へ追放し、自分の息子バラタを王位につかせることを要求する。彼はお妃の頼みに譲歩するが、まもなく息子ラーマとの別離の苦しみに耐えかねて死ぬ。

タット　tat ―「それ」または「それはすべて」を指す。(アブソルートの項を参照)

タパス　tapas ― 禁欲、厳格、苦行、屈辱。より高い目的のために、進んで困難に耐える。

タパッスィヤ　tapasya ―「熱またはエネルギーの発生」を意味する。象徴的に用いられ、カルマを燃やすことによって、精神的に成長するために行う霊的な実践をいう。

魂　soul ― アートマの項を参照。

タマス　tamas ―「暗闇」を意味する。3つのグナの中で最も低く、暗闇を促進する力、怠惰、解消、死、破壊、抵抗を表す。したがってシヴァ神ご自身は三位一体のタマスを表している。彼は帰依者が罪から逃れるのを助けるために毒を飲む。

タマスィック　tamasic ―「タマス」の性質を備えた、またはその影響を受けた人。

タラピット　tarapith ― ① 女神タラに捧げられたタントラの寺院、またこの隣にあるシッディを得るための、タントラの儀式や激しい苦行が行われる火葬場。（シッダ・ピータスの項を参照）② サティの第3の目が落ちた52のシャクティ・ピータスの1つ。（シャクティ・ピータスの項を参照）

ダルシャン　darshan ― 言葉通りには「幸福を約束する眼差し」「ビジョン」「現象」あるいは「束の間の眼差し」を意味する。一般には神が自分の帰依者に自らの姿を現すときに使われる。

ダルマ　dharma ― ①「正義」を意味し、人生における4つの伝統的な目的（アルタ、ダルマ、カーマ、モークシャ）の1つ。② 聖典に見られるように、宇宙全体を維持する正義の永遠の法則。③ 魂にとって不可分と見られる、これらの法則と調和して生きる、人間が持って生まれた義務。

知性、知力　intellect ― ブッディの項を参照。

チャイタニヤ・マハープラブ、シュリー　chaitanya mahaprabhu, srī ― 自分の帰依者の姿で顕現したシュリー・クリシュナの化身。チャイタニヤ・マハープラブは1486年にナヴァドゥヴィプ（西ベンガル州）に生まれる。彼の主な教えは、神の愛を目覚めさせる手段として、シュリー・ラーダーと主クリシュナの聖なる名を唱える（サンキールタン）純粋な崇拝である。

チトゥラグプタ　chitragupta ― 死神ヤマラージの黄泉の国の書記。地上に住むすべての人間の行為を記録し、魂が肉体を離れるとき、その一覧表から人生の結果を読み上げる。

チャクラ　chakra ― サンスクリット語では「車輪」を意味する 。脊柱と脳にある生命力と意識の7つのセンター。 チャクラには集積されたエネルギーがあり、その回転盤のようなものから、生命を与える光とエネルギーが放射している。

チャトゥールブジャ　chaturbhuja ― 4つのシンボルを持つ、4本腕のマハー・ヴィシュヌの姿。スダルシャナ・チャクラ（円盤状の武器）、コーモダキ・ガダ（棍棒）、パンチャジャニャ・シャンカ（法螺貝）、そしてパドゥマ（蓮の花）。

チャランアムリタ　charanamrita — 言葉通り「不死身を与える主のおみ足のネクター」を意味する。神 、またはグルのおみ足が洗われて、清められた水のこと。

ティールタ　thīrta —「浅瀬」を意味する。簡単に渡れる水域の浅い部分。多くの場合、聖なる川、山、または神や聖人との接触によって神聖化された場所に結びつく巡礼地を指す。

ディヴォーティー　devotee — 主、あるいは神の化身と見なされるグルに自分を捧げる人。

ディークシャー　dīkshā — マスターの与える霊的な伝授。イニシエーション。

デイティ　deity — ① デーヴァ。 ② ムールティ：神または聖母の姿の１つとして崇拝される神像。

ディティ　diti — ダクシャ・プラジャーパティ（ブランマーの息子）の娘。リシ・カシュヤプの妻で、デイチャスとマルーツの母。同じくホリカ、悪魔ヒランヤークシャとヒランヤカシプの母でもある。

デイティヤ　daitya — リシ・カシュヤプの妻ディティに由来する悪魔の一族。

デーヴァ／デーヴィー　deva/devī — ① 神、あるいは聖母の主なる姿を表す語。② 神像、神のごとき人、または半神を表すサンスクリット語。

デーヴァ・ディ・デーヴァ　deva di deva — すべての神々の主。

デーヴィー・マーハートゥミャム　devī māhātmyam — リシ・マールカンデーヤによるサンスクリット語の詩で、マールカンデーヤ・プラーナの一部。有名な悪魔マヒシャースラを相手に勝利を収めたドゥルガーを讃える700の節からなっている。（リシ・マールカンデーヤの項を参照）

弟子　disciple — グルに自らを完全に捧げたディヴォーティー。

デミゴット　demigod — より高い領域に住む神の存在で、至高神の傍らで物質的な宇宙を管理するための広大な知力と影響力を備えている。

天界　heavens — ローカの項を参照。

トゥリムールティ　trimūrti — ブランマー、ヴィシュヌ、シヴァの三神を指す。我々の世界に顕現された、根本的な３つの力、創造、維持、破壊を表す。これらの力は永遠であり、常に継続され、顕現される。分離することはない。

ドゥルヴァーサ　durvāsa — 古代の賢者、アトゥリ（サプタ・リシ）とアナシュヤの息子。シヴァの部分的な化身。自制心に欠けることと、恐れを抱かせる呪いで有名。プラーナによると、彼のインドラへの呪いがミルクオーシャンを泡立たせることになったと言われている。

ドゥルガー　durgā — 聖母の女戦士としての側面。通常 10 本の腕を持ち、ライオンにまたがった姿で表される。彼女は無知の悪魔を滅ぼし、神の愛と知識の祝福を与える。また恐ろしい懺悔をして、無敵な力を得た悪魔マヒシャスールの暴政が原因となって、彼女は初めて姿を表す。ブランマー、ヴィシュヌ、シヴァ、それに半神達が力を合わせて、初めてマヒシャスールを征服できるかのように思われる。彼女はすべての神々を創造したブランマーの姿で現れ、自分は自らのリーラーを使って、彼らの一体化したエネルギーから出てきたと言う。彼女はマヒシャスールを打ち殺したことによって、マヒシャスール・マルディーニとして知られている。ドゥルガーは伝統的なナヴァラートゥリの期間に「聖母の９つの夜」として祝われる。(ナヴァラートゥリの項を参照)

トゥルシー　tulsī — マハー・ヴィシュヌに捧げられ、純粋な献身の化身として、ヴァイシュナヴァ派から敬われている、インドの聖なる植物「バジル」。前世において、トゥルシーは、ヴリンダという名の、マハー・ヴィシュヌの偉大な帰依者であった。その葉はマハー・ヴィシュヌと彼のアヴァターを讃える際に用いられ、茎と根は、神の名を唱えるジャパを行うためのマーラ（ロザリオ／数珠）に使われる。トゥルシーの葉は浄化や癒しの目的にも使用される。主クリシュナがヴリンダーヴァンの森で余暇を過ごしている間、ヴリンダ・デーヴィーは主のリーラーを楽しむために顕現する。

【ナ行】

ナーラーヤナ　nārāyana — 究極、至高の神。アブソルートの項を参照。

ナーラーヤナ・スワルーパ　nārāyana swarūpa — ヴィシュワルーパとも呼ばれる。シュリーマド・バガヴァッド・ギーターで描かれているように、至高神の宇宙の姿である。

ナーラーヤナ・タットゥヴァ　nārāyana tattva — マハー・タットゥヴァの項を参照。

ナーラーヤナのパダム　nārāyana's padam — 主ナーラーヤナの蓮のおみ足を指す。

ナーラダ・ムニ　nārada muni — プラーナによると、彼はマナサプートゥラ（ブランマーのマインドから生まれた息子）と見なされる。４人のデーヴァ・リシの１人で、リグ・ヴェーダの賛歌を作曲する。神の純なる帰依者で、三界をさまよいつつ主の栄光を歌い、献身に満ちた奉仕の道を賛美して歩く。彼はプラジャーパティの数多くの息子達をはじめ、ヴェーダ・ヴィヤーサ、ヴァールミーキ、プラハラーダのグルである。

ナヴァラートゥリ　navarātri — 言葉通りの意味は「９つの夜」。９日間続けて祝われ、ドゥルガー・デーヴィーの９つの姿に崇拝の念を捧げる、ヒンドゥー教の祝祭。シャイラ・プトゥリ、ブランマチャリーニ、チャンドゥラガンタ、クシュマンダ、スンダ・マーター、カティヤヤーニ、カーララートゥリ、マハー・ガ

ウリー、シッダートゥリ。（ドゥルガーの項を参照）

二度の誕生　twice born — ブラーミンの聖なる糸を授ける儀式に属する、伝統的な過渡的儀式（サムスカーラの項を参照）。その１つであるウパナヤナ（入門式）を行うことのできるカースト制度のメンバー、ブラーミン、クシャトゥリヤ、ヴァイシャを指すときに使われる用語。第１の誕生で肉体を得、第２の誕生で霊性に目覚める。

乳海 攪拌　churning of the milky ocean — 不死のネクター、アムリットを得るために、半神と悪魔が大洋を攪拌する。この攪拌によって、マハー・ラクシュミー、その他の宝物、そしてアムリットが現れる。

望みを叶える木　wish-fulfilling tree — カルパタルの項を参照。

【ハ行】

バーヴァ　bhāva — 神に向かって集中し、深い献身（バクティ）の念から起きる愛に貫かれた恍惚状態を言う。５つの主要なバーヴァとは、① シャンタ・バーヴァ（平和）、② ダスィヤ・バーヴァ（主をマスターとして崇拝する）、③ サキャ・バーヴァ（主を友人として崇拝する）、④ ヴァットゥサルヤ・バーヴァ（主を自分の子として崇拝する）、⑤ マドゥリヤ・バーヴァ、またはマハー・バーヴァ（主を最愛の人として崇拝する）である。

バーガヴァタム　bhāgavatam — ① 至高神バガヴァーンを指す。② ヒンドゥー教の聖典、シュリーマド・バーガヴァタム。

バガヴァーン　bhagavān — 至高神、ナーラーヤナ、ハリ、ブランマー、イーシュワラ。ヴァイシュナヴァ派（ヴィシュヌ）はクリシュナ神、シヴァ派はシヴァ神を指す。バガヴァーンには６つの本質がある。知識（ギヤーナ）、力（バラ）、支配力（アイシュヴァリヤ）、力または権力（シャクティ）、創造力または支配力（ヴィリヤ）、そして栄光・輝き（テージャス）。

バガヴァッド・ギーター　bhagavad gītā — シュリーマド・バガヴァッド・ギーターを参照。

バクタ　bhakta — 神に対する深い愛と献身を持った人。

バクティ　bhakti — 神に対する愛、献身、そして献身の念に満ちた奉仕。

バクティ・マルガ　bhakti mārga — ① 言葉通りには「愛と献身の道」。真の愛と神のごとき自己を発見するマインドからハートへの旅。② パラマハンサ・ヴィシュワナンダが2005年に創立した、神の愛に人々のハートを開く使命を支持する組織。今日バクティ・マルガ共同体は、神への愛と献身によってお互いに結ばれている何百というグループ、同じ気持ちを持った何千という人々の集まりは世界中に広がっている。

バジャン　bhajan — 神への愛を表現するヒンドゥー教の献身的な讃歌。通常１人の歌い手が曲を誘導し､自由な表現の余地を与えられる。バジャンは今日もなおインドの豊かな伝統的遺産をいきいきと保ち、それはミーラーバーイー、トゥルシーダース、カビール、スルダスのような聖者の献身、知恵、神秘に貫かれている。バジャンはキールタンとしても演奏することができ、同様にキールタンもバジャンとして演奏することができる。

蓮のおみ足　lotus feet — 主、マスター、聖者などの高貴な存在のおみ足に対する比喩。蓮の花は、霊的な成長と、ハートとマインドの清らかさのシンボルである。蓮は泥沼で育っていくが、その花は周囲の不純物に影響されず、自然の法則やカルマにも拘束されない。蓮のおみ足の真の意味は「超越した」というもので、人間のマインドや知力で簡単に把握することはできない。

パードゥカー　pādukā — 言葉通りには｢サンダル｣を意味するが､グルのパードゥカーに関しては、より深い意味がある。それは人間を高め、変容させるグルの力を表す。人類に注がれる神の恩恵の泉は、グルのおみ足を通して流れるからである。

パールヴァティー　pārvatī — 言葉通りの意味は「山に住む者｣。山の主であり､ヒマラヤの人格化である、ヒマヴァント王の娘。マハー・デーヴィーの化身、シヴァ神の永遠の伴侶であり、ガネーシャとカールティケーヤの母。（マハー・デーヴィーの項を参照）

パダセーヴァー　padasevā — 言葉通りには､｢主のおみ足に対する無私の奉仕」を意味する。

パタル・ローカ　patal loka — 下界、冥界などとも呼ばれる。地下にある宇宙のより低い７つの地域のことを言う。

バラッドゥヴァージャ、シュリー　bharadvāja, srī — 偉大なリシ、ブリハスパティの息子で、ドゥローナーチャーリヤの父親。バラッドゥヴァージャ・ゴートゥラの創始者。

バラッドゥヴァージャ・ゴートゥラ　bharadvāja gotra — ヴァイシュナヴァの系統、リシ・バラッドゥヴァージャにより創設される。パラマハンサ・ヴィシュワナンダとその信奉者の系統である。

パラ･プラクリティ　para prakriti — 高次の物質原理。神の本質そのもの。 宇宙のすべての存在がそこから現れる、自己存在の無限の時間を超越した意識的な力。

パラブランマー　parabrahmā — （アブソルートの項を参照）パラブランマンとも書く。言葉通りの意味は「至高のブランマー」。

パラマートマ　paramātma — 純然たるアートマン､大いなる魂､魂の魂をいう。この局面において至高神はすべての生き物のハートに、物質的な宇宙のすべての原子に存在する。したがって彼はすべての生き物の活動を見守り、その内部において、また外部から、忠告、そして指示を与える永遠の伴侶である。

ピータ　peetha — サンスクリット語で座、住処、邸宅、家のこと。

光　light — 神の光の項を参照。

ビッジ・マントラ　bij mantra — サンスクリット語の「ビッジ」は種を意味する。これは最も短いマントラを表す。(マントラの項を参照)

ピンダ　pinda — ヒンドゥー教のシュラッダーの儀式で先祖に捧げられる、炊いたお米で作るお団子、ピンダ・ダーンのことを言う。

プージャー　pūjā — 霊的なマスターや神に捧げられる儀式。通常、供物として、主にお花、お香、炎、食べ物が捧げられる。

ブッディ　buddhi — 知性またはより高いマインドの段階を示す。それは内面の知恵、識別力に関連する。

プラーナ　prāna — 言葉通りの意味は生命力、生命の原理。

プラーナス　purānas — 言葉通りの意味は「古典」。ヴェーダへの補足としてみなされている。聖者ヴェーダ・ヴィヤーサにより編集された古いヒンドゥー教の聖典。最も貴重なものは３巻ずつ６つのグループに分けられている18巻のマハー・プラーナである。マツヤ・プラーナによると、プラーナはパンチャ・ラクシャナと呼ばれる５つの主要なテーマを扱っている。① 天地創造 ② その崩壊と復興 ③ 神々と賢者の系譜 ④ 人類創造とマヌの統治（マンヴァンタラ）⑤ 太陽王朝と月の王朝の国王の歴史。

プラーナーヤーマ　prānāyāma — ① 微妙な生命力の調整、抑制、指示に役立つ呼吸運動。② アートマ・クリヤ・ヨーガのテクニックの１つ。

ブラーミン（バラモン）　brahmin — ヴェーダ・ヒンドゥー教のヴァルナーシュラマ･ダルマ体系における１つの階級。伝統的なインドの社会における最高のカーストで、司祭、教師、学者がそれに属する。

ブラーミン　brahmin — ブラーミン階級の一員。

プラクリティ　prakriti — マーヤーとも呼ばれる語。２つの局面を持つ主の創造物の物質的な特質。その１つはアパラ・プラクリティ（より低い特質）で、もう１つはパラ・プラクリティ（最も高い特質）である。

プラサード　prasād — 言葉通りの意味は恩寵を受けた賜物。帰依者に配られる前に、まず神、聖者、グルに捧げられた聖なる食べ物、すべての供物を指す。それは人を浄化し、神の純な愛に達する祝福をもたらす。

ブランマー　brahmā — 創造の根本法則が分け与えられているヒンドゥー教三位一体の神（ブランマー、ヴィシュヌ、シヴァ）。マハー・ヴィシュヌの臍から出てきた蓮の花から生まれる。伝統的に４つの頭を持つ姿で表され、４つの方角に向かって、各々４種のヴェーダの１つを休みなく唱えている。他のほとんどのヒンドゥー教の神々とは反対に武器を持たず、権力と権威を象徴する笏、ヴェーダの知識を表す書物、宇宙の時を測る数珠、創造の水の入ったカマンダルを持っている。彼の伴侶はサラスワティー、ヴァーハナ（神の乗り物）はハムサ（知恵と識別力を表す白鳥）。そして彼の12時間は43億2千万年に相当し、寿命は地球上での311兆年以上に当たる。

ブランマー・ジャーン　brahmā jyaan — アートマ・ジャーンとも呼ばれる。クリシュナがシュリーマド・バガヴァッド・ギーターでアルジュナに与えた自己の知識。

ブランマー・ローカ　brahmā loka — サティヤ・ローカとも呼ばれる。メールの山にあるブランマーの住居。

ブランマチャーリ　brahmachāri — ブランマチャリヤの道に従う人。

ブランマチャリヤ　brahmacharya — ①「ブラム」は「神のごとき人、最高の現実、真の自己」を意味する。「アーチャーリヤ」はそこに住む人、または「知識のある人、学者」を意味する。したがってブランマチャリヤとは自ら調和にあること、最高の自己に生きること、自分の真の自己を成就するために生きることである。② 狭い意味では、この概念はヒンドゥー教の修道士や修道女の独身生活、また禁欲主義に関連づけて考えられるが、より広い意味では、霊的なマスターの指導のもとで、自己実現へと導かれる、徳の高い生き方である。それは瞑想、自己分析、五感（インドゥリヤス）のコントロールを含む、簡素な生活様式である。③ ヴァルナーシュラマ・ダルマのヴェーダのシステムに従った人生の第１期、つまり成長期にある生徒の、異性との交わりのない生活をいう。

ブランマン　brahman — 唯一の、分けられない、終わりのない、永遠で最高の現実、すべてを貫き、変わることのない存在、サッチダーナンダ、絶対の意識。

プルシャ　purusha — 一般にアートマとも呼ばれる語。永遠であり、変化することなく、形態のない、すべてを貫く宇宙の原理。（ジーヴァの項を参照）

プレーム　prem — 神の愛。

プンニャ　punya — 功徳。

【マ行】

マーヤー　māyā — 言葉通りの意味は「幻影、錯覚」。この語は主の顕現体の、より低い本質、アパラ・プラクリティとも呼ばれる（プラクリティの項を参照）。マハー・デーヴィーの側面である宇宙の母は私達の至高の現実に対するビジョンにヴェールを投げかける。（マハー・マーヤーの項を参照）

マスター　master — グルの項を参照。

マハー・ヴィシュヌ　mahā vishnu — 至高神ナーラーヤナのチャトゥール・ブジャ（4本腕）の姿。また彼はミルクオーシャンに漂うアーディシェーシャの上で横になり、マハー・ラクシュミーがそのおみ足を揉んでいる姿で描かれている。（ダシャヴァターの項を参照）

マハー・シャクティ　mahā shakti — マハー・デーヴィーの項を参照。

マハー・タットゥヴァ　mahā tattva — 神意識、大いなる原理、宇宙の知力とも呼ばれる。それはすべての宇宙を含み、ブランマーの人生の終わりに全滅する、すべての宇宙的顕現の根源である。

マハー・デーヴィー　mahā devī — 言葉通りには「偉大なる女神」デーヴィーのあらゆる姿を包括する、聖母の至高の局面。デーヴィー・バーガヴァタムによれば、シュリー・カマクシ、ラリタ・トゥリプラスンダリ、ラージャ・ラジェスワリとも呼ばれる。至高神のマハー・シャクティで、アーディ・パラシャクティ、パラ・プラクリティ、神の純なる、永遠の意識とも呼ばれる。宇宙を創造し、動かし、破壊する最大の力である。パールヴァティーはその化身の1人と言われる。デーヴィー・マハトゥミャムでは、ドゥルガー・デーヴィーとも呼ばれている。（ナヴァラートゥリの項を参照）

マハー・プラーナス　mahā purānas — プラーナスの項を参照。

マハー・マーヤー　mahā māyā — 言葉通りには「大いなる幻影」を意味する。この語はヨーグマーヤー、パラ・プラクリティとも呼ばれる。主のより高い本質の顕現。それはまた彼女の恩恵によって、私達を主の蓮のおみ足に導く、宇宙の母である、マハー・デーヴィーの側面でもある。

マハー・ラクシュミー　mahā lakshmi — ラクシュミー・デーヴィーとしても知られている。マハー・ヴィシュヌの永遠の伴侶で、ミルクオーシャンの攪拌の際に、最も高価な宝石の1つとして現れる。彼女はマハー・ヴィシュヌに花輪をかけ、彼は彼女を胸に抱き、彼女はそれに従う。物質的および精神的な豊かさと繁栄の両面を持つ女神として、通常、蓮の花に座るか立つかの姿で描かれている。4本腕で表され、2つの手には1輪ずつ蓮の花を持ち、他の2つの手はヴァラダ・ムードラ（恩恵を与えるポーズ）とアバヤ・ムードラ（安らぎを与える保護のポーズ）を組んでいる。また、彼女はよくアーディシェーシャに横たわる主のおみ足をマッサージする姿で描かれている。これは彼女の完全な献身と主への一途な、信心深い奉仕を表している。彼女は主と人間の間に立つ仲介者であり、主は彼女を通してすべての帰依者の望みを叶え、彼らが必要とするものを与えている。

マハーデーヴ　mahādev — シヴァ・サハスラナーマに出てくるシヴァ神の名の1つで「偉大なる神」の意味。

マハートゥマ　mahātma — 言葉通りの意味は「偉大な魂」で、崇拝される聖なる人、または聖者。

マハーラージ　mahārāji — 言葉通りの意味は「偉大なる国王」。

マハヴァター・ババジ　mahavatar babaji —「マハヴァター」は「偉大な神の化身」、「ババジ」は「愛する父」のこと。この名はパラマハンサ・ヨガナンダの著書『あるヨギの自叙伝』に書かれているように、ラヒリ・マハシャヤと何人かの弟子によって与えられる。また彼はラージャ・ヨーギー（すべてのヨーギーの王）そしてジャガットグル（宇宙のグル）としても知られている。彼は5000年前からヒマラヤに生きるヨーギーで、1800年前に人類が神に達する手助けをするため、永久的にこの地上にとどまる決心をする。彼は人類の幸福のためにクリヤ・ヨーガをもたらしたパラム・グルであり、パラマハンサ・シュリー・スワミ・ヴィシュワナンダのグルである。2007年、彼はパラマハンサ・ヴィシュワナンダにアートマ・クリヤを教えるように指示する。これは21世紀の人間の需要に応じたクリヤ・ヨーガの形式で、神の愛への目覚めを授ける。

マヘーシュワラ　maheswara — シヴァ神の1000の名前の1つで「偉大なる主、あるいはマスター」を意味する。

マントラ　mantra — 聖なる音節、大きな力を持つ言葉、また言葉の集合したもの。「マントラ」はサンスクリット語に由来し、2つの音節で構成されている。「マン」は「マナス」という言葉の語源で、マインド、またはハートを指す。「トラ」は「守る」あるいは「解放する」を意味する。サンスクリット語の「トゥラヤーテ」に由来し、「道具、または器具」と訳される。マントラは「心の祈り」と呼ばれることもあるが、マインドと共に働くための道具である。それはネガティブな想念から守り、執着から解放し、自己実現の達成を助ける。

ミーラーバーイー　mīrābāī — 16世紀の聖者、詩人、歌手。インドのラジャスタン出身で、主クリシュナの偉大な帰依者。ヴァイシュナヴァ・バクティ運動における聖者の1人で、その純粋な献身と帰依の心はよき手本である。彼女の作品である1200曲あまりの祈りの歌は、クリシュナへの無条件の愛を描いている。この献身的な愛の歌は、バクティの道を世界的に広めていく。主に対する恍惚とした愛のため、ときには公の場で歌ったり、踊ったりして、義理の両親の反感を買い、殺されかけたこともある。ところが主クリシュナが奇跡を起こし、毒をアムリットに変え、鉄の釘を花びらに、また蛇を花輪に変えてしまう。人生の最後に彼女はクリシュナの神像と一体になる。

ムールティ　mūrti — 言葉通りの意味は「化身」。神の物理的な影像 。通常、石、木、あるいは金属で作られている。ムールティは神の特定な姿を崇拝する手段として扱われる。ムールティへ神聖なエネルギーを吹き込む儀式はプラーナ・プラティシュタと呼ばれる。

ムクティ　mukti ― 救済。（モークシャの同意語）

ムニ　munis ― 偉大な賢者、予言者、または聖者。

瞑想　meditation ― マインドの制御に役立つ訓練。

モークシャ　moksha ―「救済」を意味する。（解脱の項を参照）ヒンドゥー教では４つの伝統的な人生の目的であるアルタ、ダルマ、カーマ、モークシャを意味する。

【ヤ行】

ヤクシャス　yakshas ― 富の神クベーラを王とする存在の集まり。二重人格と言われている。① 森や山に住む害のない妖精。② ラークシャサのように荒野をさまよい、旅行者を襲う暗い妖怪の一種。

ヤマ　yama ― ① 死神で、正義またはダルマを表す半神。「正義の神」とも呼ばれる。彼はスーリャ・デーヴの息子で、ヤムナの兄弟。② プラーナで述べられている７人の主なる父、ピトゥリス、または創始者の１人。

ヤムナ　yamuna ― 太陽神の１人、ヴィシュヴァスヴァンとサムジナの娘。サムジナはヴィシュワカルマの娘。彼女には死神ヤマの双子の姉妹ヘンチェ（カミという名でも知られている）がいる。ヤムナ河は、5000 年前に主クリシュナが、その神秘的な余暇を楽しむ合間に、その水を神聖化したと伝えられている。

ヤムラージ　yamrāji ―「ヤマ王」の意味。（ヤマの項を参照）

ヤントラ　yantra ―「ヤム」は「制御する､征服する」「確認する」また「保持することのできるもの」を意味する。「トラ」は「道具､器具」を意味する。それは幾何学的に表されたエネルギーの貯蔵庫であり、そこには神聖な振動の流入がある。それは宇宙全体、つまり、縮小された大宇宙である。各神にヤントラがあるため、無数のヤントラが存在する。（シュリー・ヤントラの項を参照）

ヨーガ　yoga ― ヨーガとは「参加する」「一体化する」またルーツに「結びつく」の意味。それは個々の魂と究極の現実の結合を示し､それはこの結合が達成される方法でもある。３つの主なるヨーガ ① バクティ・ヨーガ、献身の道。② ギャーナ・ヨーガ、知識と識別の道。③ カルマ・ヨーガ、放棄の道。今日では瞑想、プラーナーヤーマ、アーサナ、ムードラなどヨーガのテクニックの実践を通して、マインドを制御することに焦点を当てたラージャ・ヨーガもよく知られている。近年においては、バクティの９つの形態を取り入れたクリヤ・ヨーガが、アートマ・クリヤの名で、2007 年、パラマハンサ・ヴィシュワナンダによって、この世に紹介される。

ヨーギー　yogī ― ヨーガを実践する人。（シッディの項を参照）

ヨーグマーヤー　yogmāyā — ヴィシュヌ・マーヤーとも言われる。(マハー・マーヤーの項を参照)

【ラ行】

ラークシャサ　rākshasa —「アスラ」とも言われる。人格化された邪悪な力、森林に住むグロテスクな容貌の人食い悪魔の集まり。ラークシャサの女性形はラークシャシとして知られている。

ラーダー、シュリー　rādhā, srī — 主クリシュナの永遠の恋人、いかに無条件に愛するかを人類に示すため主ご自身が純なる献身として顕現する。彼女は主に対する純な献身と愛、そして主のご意思への完全な明け渡しを象徴している。(バーヴァの項を参照)。また彼女は深く主を切望する人類全体を代表する。シュリー・ラーダーと主クリシュナは共に完全な真実を生み出している。主クリシュナがヴリンダーヴァンで余暇を楽しむ一方、彼女はゴーピー達の女王として尊重され、他のゴーピー達は彼女の侍女役を務める。

ラーダーラーニー、シュリー　rādhārānī, srī — 言葉通りには「ラーダー女王」を意味する。シュリー・ラーダーが呼ばれていた名前の１つ。

ラーマ　rāma — ラームともいう。神の名は「タラカ・マントラ」と呼ばれ、輪廻転生の法則から解放され得ることを意味する。これは２つのマントラが合わさったもので、「ラ」は「オーム・ナモー・ナーラーヤナーヤ」を示し、「マ」は「オーム・ナマ・シヴァーヤ」を示す。

主ラーマ　rāma, Lord — ７番目のダシャヴァター、ラーマ王のこと。彼は、10の頭を持つ悪魔の王者ラーヴァナを殺し、ダルマと正しい王権の道を示すために、ダシャラタ王とその妻カウシャリヤーの息子としてアヨーディヤーに現れる。彼は永遠の伴侶であるラクシュミー・デーヴィーの化身、シーターと結婚し、14年間森に追放される。(ダシャラタの項を参照) ラーヴァナがシーターを誘拐して、ランカに連れていった後、主ラーマは彼の偉大な信者ハヌマーンに会う。その後、彼の助けを借り、半神の子孫である強力で、知的、巨大な猿の軍隊を率いて、ラーヴァナを殺し、妻を救い出す。最終的にアヨーディヤーに戻り、国王として即位する。

ラクシュマン　lakshman — 主ラーマの弟。主ラーマが追放されていた期間、ラクシュマンはラーマとシーターについて森へ入り、ラーヴァナとの戦いでも主ラーマを支持する。ラクシュマンは主のすべての化身の永遠の伴侶、サンカルシャナと見なされている。(アーディシェーシャの項を参照)

ラジャス　rajas — ラジョグナとも呼ばれる。３つのグナの１つで、切望、情熱、活動、変化、創造を促進する、あるいは維持する力を表す。そして他の２つのグナ、サットヴァ（真実、善意）とタマス（怠惰）の活動を維持する。

ラジャスィック　rajasic ― ラジャスの性質を持つ。あるいはその影響下にあること。

リアライズド　realised ― 実現を果たした人。

リアライゼイション　realisation ― 実現。自己実現の項を参照。

リシ　rishi ― 尊重すべき賢者。ヴェーダが啓示されたヒンドゥー教の予言者。（サプタ・リシを参照）

リシ・カシュヤプ　kashyap, rishi ― マリーチの息子。サプタ・リシ。ブランマーのマインドから生まれる。カシュヤプは妻アディティにより、12人のアディティヤス（太陽の神々）の父になる。また、妻ディティにより、悪魔達の父にもなる。妻ヴィナタによって、ガルダの父になり、妻カドゥルによって、ナーガスの父になる。主ご自身はヴァーマナ・アヴァターの姿で、彼の息子として顕現する。

リシ・マルカンデーヤ　markandeya, rishi ― リシ・ブリグの先祖で、長寿（ブランマーの最期、プララーヤを生き延びる）、そして主シヴァ、主ヴィシュヌ、女神ドゥルガーへの献身で有名な人物。18冊ある最も重要なプラーナの1つを書く。若くして死ぬように定められていたが、シヴァは彼の献身ぶりを喜んで、ヤマラージの絞首刑から救う。

霊性の道　spiritual path ― 人生に霊的な満足感を求める人の生き方。自己へ向けた考察、浄化、変容の過程。人はこの霊性の道において、ヨーガ、瞑想、祈祷、奉仕などの霊的な実践を行う。そしてこの霊性の道に、あるときグルが現れる。そこで人がグルの恩恵に身を委ねると、神の愛に心が開き、限界ある人間の知性は克服され、より速く、より確実に、神意識に向かって進んでいく。

ローカ　loka ― 言葉通りには「世界」を意味するが、しばしば「アボーデ」（住処）、あるいは領域と訳される。

翻訳者のあとがき

パラマハンサ・シュリー・**スワミ**・ヴィシュワナンダが、私達と同時期にこの地球に顕現していることには、大変大きな意味があります。パラマハンサ・ヴィシュワナンダは**サットグル**です。

サットグルは神に等しく、私達を神に導くことのできる唯一の存在です。

そして神を解き明かすヒンドゥー教の聖典をハートで読むこと、魂で受け止めることの大切さは比類なきものです。人がこの世を去るときに持っていくことのできる唯一のものは、魂で受け止めた知識です。マインドに詰め込んだ知識ではありません。

他の数多くの聖典と同様に、神の化身である**ヴェーダ・ヴィヤーサ**が編纂した**シュリー・グル・ギーター**は、その至高神が**シヴァ**であり、彼の伴侶であり、各節の対話の相手である**パールヴァティー**の仲介によって、私達は真実の核心、神実現に達するために必須である、献身の秘密に近づくことができます。

シュリー・グル・ギーターの**シヴァ**、そして**シュリーマド・バガヴァッド・ギーター**、**シュリーマド・バーガヴァタム**の**クリシュナ**と私達の**サットグル**、パラマハンサ・ヴィシュワナンダの間には何の違いもありません。それは私達がパラマハンサ・ヴィシュワナンダに、より深く接することによって知ることができます。そしてこれが第５節で**シヴァ**の言う「サッティヤム・サッティヤム・ヴァラーナネー！」の真の意味です。「神は**グル**と少しも変わらない。これは真実だ！」

もう何年も前に、パラマハンサ・ヴィシュワナンダの巡礼の旅でインドを訪れたときのことです。ある寺院で儀式に参加したとき、伝統的な習慣に従って、**グルジ**（パラマハンサ・ヴィシュワナンダ）は上に着ているものを脱ぐように言われます。すぐに私達のツアーを組んでいた女性が、皆が**グルジ**から目を背けるようにと号令をかけます。ところがその場は大変混雑していて、すぐ隣に立っていた私は身体の向きを変えることさえできませんでした。見てはいけないと言われた私は好奇心に駆られ、まともに彼を見てしまいます。「ゴーヴィンダ！」思わず私は心の中で叫びます。そのとき以来です。ゴーヴィンダが私のハートの中に現れたのは！　神様が自分の中にいるのを認識するのは素晴らしいことです。一度現れたものは決して消えることがないし、この信仰がなくなることもありません。それは永遠の知識となるからです。このようにして私は聖典とつながり、それを日本語に訳していくことを自分の**ダルマ**として受け入れています。さまざまな人生の体験と学びを通して、理解がより深まる喜びをもって、この務めを果たしています。

スワミニ・ダヤマティ

■著者紹介

パラマハンサ・シュリー・スワミ・ヴィシュワナンダ
Paramahamsa Sri Swami Vishwananda

モーリシャス島出身の霊的なマスター。2005年ドイツにバクティ・マルガ(愛と献身の道) を創立。人々が宗教の限界を超えて神の愛に心を開き、神との個人的なつながりを深めるように力づけている。そのインスピレーションに富んだ教えは、私達に神への愛と喜びを見出させてくれる。またこの神の愛を伝えるためヨーロッパをはじめ、アメリカ大陸、アフリカ、アジアなど、世界各国を訪れ、多くの人々の心を動かしている。主なる住居である、フランクフルト郊外のシュリー・ピータ・ニラヤはその活動の中心であり、数多くの講演会やワークショップ、盛大な祝祭やイベントを開催している。著書に『JUST LOVE ただ愛のみ——万物の本質』(ナチュラルスピリット)がある。
ホームページ　https://www.bhaktimarga.org/
https://bhaktimarga.jp/

■訳者紹介

スワミニ・ダヤマティ(山下豊子)
Swamini Dayamati (Toyoko Yamashita)

幼い頃からピアノを学ぶ。子供の時から文章や絵画、造形の創作に興味を抱く。東京芸術大学音楽部作曲科を中退、ドイツに留学。ベルリン国立音楽大学卒業後、ピアニスト、室内楽奏者として活躍。音楽に関しては Breitkopf & Hartel 社出版の「6ヶ国語音楽辞典」の共訳がある。60歳にして本格的なヨーガの道に入り、現在のマスター、シュリー・スワミ・ヴィシュワナンダに巡り会う。2013年にマスターからスワミニ(尼僧)としてのイニシエーションを授かる。現在は日本を拠点に、バクティ・マルガの活動として、ヒンドゥー教聖典の翻訳、瞑想ヨーガのテクニック「アートマ・クリヤ・ヨーガ」を広める活動に奉仕している。

シュリー・グル・ギーター
師弟関係の大きな神秘についての解説

●

2024年3月17日　初版発行

著者／シュリー・スワミ・ヴィシュワナンダ
訳者／スワミニ・ダヤマティ

装幀・DTP／株式会社エヌ・オフィス
編集／岡部智子

発行者／今井博揮
発行所／株式会社 ナチュラルスピリット
〒101-0051 東京都千代田区神田神保町3-2 高橋ビル2階
TEL 03-6450-5938　FAX 03-6450-5978
info@naturalspirit.co.jp
https://www.naturalspirit.co.jp/

印刷所／創栄図書印刷株式会社

ISBN978-4-86451-470-5 C0010

JUST LOVE ただ愛のみ

万物の本質

シュリ・スワミ・ヴィシュワナンダ 著
山下豊子（スワミニ・ダヤマティ） 訳

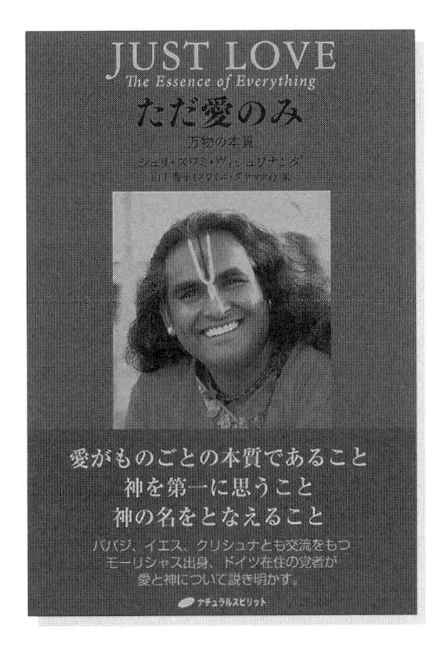

四六判・並製／定価 本体 2200円+税

必要なのは愛だけです。
他には何も要りません

私達がしなければいけないのは、愛することだけです。
後は自然に片付いて行きます。
内面に聞く耳のある人には聞こえるでしょう。
その言葉は甘美な愛の歌のようで、
一度それに接すると、あなたの人生はすっかり変わってしまうことでしょう。
ババジやイエスとも交流をもつモーリシャス出身、
ドイツ在住の覚者が愛と神について説いたスピーチ集。

お近くの書店、インターネット書店、および小社でお求めになれます。